Topsy Küppers

Lauter liebe Leute

Ein dicker Brief an mein Publikum

Edition Dodo, Berlin

Für Carlos

Bildquellennachweis: Foto-Design Udo Schreiber (S. 21 oben links und Mitte links); Gretl Geiger (S. 23); Johann Klinger (S. 32); Reflex Presseagentur (S. 71, S. 83, S. 104, S. 189 Mitte oben links); Karl Schöndorfer (S. 99); Thomas Timpe (S. 102); Victor Mory (S. 115); Werner Sramek (S. 119 Mitte); Alisa Douer (S. 164); Fotostudio Haslinger (S. 189 oben links); Renate Apostel (S. 189 oben rechts); Bernhard Noll (S. 189 Mitte unten rechts); alle anderen Fotos stammen aus dem Archiv der Autorin – bei einigen ist es nicht gelungen, die Rechteinhaber zu ermitteln. Diese werden gebeten, sich mit dem Verlag in Verbindung zu setzen.

5. Auflage der erweiterten Neuausgabe
Erstausgabe by Kremayr & Scheriau, Wien 1996

Neumannstraße 19, D-13189 Berlin
e-mail: edition.dodo@googlemail.com
Umschlagfoto von Sandra Sagmeister-Pensch, Wien
Schrift: Garamond
Druck und Bindearbeiten: www.buchwerft.de
ISBN 978-3-934351-18-9

1. BRIEF

Die Engel, die nennen es Himmelsfreud',
Die Teufel, die nennen es Höllenleid,
Die Menschen, die nennen es - Liebe.

Heinrich Heine

Der große Dichterchansonnierkomponistpianist stand vor dem Spiegel und rasierte sich. Sein Bäuchlein wogte über der Waschmuschel. Er war vierundfünfzig, ich fünfundvierzig, bei mir wogte nichts. In das gleichmäßige Schaben seines Rasierapparates sagte mein Mann: »übrigens, ich mache nicht mit...«

Das war die Geburt der FREIEN BÜHNE WIEDEN.

Mit einem Satz beendete *Georg Kreisler* unsere siebzehnjährige Bühnenpartnerschaft, deren Krönung eine eigene musikalisch-literarische Bühne in Wien hätte sein sollen.

Nach einer Schreckminute hörte ich mich sagen: »Dann mach' ich es eben allein.« Eine ruhige innere Stimme hatte aus mir gesprochen. Sie sagte mir: »Reg dich nicht auf, du kannst es, und drum machst du es.« Trotzdem regte ich mich auf.

Wütend schrie ich ihn an: »Warum! Sag mir, warum? Monatelang jagst du mich herum, um alles vorzubereiten, und jetzt, wo alles perfekt ist, willst du nicht mehr?« Der Streit endete wie immer: Er ließ seinen inneren Rollbalken herunter, und ich heulte. Es war immer sinnlos gewesen, seine einsamen Entschlüsse durch Diskussionen oder Bitten ändern zu wollen.

Aber diesmal war er zu weit gegangen.

In den langen, liebestollen und liebevollen Jahren unseres Zusammenseins hatte ich fortwährend für die künstlerische Anerkennung *Georg Kreislers* gekämpft. Meiner Überzeugung nach war er ein Bühnenautor und kein Nachtklub-Kabarettist. Ich war blind für die Argumente seiner Gegner. Taub für die Hinweise auf Plagiate. Stumm, wenn er über andere ätzte oder sie verletzte. Keineswegs alles akzeptierend, was er schrieb, aber beglückt, wenn ich beim Nachhausekommen ein paar hingeworfene Zeilen für mich fand:

»Man müsste einmal einen Menschen bau'n
der weiterliebt – der weiterlebt –
und täte man was Schlechtes dann,
was immer mal passieren kann,
dann drückte man sich fest an ihn,
und alles wär' verzieh'n...«

Es gibt Männer, die sagen: »Ich hol' mir nur schnell Zigaretten...« – und sie verschwinden auf Nimmerwiedersehen.

Es gibt Männer, die ihre Frauen rücksichtslos betrügen und danach behaupten: »Ich liebe nur dich!«

Es gibt auch Männer, die Frauen fallenlassen wie eine heiße Kartoffel. Nichts von alledem war in meiner Ehe der Fall. Die Krise schlich sich ein, heimlich und tückisch.

Als er begann, sich wie ein Individual-Anarchist zu gebärden, begann auch die Zeit, wo wir gegeneinander und nicht mehr miteinander dachten. Nur widerwillig trat ich in seinen Kampfprogrammen auf, in denen das Aufrufen zur Gewalt einen hohen Stellenwert hatte. Vorbei die Zeit der »Nichtarischen Arien«, voll talmudischer Weisheit. Ausgetrocknet seine Phantasie für philosophische Liebeslieder. Hass und Ekel vor dem Gesellschaftssystem dominierten in seinen Liedern.

Ich glaubte zu wissen, wie man alles besser und richtiger hätte inszenieren können, denn aus dem demütigen Bühnenfüllsel, zu dem er mich in den ersten Jahren unseres gemeinsamen Auftretens bestimmt hatte, war eine kreative und selbständige Interpretin geworden. Ich brachte Vorschläge, Ideen und Liedzeilen ein.

Wie beglückend waren die vielen Stunden gewesen, in denen wir bei zahllosen Tassen Tee zusammensaßen, um neue Ausdrucksformen zu erfinden. Seine immense musikalische und literarische Bildung harmonierte vortrefflich mit meiner Bühnen- und Filmerfahrung. Er schilderte eine Liedidee, und ich sah sie bildhaft vor mir. Ich erfand Kostüme, die seine Lieder pointierten und ich verfluchte meine Einfälle, wenn ich mich etwa schwitzend und unsichtbar unter der Last eines drei Meter hohen

Nicht nur Begeisterung, auch Morddrohungen begleiteten die beinahe 1000 Vorstellungen der »Lola Blau«. Gut, wenn man einen Wachhund hat!

Zeltes über die Bühne drehte, während er, am Klavier sitzend, sein Chanson »Ljuba« brachte. Da gab es Vorstellungen, wo ich in meiner heißen Dunkelheit auch heiße Tränen vergoss.

Vorbei die Zeit, wo ich der Star war, ich diente einem Genie. Ich tat es gerne, solange ich dieses unbeschreiblich innige und warme Zusammengehörigkeitsgefühl spürte. Als dieses Gefühl abbröckelte, begann ich zu kämpfen. Wenn eine Löwin mit Aszendent Löwe zu kämpfen beginnt, geht die Post ab!

Wir wollten doch ein Theater! Ein eigenes Theater! Welch ein Himmel! Für seine Stücke, seine Lieder, seine Auftritte! Kein würdeloses, wochenlanges Verhandeln mit Agenten oder Intendanten, die dann schließlich doch auf das Stück verzichteten. Kein Herumzigeunern, keine wochenlangen Trennungen mehr – es würde alles wieder gut.

Bis heute weiß ich nicht, ob *Georg Kreisler* sich nur scheinbar von meiner Theateridee begeistern ließ, um den Rücken frei zu haben für andere künstlerische oder private Aktivitäten, oder ob er wirklich begeistert war. Jedenfalls hatte er gesagt: »Ja, wenn du die vorbereitenden Arbeiten auf dich nimmst...«

Nichts tat ich lieber als das. Während er auf Tournee war und ich Abend für Abend im Kleinen Theater der Josefstadt »Heute Abend: Lola Blau!« spielte, suchte ich in Wien »unser« Theater.

Weit, weit im Osten, in einem armen, kleinen Stetl, gab es zwei arme, aber hochbegabte junge Männer. Der Rabbiner des Ortes entschloss sich, diese beiden frommen und klugen Bocher nach Wien zu schicken, damit sie dort studieren und ihre Erfahrungen nach Hause zurückbringen. Die ganze Gemeinde sammelte das Geld für Reise und Studium, und die beiden machten sich auf den Weg. Nach einigen Jahren kommen sie zurück, und erwartungsvoll und aufgeregt versammelt sich die ganze Gemeinde, um den beiden Studenten zu lauschen.

Der Rabbi sagt: »Berichtet!«, und der erste tritt vor:

»Verehrter Rebbe, liebe Kehille – also ich sage euch... dieses Wien, schrecklich! So eine sündige Stadt soll gestraft sein. Man denkt dort nur an Geldverdienen und Vergnügungen. Die Frauen gehen aufreizend gekleidet, die Männer gehen auf die Seite – Sie wissen, was ich meine: Man hält keine Gesetze, man hält keine Versprechen – Wien ist ein einziges Sündenbabel!«

Der Rabbi und die Gemeinde versinken kopfschüttelnd in tiefes Schweigen...

Der Rabbi sagt: »Berichtet!«, und der zweite tritt vor:

»Verehrter Rebbe, liebe Kehille – also ich sage euch... dieses Wien, wunderbar! So eine fromme Stadt soll gesegnet sein. Man denkt dort nur, wie man dem Nächsten Gutes tun kann. Die Frauen leben für ihre Männer und die Familie. Die Männer sind fleißig und gesittet. Man hält alle Gesetze, man hält alle Versprechen – Wien, ein einziges jüdisches Paradies!«

Da heult die Gemeinde auf:

»Was soll das heißen!? Was sind das für Berichte!? Rebbe! Rebbe! Richtet! Einer von beiden lügt!«

Langsam erhebt sich der Rabbi:

»Nein! Keiner lügt. Jeder hat recht. Jeder hat das gesehen, was er sehen wollte!«

(Chassidische Geschichte)

Auch ich sah bei meiner Suche nach einem Theater nur das, was ich sehen wollte. Und ich war wie der Talmudschüler, der nur das Gute und Freundliche feststellte. Hatte ich doch auch allen Grund dazu. Abend für Abend überschüttete mich das Publikum für meine Darstellung der »Lola Blau« mit Ovationen, guten Worten, Blumen und Aufmerksamkeiten. Obwohl mir die zwei Stunden, in denen ich allein auf der Bühne stand, alle physische und psychische Kraft abverlangten, obwohl mein Herz zitterte vor Angst, mein Mann würde seine Meinung ändern – kannte ich doch seine Unberechenbarkeit –, obwohl ich ahnte, aber es nicht wahrhaben wollte, dass seine Liebe zu mir nicht mehr existierte, obwohl ich verschiedene Beweise für seine Eskapaden hatte, obwohl... obwohl... obwohl... dieser immerwährende, kindische Optimismus in mir machte mich glauben, es wird alles wieder gut.

Mit diesem Optimismus ging ich auf Theatersuche. Wissend, dass in Wien alle behördlichen Wege zwischen 8 Uhr und 11.30 Uhr stattzufinden haben, verzichtete ich in diesen Monaten darauf, nach der Vorstellung mit LIEBEN LEUTEN ein Glas Wein zu trinken, die Spannung abklingen zu lassen, »auszudampfen«, wie wir beim Theater sagen, andere Meinungen anderer Menschen zu hören, auch um auf andere Gedanken zu kommen.

Ich ging sofort nach Hause. Dort trank ich mein Glas Wein, aß ein Käsebrot und hörte dabei die abendliche Rundfunksendung »Musik zum Träumen« von *Paul Polanski*.

Meine Kinder schliefen, mein Mann war auf Tournee, die Wohnung still und ich hundemüde. Ich stellte den Wecker auf 6.30 Uhr, zeitig genug, um mit den Kindern zu frühstücken, die mit dem Bus in die International American School fuhren.

Gibt es ein besseres Gefühl beim Einschlafen, als einen erfüllten Tag hinter sich und einen hoffnungsvollen vor sich zu haben?

Wer in Wien Räumlichkeiten sucht, erhält einen kostenlosen Anschauungsunterricht über die Magie dieser faszinierenden Stadt. Man zeigte mir eigenartige Räume über und unter der Erde. Als ich dem smarten Präsident des Denkmalamts,

Dr. Erwin Thalhammer, meinen Wunsch vortrug, hob er mit unnachahmlicher Grandezza die Hände: »Aber gnä' Frau, ich bitte Sie – ich bin doch kein Immobilienmakler, aber schau'n S' einmal im 4. Bezirk, da haben wir etliches...«

Das »Etliche« erwies sich als getreue Mini-Nachbildung des Konzertsaals im Musikverein. Ein reicher, kunstbegeisterter Tischler hatte sich hier einen privaten Traum verwirklicht. Ein kleines Palais, mit einem Festsaal für hundert Personen. Die Wände waren mit feinster Intarsienarbeit überzogen, eine Mittelloge für drei Personen simulierte einen 1. Rang, und große Glastüren führten in einen kleinen Park. Ich war begeistert, zumal die Holzwände die Akustik eines Radios vermittelten.

Der Besitzer war verhandlungsbereit, aber leider nicht das Denkmalamt. Der Saal hatte einen mehr als hundert Jahre alten Sternparkettboden, und der wäre beim allabendlichen Betreten zahlloser Stilettoabsätze ruiniert worden. Ade, kleines Palaistheater in der Schönburggasse!

Weiter treppauf, treppab! Vor allem treppab, in finstere Keller, die an den »Dritten Mann« erinnerten. Nein, dann lieber wieder treppauf. Eine wunderschöne, sehr große Pawlatschen war zu haben. Der Vermieter meinte: »Die Wiener lieben die Pawlatschen, glaub'n S' mir, gnä' Frau! Der Wiener will a Hetz im Theater, nix wie a Hetz!«

Der Mann hatte so unrecht nicht. Die Liebe der Wiener zur »Hetz« stammt bereits aus dem 18. Jahrhundert. Ein Holzgebäude im 3. Bezirk, also eine Pawlatschen, mit Rundbühne und Orchestergraben, fand damals die schrille Begeisterung des Wiener Publikums.

Den Direktor und Regisseur nannte man Hetzmeister. Er bestimmte das Programm. Je barbarischer, desto besser. Im Orchestergraben spielten Gastarbeiter, türkische Musiker. Die Hauptdarsteller des Hetztheaters waren vorwiegend Tiere. Die Regie ließ einen dressierten Bären eine hohe Stange hinaufklettern. War das Tier oben angekommen, legte man unten Feuer. Beliebt war auch der Stier, den man in die Arena jagte, um die dort wartenden Bluthunde aufzuspießen. Als Kaiser *Leopold II.*

das Hetztheater schließen ließ, gab es einen Publikumsaufstand. Doch das Volk drohte vergeblich. Der österreichische Monarch blieb hart. Der Direktor wurde entlassen, es war – »aus mit der Hetz!«

Genauso standhaft wie *Leopold II.* verhielt sich 200 Jahre später der Wiener Kunstminister *Rudolf Scholten*. Allerdings mit umgekehrten Vorzeichen. Obwohl das Publikum die Abberufung des Burgtheaterdirektors forderte, weil er Steuermillionen verschluderte, beliebte Burgschauspielerinnen beschämte und das Theaterpublikum via Fernsehen als Lemuren, Ewiggestrige und Friedhofsgemüse beschimpfte, hatten die Wiener weiterhin ihre »Hetz« mit *Claus Peymann*. Der Minister blieb hart, der Hetzmeister blieb, das Publikum blieb nur zum Teil.

Ich suchte weiter. Von der geschichtsträchtigen Pawlatschen kam ich in den ersten Bezirk zum nicht minder belasteten Barocktheaterchen hinter Klostermauern. Zu Lebzeiten der Ballerina *Fanny Elßler* wurden hier für Klerus und Aristokratie »Rosa Ballette« von Minderjährigen aufgeführt. *Therese Elßler*, die Schwester der weltberühmten Tänzerin Fanny, trat 1816 in diesem Kinderballett auf und gehörte zu den 50 Tänzerinnen, die in einen Skandal verwickelt waren, von dem ganz Wien wusste und tuschelte. Die kleinen Tänzerinnen wurden von Aristokraten missbraucht – aber der Mund der Sittenpolizei war mit goldenen Fäden zugenäht. Erst als die widerliche Affäre dem Kaiser zu Ohren kam, wurde das Ballett aufgelöst und die »Herren« auf ihre Güter verbannt.

Die Stadträtin für Kultur, *Gertrude Fröhlich-Sandner*, bot mir an, ein Theater in Floridsdorf zu eröffnen. Der Vorschlag, in diesem Wiener Außenbezirk eine musikalisch-literarische Bühne zu gründen, war zumindest so originell, als hätte man mich gebeten, in einem Randgebiet wie Köln-Kalk oder Hamburg-Harburg aktiv zu werden. »Machen Sie ein Theater links der Donau«, sagte die Stadträtin. Ich sagte: »Links ist gut, Donau ist gut, Theater ist gut, wie gut muss ‚Theater links der Donau' sein...« Bei Besichtigung der angebotenen Räumlichkeiten kam ich zu einer wesentlich anderen Erkenntnis.

Es geht den Politikern nicht um die Förderung eines Theaters, sondern darum, wie sehr sie selbst durch die Förderung dieses Theaters im Blickpunkt stehen.

Wie wahr diese Erkenntnis war, sollte sich in den nächsten zwanzig Jahren unentwegt beweisen.

»Die Insel«, das entzückende Theater im Zentrum der Wiener Innenstadt, erfüllte alle meine Wünsche und Hoffnungen. Diese perfekte Spielwerkstätte, auf deren Bühne *Marlene Dietrich, Zarah Leander, Oskar Karlweis* und *Max Pallenberg* erfolgreich gewesen waren, hatte man zwar als »Metro-Kino« zweckentfremdet, aber Bürgermeister *Felix Slavik* sagte:

»Wenn i will, krieg'n S' des Haus...« Schüchtern wendete ich ein: »Aber die Kosten, Herr Bürgermeister, wie soll man die Kosten aufbringen?« – »Merk'n Sie sich eins«, antwortete der Sozialist, »wos immer passiert, lass'n Sie sich niemals einred'n, die Stadt Wien hot ka Geld...«

Auch diese Erkenntnis sollte sich in den nächsten zwanzig Jahren unentwegt bestätigen – nur leider nicht bei mir.

Monatelang suchte ich vergeblich, verhandelte vergeblich. Den Geschmeidigen glaubte ich vergeblich, und den Schneidigen schenkte ich vergeblich meine Zeit. Aber ich gab nicht auf, weil mich alles, was nach künstlerischer Pionierarbeit schmeckt, aufregt, anregt und motiviert.

Außerdem war da dieser Brief:

»Du solltest versuchen, Nägel mit Köpfen zu machen – oder, oder! Alle Wiener haben die Tendenz, Dinge zu verschieben, damit sie sich selbst erledigen. Lass Dich darauf nicht ein! Sage: Entweder Floridsdorf oder Metro oder gar nichts. Es geht auch ohne Theater, und es geht mit Theater, aber es geht nicht hin und her, einmal ja, einmal nein, einmal vielleicht. Vor allem hast Du nicht nötig, um ein Theater betteln zu gehen. Sollen sie weiterhin im Dreck ersticken. Liebeli, mein Herz, pass gut auf Dich auf, so dass wir uns alle gesund wiedersehen. Vergiss nicht, wie lieb ich Euch alle habe! Dein Liebeli«

Ich suchte weiter, gewohnt, seine und meine Ideen auszuführen, und in dem Glauben: Alles wird wieder gut!

2. BRIEF

> Nicht Politik verdirbt den Charakter, sondern ein verdorbener Charakter verdirbt die Politik.
>
> *der österreichische Bundeskanzler Julius Raab, 1956*

Der gutaussehende Mann, der mich nach einer Vorstellung von »Lola Blau« an der Bühnentür erwartete, machte den Eindruck eines Anwalts oder Schuldirektors.

»Mein Name ist *Josef Windisch*, ich bin der Bezirksvorsteher des 4. Bezirks, ich höre, Sie suchen ein Theater – ich möchte Ihnen eines zeigen...« So stellte er sich vor. Ich zeigte mich freudig überrascht. War ich es, die bisher in die politischen Hochburgen getrampt war, um Rat und Tat von Stadtvätern oder -müttern zu erreichen, so kam zum ersten Mal jemand zu mir.

Josef Windisch war Sozialist – so wie ich. Er war ein aktiver Antifaschist – so wie ich, und er war genau wie ich ein großer Verehrer des österreichischen Bundeskanzlers *Bruno Kreisky*. Nicht nur wegen *Bruno Kreisky* trat ich, nachdem ich die österreichische Staatsbürgerschaft erhalten hatte, in die Sozialistische Partei ein.

Ich war »von Haus aus links«. Großmutter, Mutter und Kind wir waren und bleiben »Sozis«. Ungläubige Gläubige, die Jesus Christus für den größten Rabbi und den ersten Kämpfer für die besitzlose Klasse halten. In Deutschland war es mir ein persönliches Bedürfnis, im Wahlkampf für *Willy Brandt* aktiv zu sein, und ebenso setzte ich mich in Österreich für *Bruno Kreisky* ein. Es gab damals nur wenige Künstler, die sich öffentlich zu ihrer Gesinnung bekannten. *Fritz Muliar, Erika Pluhar, Christiane Hörbiger* schätzten *Bruno Kreisky* und wurden von ihm geschätzt. Man suchte seine Nähe und badete in seinem Charisma. Heute badet niemand mehr, die Wasser sind verschmutzt.

Windisch führte mich zur Wiedner Hauptstraße im 4. Bezirk, wo mir das hübsche Wienerlied von *Alexander Steinbrecher*

»Ich weiß auf der Wieden ein kleines Hotel...« in den Sinn kam. Wir betraten ein sehr altes Haus. *Windisch* sagte: »Unser Versammlungssaal liegt im Mezzanin.« Im Hochparterre befand sich ein Raum, der die hinreißende Atmosphärelosigkeit aller Parteiräumlichkeiten ausstrahlte.

Aber da waren auch eine Bühne, Garderoben mit Fenstern, über hundert Küchenstühle und eine ausgezeichnete Akustik. Auf dem Nachhauseweg summte ich bereits: »Ich weiß auf der Wieden ein kleines Theater...«

Sehr früh am nächsten Morgen läutete das Telefon. »*Kreisky* hier, habe ich Sie geweckt?« – »O nein, Herr Bundeskanzler, ich bin Frühaufsteherin«, stotterte ich, und mein Herz pumperte wie vor einer Premiere. »Was machen Ihre Theaterpläne?« fragte er. »Ich glaube, ich habe etwas gefunden, in der Wiedner Hauptstraße 60 b.« Stille. Dann antwortete der Bundeskanzler. »Dort bin ich als 16jähriger Gymnasiast zum ersten Mal aufgetreten. Als ich von einem Besuch nach Hause ging, hörte ich aus demselben Haus einen Chor singen und sprechen; neugierig ging ich hinein, auf der Bühne standen junge Leute und übten. So kam ich zur Sozialistischen Jugend. Ich wünsche Ihnen alles Gute.«

»Danke, es gibt keine Zufälle im Leben...«, sagte ich, während Freude und Tränen gleichzeitig in mir aufstiegen und der Vielbeschäftigte schon längst den Hörer aufgelegt hatte.

Es war übrigens nichts Besonderes, dass der Bundeskanzler seine Bürger zu ungewöhnlichen Zeiten telefonisch kontaktierte. Auch ihn konnte jedermann erreichen, denn seine Privatnummer stand im Telefonbuch.

Josef Windisch tat das, was *Kreisler* brieflich von mir gefordert hatte: Er machte »Nägel mit Köpfen«. Ein Verein »non profit« wurde gegründet. Die Vorstandsmitglieder, aufrechte Genossinnen und Genossen, von *Windisch* handverlesen, sollten ehrenamtlich mit mir arbeiten und mich sicher durch den Dschungel der theaterpolizeilichen Vorschriften führen.

Die Vereinssatzungen wurden von der jungen Rechtsanwältin *Dr. Helene Klaar* ausgearbeitet. Für die behördlichen Wege war *Ing. Adolf Scharner* zuständig und für das Finanzielle *Dr. Ferdinand Lacina*, der spätere Finanzminister. *Johanna Dohnal*, für die *Bruno Kreisky* das Frauenministerium erfand, war dabei und *Dr. Heinrich Keller*, sehr eloquent, sehr charmant und sehr glatt.

Dieses Team praktizierte das, was *Alexander Dubcek* 1968 den »Sozialismus mit menschlichem Antlitz« nannte. Natürlich praktiziert es sich als »Fixangestellter« leicht, aber man schenkte doch auch etwas unendlich Wichtiges, private Zeit! Nach ihrer Arbeitszeit kamen diese LIEBEN LEUTE zu mir, um zu diskutieren und Meinungen und Vorschläge einzubringen. Es waren lehrreiche Gespräche, in denen mir immer wieder die gewaltige Kluft der Verständigung zwischen künstlerisch und politisch arbeitenden Menschen bewusst wurde. Ich wollte einen künstlerischen Traum verwirklichen und jene ein Parteiprogramm. Ich passte in dieses Parteiprogramm, und deshalb wurde ich vorübergehend gehätschelt. Das Hätscheln fiel um so leichter, weil man wusste, dass der »Sonnenkönig« meine Arbeit schätzte, und die Wissenschaftsministerin *Dr. Hertha Firnberg*, in ihrer zusätzlichen Funktion als Frauenvorsitzende, die Parole ausgab: »Behandelt sie mir gut...«

Ja, ich wurde gut behandelt, sehr gut sogar. Meine Idee, im 4. Wiener Gemeindebezirk ein Theater zu eröffnen, passte in das Programm. War doch gerade »die Wieden« jener Bezirk im roten Wien, der immer noch im schwarzen Kielwasser vor sich hin dümpelte. Ein »rotes« Theater im schwarzen Bezirk, von einer Frau geführt, machte sich gut im allesbeherrschenden SPÖ-Anspruch. Niemand, und ich in meiner Theaterverliebtheit schon gar nicht, spürte die aufkeimende, selbstherrliche Arroganz der Volksvertreter. Im Gegenteil, nie mehr habe ich mich den Freunden der Partei so warm verbunden gefühlt wie in den Jahren 1975/76, als mein Theater entstand. Ich sah nur das, was ich sehen wollte, und vertraute, ohne zu hinterfragen.

Alle beruflichen Angebote aus Deutschland lehnte ich ab, um mich Problemen zuwenden zu können, die eine Theatergründung mit sich bringt.

Und Probleme gab es genug. Da waren die diffizilen Vorschriften der Bau- und Theaterpolizei. Seit im Dezember 1881 das Wiener Ringtheater während einer Vorstellung in Flammen aufgegangen war und Hunderte Besucher verbrannten, hat Wien die strengsten Theatervorschriften der Welt. Vorschrift ist Vorschrift, und Vorschriften kosten Geld. Obwohl der Versammlungssaal in der Wiedner Hauptstraße jahrzehntelang von Hunderten Personen frequentiert worden war, verlangte man, nachdem derselbe Saal nun den Namen »Theater« erhalten sollte, bauliche Veränderungen, die eine Summe von 1 bis 1,5 Millionen Schilling (75.000 bis 100.000 Euro) ausmachen sollten.

Ich wollte mein Theater »Jüdisches Theater« nennen und erklärte dem Vorstand meine Absicht wort- und beziehungsreich. Als ich versuchte, die Wichtigkeit eines Theaters klarzumachen, das an die große Tradition der jüdischen Theater anknüpfen sollte, herrschte betretenes Schweigen. Es ging ein Hauch von Kälte durch den Raum, und ich spürte, dass auch die sich vorurteilslos Gebenden punkto Judentum eine Hemmschwelle hatten.

Da mir in bestimmten Situationen sofort Gleichnisse oder Begebenheiten einfallen, konnte ich auch in diesem Moment nicht darauf verzichten, und ich begann: »Ihr müsst euch vorstellen, ich bin vor zehn Jahren als erste Schauspielerin in Deutschland im Kostüm eines frommen Juden, das heißt im Kaftan, mit Hut und Schläfenlocken aufgetreten. Damals brachte ich einige der ‚Nichtarischen Arien' von *Georg Kreisler.* Es war im Stadttheater Saarbrücken, und die Chansons sollten gleichzeitig für den Saarländischen Rundfunk aufgenommen werden. Als ich verschmitzt lächelnd die Bühne betrat, entfuhr es dem Intendanten laut: Ja, darf man das schon wieder! – Ich denke, man darf nicht nur – man muss sogar.«

Die LIEBEN LEUTE blieben stumm, und keiner argumentierte dagegen, und keiner argumentierte dafür. »Stellt euch vor, wir werden einen Spielplan haben von *Kreisler* bis *Kurt Tucholsky* und von *Stefan Zweig* bis *Scholem Alejchem*, wir werden die

Kostbarkeiten des jüdischen Kabaretts erhalten und neu entdecken, wir werden...«

»Ich glaube, wir werden jetzt gehen«, sagte das Team und ging sehr freundlich, denn in Wien gibt es eine Freundlichkeit, die tiefer demütigt als eine Beleidigung.

Am nächsten Tag besuchte ich den Präsidenten der Israelitischen Kultusgemeinde, *Anton Pick*. »Herr Präsident, ich möchte mein Theater ‚Jüdisches Theater' nennen!« Der Präsident schüttelte den Kopf. »Aber Kinderl, tun Sie sich das doch nicht an! Wozu soll das gut sein?« Ich ging weiter zu *Simon Wiesenthal*. Aber auch der große, unbeirrbare Kämpfer war skeptisch. »Und glauben Sie nur nicht, dass Ihnen die Juden für Ihr Theater danken werden. Sie wissen ja, man greift einem Reichen in die Tasche, und es sitzt eine Giftschlange drin!« *Kreisler* sagte: »Es ist eine Utopie – nennen wir das Theater Utopia!«

Noch heute ärgere ich mich über mich selbst, dass ich mich verunsichern ließ, dass ich den Weg des geringsten Widerstandes ging – sinnloserweise, wie sich später herausstellte – und dass ich anderen, theaterfremden LIEBEN LEUTEN mehr vertraute als meiner inneren Stimme. Jeder sagte etwas anderes. Es war wie nach einem Theaterbesuch – wie viele Besucher, so viele verschiedene Meinungen.

Und *Windisch* sagte: »Wissen Sie, dass einige hundert Meter von Ihrem Theater das ‚Theater im Freihaus' stand?«

Sofort rannte ich die Wiedner Hauptstraße hinunter, stadteinwärts. Außer einer Gedenktafel war nichts mehr zu sehen. Auch im Innenhof des Hauses existierte das Gartenhäuschen nicht mehr, in welchem *Wolfgang Amadeus Mozart* seine »Zauberflöte« komponiert hatte, die dann im Freihaustheater 223mal aufgeführt wurde. Nur ein alter Baum stand noch dort. Wie singt man zum Schluss? »Es siegte die Stärke und krönet zum Lohn...« Mein Theater heißt FREIE BÜHNE WIEDEN, entschied ich, und diesmal hatte niemand etwas dagegen.

3. BRIEF

> Schöne Zeit, als mit dem Karren
> Thespis fuhr, der Possen-Vater!
> Schwer ist's einen Staat regieren,
> Zehnmal schwerer ein Theater!
>
> *Eduard von Bauernfeld*

Weder vorher noch nachher habe ich jemals so schwer gearbeitet wie vor der Eröffnung der FREIEN BÜHNE WIEDEN.

Die Nacht hatte sechs Schlafstunden. Schrecklich für mich, die nichts mehr liebt, als früh zu Bett zu gehen, mit einem guten Buch – oder jemandem, der eins gelesen hat.

Unausgeschlafen, aber bemüht strahlend empfing ich um acht Uhr früh meine »Professionisten« im Theater. Alle Arbeiten wurden besprochen und das obligatorische Bier gespendet. Mit devotem »Is scho recht, gnä' Frau... mach' ma, gnä' Frau...« wurde ich verabschiedet und machte mich beruhigt auf den Weg zur Probe. Die Handwerker machten sich beruhigt an ihr Frühstück.

Es dauerte Tage, bis ich draufkam, dass es ein Handwerkertrick ist, pünktlich zu erscheinen, aber nach zwei Stunden die Baustelle zu verlassen, um am Nachmittag, bevor der Bauherr kontrollieren kommt, wieder aufzukreuzen. Nichts ging weiter, »und dett fiel uff«, sagt der Berliner. Bis es mir auffiel, war jedoch kostbare Zeit vergangen.

Der kaltfeuchte Herbst drang durch die Mauern in das Theater, in dem längst die Heizung funktionieren sollte. Mit der Pelzmütze auf dem Kopf und pelzigen Stimmbändern vom Maurerstaub harrte ich auf der Baustelle aus und kontrollierte das Kommen und Gehen der Professionisten.

Oh, lieber, viel zu früh verstorbener *Adi Scharner!* Ohne dich wäre nichts weitergegangen. Mit deinem ganzen Gewicht, und das waren vielleicht zwei Zentner, warfst du dich in den Kampf gegen Handwerkerschlendrian und Beamtenschikanen. Du konntest brüllen: »Geht's, seid's ihr deppert!« Und alle Handwerker legten einen Zahn zu. Wenn hingegen die Ober- und Unterbauräte der Feuer-, Theater- oder Baupolizei auftraten, dann verstandest nur du es, das »Vurschrift is' Vurschrift« von Akademiker zu Akademiker zu umgehen.

Du wusstest wenig über Theater, aber du wusstest, was ein Theater für eine Partei bedeuten kann. Als die FREIE BÜHNE WIEDEN geboren war, hieltst du deine Aufgabe für beendet. Manchmal begegneten wir uns »auf der Wieden« im Vorübergehen. Du warst sehr dünn und ernst geworden. Ich versuchte ein wenig zu blödeln, und du versuchtest, darauf einzugehen, aber es misslang uns kläglich.

Der Bühnenbildner *Rolf Langenfass* war es, der dem öden Versammlungssaal das gewisse Etwas verlieh. Er überredete mich, dreierlei Rot zu akzeptieren. Kirschrote Bestuhlung, dunkelrote Türen und terrakott gestrichene Wände. Zögernd stimmte ich zu und dachte mir: »Na Servus, das vierte Rot sind dann meine Haare, wenn das nur gutgeht.« Es ging mehr als gut. Nach zwanzig Jahren pflegten wir immer noch diese Farbkombination des mittlerweile zum unbezahlbar teuren und umjubelten Bühnenzauberer aufgestiegenen *Rolf Langenfass.*

Er war es auch, der Wandlampen für den Zuschauerraum empfahl, und Adi war es, der einen Trödler in Klosterneuburg wusste. Dort fand ich ein Dutzend Lampen gleicher Art und Größe, verdreckt und mit zerbrochenen Scheiben, Ich kaufte sie für 300 Schilling (etwa 25 Euro) pro Stück, Eine halbe Nacht lang polierten und putzten wir. Erst als der polnische Doppeladler auf dem Messing sichtbar wurde, wussten wir, was der Trödler nicht gewusst hatte: Wir besaßen zwölf alte polnische Kutscherlaternen. Immer wieder wurden mir Liebhaberpreise dafür geboten, aber die Laternen bleiben, wo sie sind, zwischen den interessanten Collagen von *Leo Tichat.*

Die Laternen werfen ihren sanften Schein auf die großformatigen Tafeln, die alle Künstler, die einmal »auf der Wieden« lebten, im Bild und mit kleinen persönlichen Accessoires, wiedergeben. Ein Fächer, den *Dorothea Neff* als Elisabeth in »Maria

Stuart« benützte. Der handgeschriebene Text von *Hugo Wieners* »Der Nowak lässt mich nicht verkommen«. Das letzte Bild von *Jura Soyfer,* ein Brief von *Georg Kreisler,* ein paar getrocknete Blätter vom Baum, der neben dem nicht mehr vorhandenen »Komponierhäusel« von *Mozart* wächst. Bilder, Schriften und Noten wurden von Leo in wandhohen Tableaus zusammengestellt und strahlen ihre Nostalgie auf die Besucher aus.

Mein Privatkonto hatte die galoppierende Schwindsucht. Nichts kam rein, viel ging raus. »Es läppert sich z'samm'«, sagt man in Wien, und mit Schrecken musste ich feststellen, dass meine kleinen Zuwendungen an Extras für das Theater in die Hunderttausende gingen.

Die Stadt Wien hatte dem Verein der FREIEN BÜHNE WIEDEN eine Bausubvention genehmigt. Diese musste, wie es behördlich heißt, »widmungsgerecht verwendet werden«. »Widmungsgerecht« bedeutet die niedrigste Preiskategorie, Toilettenkacheln Marke »Jugendherberge« und auf dem Fußboden »Design Wohnküchenlinoleum«. Ich dachte an *Bert Brecht,* der geschrieben hatte: »Die Einstimmung eines Theaterbesuchers erfolgt beim Betreten des Theaters.« Hatte ich mich nicht immer geärgert, wenn ich im Neon-Meuchelmörderlicht eines alternativen Theaters vor meinem Spiegelbild erschrak? Wie viele Strümpfe hatte ich mir an den Sitzbänken zerrissen? Und wie oft auf den Klos widerwillig im Stehen gepinkelt?

Nein! Das sollte in der FREIEN BÜHNE WIEDEN nicht so sein! Das Durchforsten von Inseraten war zeitaufwändig, aber zielführend. Zu »widmungsgerechten« Preisen fand ich Kacheln mit zartblauem Biedermeiermuster und Teppichfliesen statt Linoleum. Für den zwei mal zwei Meter großen Jugendstilspiegel im Foyer pflückte ich wieder von meinem Privatkonto, denn diese Anschaffung wäre nicht »widmungsgerecht« gewesen. Der Vorstand kontrollierte korrekt, und alles hatte seine Ordnung.

Die FREIE BÜHNE WIEDEN wurde als schönste und gemütlichste Kleinbühne Wiens angesehen. Nur einige wilde, junge Theatermacher rümpften die Nase.

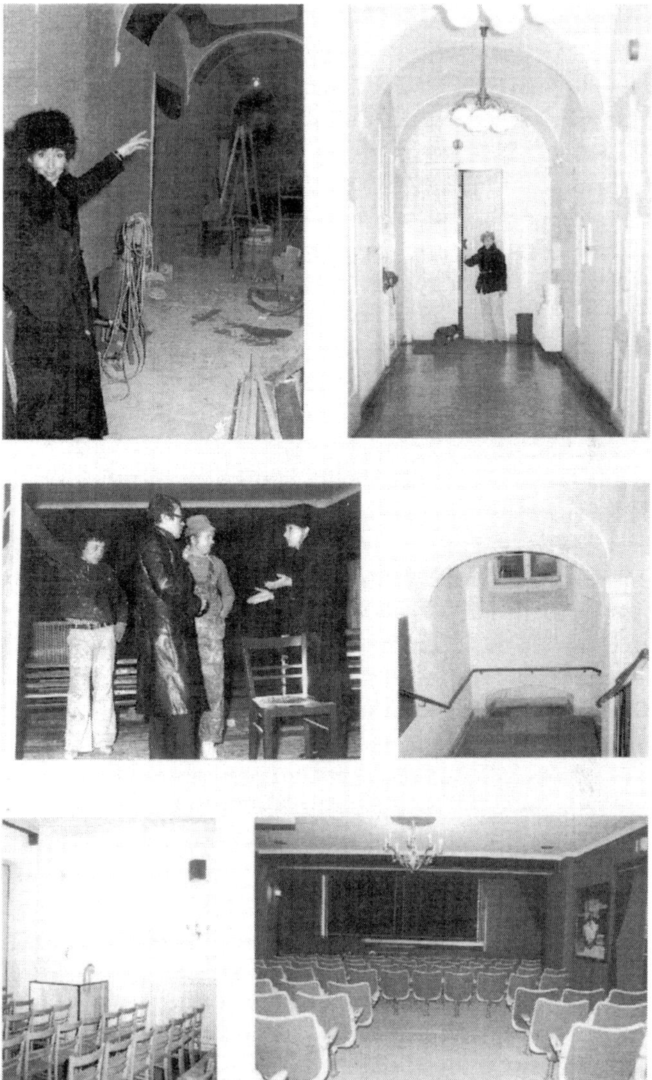

Die Freie Bühne Wieden. Vorher und nachher.

Wir probierten. Es wurde gehämmert, gesägt und stundenweise das Licht abgeschaltet. Wir probierten zwischen Farbeimern und Maurerkellen. Es gab Kräche, Verletzungen und Erkältungen, aber alle probierten weiter und gaben nicht auf. Eine verschworene Gruppe besessener Komödianten, die für wenig Geld, aber mit viel Spielfreude mit mir das Risiko teilten.

Hinter meinem Rücken schlossen LAUTER LIEBE LEUTE Wetten ab: Sie schwankten zwischen »Ich geb' ihr drei Monate...« und »Die derpackt's net amal drei Wochen...«

Am 17. Dezember 1976 wurde die FREIE BÜHNE WIEDEN eröffnet. Es gab Theater von 11 Uhr vormittags bis Mitternacht. Um 9 Uhr früh verließen Handwerker und Putzkommando das Theater. Um 10 Uhr kamen die ersten Blumenarrangements von treuen Fans, und ab 10.30 Uhr strömte das Publikum. Das war eine Aufregung, ein Schauen, ein Einander-Begrüßen, Umarmen und Beglückwünschen! Freude und Neugier überall. Ich zwang mich, ruhig zu bleiben, aber als Bezirksvorsteher *Josef Windisch* die Bühne betrat, um die zahlreichen Prominenten aus Kunst und Politik zu begrüßen, flatterte mein Herz. Er überreichte mir einen Maurermeißel und sagte: »Wer in Wien arbeiten wollte, musste sein Handwerkszeug mitbringen. Das galt vor allem für Maurer. Wenn einer einen guten Meißel besaß, bestand für ihn gute Aussicht auf lohnende Arbeit. Man sagte dann: ‚Er hat Massel.' Er hat Glück, denn er hat Arbeit. Das Wort ‚Mazel' bedeutet aber auch im Judentum Glück, und in diesem doppelten Sinne übergebe ich diesen Meißel Topsy Küppers und wünsche ihr und der FREIEN BÜHNE WIEDEN, ‚Mazel und Glück'!«

Um 11 Uhr vormittags drängte sich das Publikum im überfüllten Theater, um Kammerschauspielerin *Eva Zilcher* zu erleben.

Sie brachte: »Aber ich habe geliebt...«, eine *George-Sand*-Collage anlässlich des 100. Todestages der Schriftstellerin. Musik: *Frédéric Chopin,* interpretiert von *Harald Ossberger.*

Kammerschauspielerin Eva Zilcher. Begraben zusammen mit Burgschauspielerin Dorothea Neff, in einem Ehrengrab der Stadt Wien, auf dem Zentralfriedhof.

Die Burgschauspielerin galt als Spezialistin für schwierige Frauengestalten. Weltregisseure wie *Berthold Viertel* oder *Giorgio Strehler* schätzen sie. Eva gehörte zu den wenigen Schauspielerinnen, die nicht nur über ein enormes technisches Können verfügten, sondern auch an Intelligenz und Bildung viele überragten. Sie sprach perfekt Englisch, Italienisch, Französisch, und ich bewunderte ihr Wissen über Musik und Literatur. Sie war fast eine Idealbesetzung für *George Sand.* Schlank, dunkelhaarig und intelligent, vermittelte sie die Originaltexte, »als wär's ein Stück von ihr«.

Allerdings »aus dem Bauch spielen« war Evas Stärke nicht. Es fiel ihr leicht, die streitbare Intelligenz der *Aurore Dupin* zu vermitteln, aber die leidenschaftliche Geliebte *Mussets* und *Chopins* blieb dabei auf der Strecke.

Um sich auf die Rolle vorzubereiten, hatte Eva alle erreichbaren Schriften der *George Sand* (im Original, versteht sich) gelesen. Mit großem Einfühlungsvermögen hatte die polnische Dichterin *Tamar Radzyner* die Collage aus den Schriften *George Sands* zusammengestellt. Gemeinsam mit *Harald Ossberger,* dem

Chopin-Preisträger, recherchierte Eva die Musikstücke, welche *Chopin* auf Mallorca komponiert hatte, und so entstand eine Symbiose aus Text und Musik, die die Höhen und Tiefen dieses Winteraufenthaltes in berührendster Weise wiedergab.

Die herbe Darstellung der *George Sand* fand ihren aufwühlenden Gegenpol im Klavierspiel von *Harald Ossberger.* Was für ein Pianist! Was für ein Interpret! Heute für die FREIE BÜHNE WIEDEN unbezahlbar…

Als ich die Regiearbeit auf Wunsch von *Eva Zilcher* und *Dorothea Neff*, ihrer Lebensgefährtin, übernommen hatte, überkam mich das mir ziemlich unbekannte Gefühl des Selbstzweifels. Wie konnte ich diesen beiden klassischen Schöngeistern Anweisungen geben? Ich konnte, denn wer unten sitzt, ist immer im Vorteil. Meine Befürchtung, dass meine Einfälle und Vorschläge abgewiesen würden, war unbegründet. Im Gegenteil! Ich lernte einmal mehr, dass sich wirkliche Könner niemals überheblich gebärden.

Unbeeindruckt durch Lärm und Kälte, erwärmten wir uns bei der Arbeit, wir vergaßen alles um uns herum. Harald trug dicke Wollhandschuhe, die er erst kurz, bevor er sein Spiel begann, auszog. Einmal war er so vertieft in das Zuhören, dass er vergaß, die Handschuhe auszuziehen. Dieser Klaviereinsatz bleibt uns unvergesslich. Es war eine wunderbare Zusammenarbeit. Getragen von Respekt vor dem Können des anderen und der Begeisterung für Text und Musik. Es wurde ein großer Erfolg: 25 ausverkaufte Vorstellungen belohnten uns.

Da ich zwar eine Bausubvention, aber keine Produktionssubvention erhalten hatte, musste ich auf den Bühnenbildner verzichten. Wie sich der kleine Moritz die Räumlichkeiten des Liebespaares in der Kartause vorstellt, so stellte ich eigene und geliehene Biedermeiermöbel auf die Bühne. Groß war meine Überraschung, als ich viele Jahre später nach Valldemosa kam. Das Arbeitszimmer der *George Sand* glich, manchmal sogar im Detail, unserem Bühnenbild.

Intuition, Eingebung, Geistesblitz – das ist es, was wirklich zählt, wie *Albert Einstein* meinte.

Wenn sich der Vorhang öffnete, saß Eva auf der Ecke des Schreibtisches und zündete sich eine Virginia an. Sie sah in ihrem schwarzsamtenen Hosenanzug bezaubernd aus.

Dieses Bild werde ich in Erinnerung behalten, obwohl es oft verdrängt wird von der Erinnerung an das leidende, zusammengeschrumpfte Menschlein, das sich - 18 Jahre später - verkabelt mit unzähligen Schläuchen nur noch in Gesten ausdrücken konnte.

Bei meinem Besuch auf der Intensivstation deutete sie mit flehenden Augen und zitternden Händen auf den Schalter der Geräte. »Bitte, bitte«, stammelte sie.

»Eva, das geht nicht, ich kann das nicht tun!« Ich versuchte ihr zu erklären, dass bei der leisesten Berührung der Alarm ausgelöst wird. Sie drehte den Kopf zur Seite und schloss die Augen. Sanft strich ich über ihr weißes und schütter gewordenes Haar. Monatelang siechte sie dahin. Immer wieder wurde sie operiert. Hilflos sahen wir zu, wie der Krebs sie von innen zerstörte. Tatenlos sahen wir zu, wie man immer wieder andere Stellen ihres Körpers öffnete und zunähte. Wir sahen, dass es sinnlos war, aber man operierte weiter.

»Warum, Herr Primarius, warum?« So stellte ich einen der Ärzte, als er zu seinem Wagen ging.

»Wollen Sie, dass ich sie töte?« fragte er zurück und rauschte in seiner Luxuslimousine ab.

Irgendwo las ich: »Weil du arm bist, musst du früher sterben!« Manchmal ist es besser, arm zu sein...

Unsere Nachmittagsvorstellung »Schön war die Zeit...« war dem Andenken *Karl Farkas'* gewidmet. *Karl Farkas!* Wer kannte und liebte ihn nicht? Als er 1971 starb, ging mit ihm die Ära des jüdisch-wienerischen Kabaretts zu Ende.

Georg Markus, Freund und Mitarbeiter des Kabarett-Großmeisters, war nun mir ein hilfreicher Mitarbeiter. In liebevoller Detailarbeit rekonstruierte er aus alten Bandaufnahmen Monologe und Sketche. Überrascht stellten wir fest, dass nichts antiquiert war. Wie heißt es so schön? »Ändere die Namen, und die Geschichte handelt von dir!« *Georg Markus,* der auch zur Witwe von *Farkas* guten Kontakt hielt, ermöglichte durch seine profunde Kenntnis der Wiener Kabarettszene ein beinahe authentisches Simpl-Programm. Auf der Seite der Bühne war ein lebensgroßes *Farkas*-Foto platziert. Mit seinem berühmt verschmitzten Lächeln sah der alte Mann unserem Programm zu, und wenn sich beim Finale das Ensemble in Richtung *Farkas* verneigte, blieb kein Auge trocken.

Mit Interesse und Bewunderung lese ich heute die zahlreichen Bücher des Bestsellerautors *Georg Markus* und erinnere mich dabei in Dankbarkeit an die Starthilfe, die er meinem Theater durch seine selbstlose Mitarbeit gab.

Er gab mir auch den Tipp, *Elli Naschold* zu engagieren. Sie war 27 Jahre lang als Partnerin von *Karl Farkas* auf der Bühne des Simpl gestanden. Elli war eine hervorragende Kabarettistin. Bei *Farkas* hatte sie alles gelernt. Das Pointenschleudern, das Timing und auch das »Verkaufen«. Und wie sie sich verkaufte! Mit ihrem rassigen Aussehen war sie das Objekt der Begierde der Männer im Publikum. Privat war sie ein liebenswerter Kumpel, der sich (wie so viele Künstlerinnen) immer in die falschen Männer verliebte und schlussendlich draufzahlte.

Elli brachte den unerreichten Simpl-Touch in die FREIE BÜHNE WIEDEN. Und das ohne Allüren, humorvoll und kollegial – die Arbeit mit ihr war ein Vergnügen. Sie nahm Neues willig an, und ich lernte von ihr manches aus der »Trickkiste« des Altmeisters.

Die Besetzung neben Elli wäre heute unbezahlbar. *Margit Gara, Heinz Horvath, Christoph Künzler* (in dem Film »Hasenjagd« atemberaubend gut), *Hubert »Hubsi« Kramar* (Schauspieler, Regisseur, Produzent). Alle sind einen erfolgreichen Bühnen- oder Filmweg gegangen.

»Schön war die Zeit...« stellte sich als Publikumsrenner für Oldies heraus. Unbeirrt spielen wir seither jeden Sonntagnachmittag nostalgische Programme. Unbeirrt und gegen die Ratschläge zahlreicher wohlmeinender Theaterfachleute, die damals sagten: »Am Nachmittag geht nichts, da sitzt in Wien alles im

Kaffeehaus.« Gute Idee, dachte ich mir und biete am Buffet immer frischen Guglhupf an. Dieser wird von unserem Publikum allerdings auch schon bei den Matineen um 11 Uhr verputzt. Das Wiener Publikum versteht es eben, die künstlerischen mit den leiblichen Genüssen zu verbinden.

Seit zwanzig Jahren gibt es keinen Künstler, der nicht mit Freude für dieses »Oldie-Publikum« in der FREIEN BÜHNE WIEDEN aufgetreten ist. Ich liebe und schätze die alten Herrschaften ganz besonders. Ihr Wissen und ihre Bildung beweisen, wie falsch die Einstellung jener Veranstalter ist, die behaupten: »Denen g'fallt nur a Operette oder der *Heinz Conrads!*«

In die FREIE BÜHNE WIEDEN kommt seither ein großer Kreis von älteren Menschen, die ihren *Heine* oder *Kästner* besser kennen als viele junge Studenten. Ich liebe und schätze auch die Unterhaltung mit diesem Publikum nach der Vorstellung.

Oft bekomme ich Beweise der Zuneigung: ein alter, verschollen geglaubter Liedertext oder längst vergriffene Noten aus den »Goldenen Zwanziger Jahren«. Von Zeit zu Zeit erreicht uns eine Todesnachricht, die oftmals verbunden ist mit einem Geschenk aus dem Nachlass. Der Fundus meines Theaters quillt über von Perlen- und Paillettenkleidern. In seidenpapierener Ruhe liegen der übergroße, schwarze Straußenfederfächer der *Prinzessin Thurn und Taxis* neben dem giftgrünen von *Stella Kadmon.* Der eine erzählt vom Ball am Hofe des Kaisers der andere von Emigrantenvorstellungen in Tel Aviv. Wem soll ich sie weitergeben?

Die zweite Schlacht war geschlagen. Die glücklichen Schauspieler schminkten sich ab, während auf der Bühne der schwierige Umbau für die Abendvorstellung »Heute Abend: Lola Blau!« stattfand. Nun übernahm »die Brandi« das Regiment hinter der Bühne. Eigentlich hieß sie *Maria Brandl,* aber jeder nannte sie »Brandi«. Sie war die dienstälteste Garderobiere des Theaters in der Josefstadt. Von der *Thimig* bis zur *Almassy* hatte sie alle Größen an- und ausgezogen.

Mich hatte sie 7560mal umgezogen. 360 Vorstellungen, in denen jeweils 21 Umzüge stattfanden. Umzüge, die in Sekundenschnelle passieren mussten. Komplizierte Umzüge, die eine ruhige Hand verlangen. Eine Meisterleistung vollbrachte die Brandi, indem sie mich innerhalb von 30 Sekunden aus einem Rüschenkostüm schälte und mir drei Orchideen auf den nackten Leib klebte. Sie haben gehalten, immer.

Brandi war im Theater in der Josefstadt mit 65 in Pension gegangen, und ich war überglücklich, dass sie zu mir in die FREIE BÜHNE WIEDEN kam. Leider musste ich auf die ebenso geliebte Maskenbildnerin und Friseuse *Grete Klim* verzichten, denn diese war im Theater in der Josefstadt unabkömmlich.

Ich glaube, dass man bewusst oder unbewusst die Atmosphäre hinter der Bühne mit auf die Bühne nimmt. Bei Brandi und Grete war die Garderobe eine Insel der konzentrierten Ruhe für die Protagonistin. Keine der beiden hätte gewagt, sich zu unterhalten – außer man gab ein Signal dazu. Keine hätte es sich verziehen, etwas zu vergessen oder unpünktlich zu sein. Beide gaben ihr Privatleben an der Bühnentür ab und fühlten sich nur dem Gelingen der Vorstellung verpflichtet. Sehr bald wussten sie, was einem angenehm oder unangenehm war. Sie waren hervorragende Beobachterinnen und spürten, sobald man die Garderobe betrat, ob man »gut drauf war oder schlecht«.

Brandi übernahm also um 18 Uhr das Regiment. In ruhigem, aber bestimmtem Ton: »Bitt' schön, meine Herrschaften, tummeln S' sich a bissel, die gnä' Frau braucht jetzt Ruhe!« Damit verabschiedete sie das Team der Nachmittagsvorstellung. Ich war ihr dankbar, denn vor mir lag eine »tour de force«.

Obwohl ich die Rolle der »Lola Blau« Hunderte Male im In- und Ausland gespielt hatte, war ich bei der Premiere im eigenen Theater skeptisch. Wollte das Wiener Publikum die Aufführung nach 360 Vorstellungen im Kleinen Theater der Josefstadt noch sehen? Meine Angst war unbegründet: es wollte!

Behütet und abgeschirmt durch Brandi, sammelte ich alle innere Ruhe und Kraft. Ich hatte den ganzen Tag nichts gegessen, was mir bei besonderen Herausforderungen immer guttut. Langsam trank ich aus der großen Porzellantasse meinen obligatorischen Tee mit viel Milch und Zucker. Langsam band ich meinem Yorkshireterrier, der auch einen Auftritt hatte, seine rosa Schleife um. Brandi gab ihm ein Schmankerl. Dann spuckte sie dreimal über meine linke Schulter, und ich ging auf die Bühne.

Ich habe die Gewohnheit, vor jeder Vorstellung einige Minuten hinter dem geschlossenen Vorhang auf der Bühne hin und her zu gehen, um mich innerlich einzustimmen. Ich kontrolliere, ob alles am richtigen Platz steht, denn auch das Fehlen des kleinsten Requisits kann eine Szene kaputtmachen.

Nein, alles war in Ordnung. *Edy Horich* gab das Zeichen zum Anfang. Seine technischen Aufgaben verlangten auch ihm totale Konzentration ab. Er musste Ton, Licht und Projektion stichwortgenau abfahren. Ein Irrtum oder eine Verzögerung hätte sich katastrophal auf den Ablauf der Show ausgewirkt.

Ich konnte mich auf ihn verlassen. »Toi, toi, toi«, flüsterte er.

»Toi, toi, toi«, gab ich zurück – und war dabei schon nicht mehr ich, sondern »Lola Blau«.

Zwei Stunden im Alleingang. Zum ersten Mal auf meiner Bühne. Jubel, Blumen, Telegramme, Geschenke!

Von meinem Mann – nichts!

Als ich erschöpft und glücklich von der Bühne kam, saß bereits das Ensemble für das Mitternachtskabarett an den Schminktischen. Ich half noch Wimpern zu kleben, Brusthaare zu überschminken, Perücken festzunageln.

Es galt, die letzte Hürde zu nehmen.

»Oh, frivol ist uns am Abend..!« war eine Travestie besonderer Art. Ich riskierte in Wien zum ersten Mal ein Nachtprogramm, das nichts mit den damals noch seltenen »Die Herren-Damen-lassen-bitten-Shows« zu tun hatte.

Professionelle Schauspieler schlüpften in Samt und Seide, Spitzendessous, schwarze Strümpfe und präsentierten sich darin live. Niemand simulierte zum Playback einer *Marlene-Dietrich*-Aufnahme. Jeder spielte seine Rolle echt. Ob er sie im Privaten weiterspielte, war seine Sache.

Ich hatte mit diesen hochbegabten und sehr musikalischen Kollegen *Tucholsky-*, *Kästner-* und *Hollaender*-Chansons erarbeitet. Die literarischen Texte, dargeboten in frecher Kostümierung, bekamen so einen prickelnden Reiz. Es knisterte auf der Bühne und im Parkett. Frauen bekamen schmale Lippen, wenn *Peter Strobl* auftrat, schön wie die *Garbo,* und Männer rätselten: Ist er ein Er oder eine Sie? Man lachte über die musikalische Komik *Heinz Horvaths* und jubelte, wenn der Schauspieler *Hans W. Pemmer,* der seine Fülle in ein rosa Babydoll gezwängt hatte, unendlich gelangweilt sang: »Ich bin so stürmisch wie der Samum in der Wüste...« Alle lachten, aber nicht unter ihrem Niveau.

Um Mitternacht stand es fest: Die FREIE BÜHNE WIEDEN war das Gespräch der Stadt.

Zu Fuß ging ich mit meinem Hund durch die kalte Dezembernacht nach Hause. Zu müde zum Denken, zu hungrig zum Essen.

Ich dachte nur: »Jetzt kommt einiges auf dich zu...«

4. BRIEF

Männer und Pferde sind eine Gleichung
mit Unbekannten. Die einen lernt man
in der Ehe, die anderen beim Zureiten kennen.

Reiterspruch

Der Reiter, der mir im Morgennebel entgegenritt, war mir unbekannt. Im Wiener Prater begegneten sich nur wenige Frühaufsteher zu Pferd. Man kannte einander, grüßte und wünschte »Guten Ritt!« Ich liebe diese stillen Morgenstunden, in denen die Bäume die Frische der Nacht ausatmen, damit wir sie einatmen. Auch mein Pferd liebte den Morgen. Ilan durfte »am langen Zügel« gehen, was der Kerl sofort ausnützte, um im Vorbeigehen, mit einer schnellen Drehung des Kopfes, Blätter abzubeißen. Genüsslich sabberte er grünweißen Speichel durch die Trense, während seine Ohren sich unentwegt nach vorn und zur Seite drehten, damit ihm nicht das leiseste Laubrascheln entging. Ein aufgeschreckter Hase, ein Fasan, der aufflog, waren immer ein willkommener Anlass für ihn, sich mit einem buckelnden Sprung, bei dem er den Kopf nach unten und sein Hinterteil nach oben warf, in Galopp zu setzen.

Im Lauf der Jahre hatte ich mich daran gewöhnt. Was mich in den ersten Jahren in Schrecken und oftmals auf den Boden versetzte, wurde mir später zur amüsanten Gewohnheit. Niemals strafte ich ihn mit der Gerte. Trieb er es zu toll, dann schrie ich ihn an: »Hör schon auf, du Trottel!« Das half.

»Alles reiterliche Unarten«, pflegte *Prinz Croy,* der noble alte Pferdekenner, zu sagen, wenn wir zusammen ausritten. Und: »Im Gelände gibt es keinen langen Zügel.«

Diese »reiterlichen Unarten« korrigierte ich, als mir der fremde Reiter entgegenkam. Nicht nur aus Sicherheit stellte ich mein Pferd an den Zügel. Da war eine ganze Portion Eitelkeit dabei. Ich wollte eine gute Figur im Sattel machen. Allerdings machte der Unbekannte eine weitaus bessere. Er hatte einen tadellosen Sitz. Sein Pferd glänzte wie Mahagoni. Die Stiefel waren feinste Maßarbeit, das Sakko aus Kaschmir, Satteldecke mit Monogramm. »Na Servus«, dachte ich mir, »High-Snobiety!«

»Küss' d' Hand, guten Ritt«, grüßte er höflich. Ich nickte nur (solche Typen liegen mir nicht) und gab meinem Pferd eine leichte Parade. Während wir davontrabten, spürte ich den Blick des Reiters im Nacken.

Ilan war das schönste Weihnachtsgeschenk meines Lebens gewesen. *Georg Kreisler* hatte mir das Pferd während eines Weihnachtsurlaubs in der Steiermark gekauft. Wir verbrachten die Feiertage mit den Kindern und *Erwin Ringel* im romantischen Schloss Pichlarn. Für reitkundige Gäste standen dort Haflinger zur Verfügung. Unter der Aufsicht eines Reitlehrers konnte man im Sattel oder im Schlitten durch die traumschöne Winterlandschaft gleiten. Unvergesslich! Sascha und Sandra saßen mit ihrem Vater und *Ringel* im Schlitten, ich ritt daneben. Die Haare an den Nüstern der Tiere waren vereist und glänzten wie Strass. »Kinderl, hast a Freud'?« rief Erwin. Und was für eine Freude ich hatte.

Ilan (hebräisch: Baum) 26 Jahre alt. Eine große Liebe!

Der Reitlehrer Herr *Gabriel,* auch Pferdezüchter und Gastwirt, sagte: »Gnä' Frau, Sie passen net auf'n Haflinger. Kommen S' amal zu mir nach Irdning, i zeig' Ihnen was...«

Es war Liebe auf den ersten Blick. In *Gabriels* Stall standen die verschiedensten Pferde, aber ich ging wie magnetisch angezogen in die Box mit dem schlanken, braunen Wallach, der einen weißen Stern in der Mitte der Stirn hatte.

Als unser Urlaub zu Ende war, fuhr ich nicht zusammen mit der Familie zurück. Ich setzte mich in den Pferdetransporter, in den Ilan verladen wurde. Die Remonte wusste, dass es in die Fremde ging, und zitterte am ganzen Leib. Als sich der Wagen in Bewegung setzte, brach das Pferd in herzzerreißendes Wiehern aus. Die Familie *Gabriel* nahm weinend Abschied von ihrem Liebling. Ich weinte mit. Lange, sehr lange währte das Wiehern. Weder Möhren noch Kukuruz konnten das Tier beruhigen. Immer wieder drehte er seinen Kopf zurück in die Richtung seines Stalls. Ich litt mit ihm und spürte hautnah, wie unmenschlich-untierisch Viehtransporte sind. Obwohl dieser Pferdetransporter wie ein Luxussarg ausgepolstert war, hatten wir beide kaum Platz darin. Während der langen Fahrt durch Nebel und Schneetreiben, über den vereisten Semmering, gelang es mir endlich, das Tier zu beruhigen. Unentwegt sprach ich mit ihm, fütterte ihn und wärmte mich an seinem Körper.

Diese langen Stunden waren die Basis für unsere 26jährige Freundschaft. Wir hatten unsere Differenzen und Probleme, wir standen Koliken und kleine Verletzungen durch, aber wir überstanden alles. Kam der Tierarzt und ich stand daneben, ließ sich Ilan alles gefallen. Unbeirrbar ist das Vertrauen der Tiere in den Menschen, wenn das Tier nicht vom Menschen enttäuscht wurde. Meine längere Abwesenheit quittierte er, indem er »motzte«. Minutenlang stand er mit dem Kopf zur Wand und war nicht zu bewegen, sich umzudrehen. Es half kein Zucker, kein Locken, kein Schmusen – er war sauer und zeigte es.

Kam ich aber regelmäßig, putzte oder badete ihn persönlich und – »welch Pferdeglück« – führte ihn wie einen Hund an der

Leine zum Grasen auf die Koppel, dann war seine Pferdewelt in Ordnung. Von weitem witterte er mich. Er tänzelte in seiner Box, schnaubte und schubste mich, wenn ich zu ihm hineinging. Was er für einen freundlichen Schubser hielt, beförderte mich einen Meter an die Boxenwand. Zärtlich hielt er mich am Pullover fest, wenn ich gehen wollte. Und wenn ich schrie: »Du Trottel, pass auf!«, ließ er erschrocken los, nicht wissend, dass im Pullover auch eine Haut drinsteckt.

Alle Pferdekenner verurteilen die Vermenschlichung der Pferde, aber alle, die ein Pferd nicht nur als Sportobjekt oder Laufmaschine betrachten, werden mich verstehen.

So wie man sein Pferd nach dem Ritt ordentlich pflegt und versorgt, so sollte sich auch der Reiter nach der Anstrengung etwas Gutes tun.

An jenem Morgen ging ich nach meinem Ausritt ins Reiter-Beisel, um noch vor der Probe zu frühstücken. Reitlehrer *Kurt Wang* saß dort, mit dem Mann, der mir im Gelände begegnet war, und stellte ihn mir als *»Direktor Springer«* vor.

»Direktor von was?« fragte ich herausfordernd. »Ich vertrete eine Schweizer Niederlassung in Österreich«, sagte er ruhig.

Der Mann blieb während des ganzen Gesprächs ruhig, um nicht zu sagen fad. Natürlich drehte sich die ganze Unterhaltung um Pferde, und es gefiel mir, dass der Direktor im Gegensatz zum Reitlehrer nicht mit seinen Fachkenntnissen protzte. Leider ist es eine Tatsache, dass jeder, der sich mit Pferden befasst, der Ansicht ist, alles über Pferde zu wissen.

Ich trank wie immer eine Melange und aß dazu eines der beliebten Wiener »Salzstangerln«. Es ist so beliebt, dass es den früheren Bürgermeister *Helmut Zilk* zu einem eigenartigen Werbespruch inspirierte. An den Zufahrtsstraßen vor Wien konnte man auf großen Transparenten lesen: »Wien – wo das Salz am Stangerl und nicht auf der Straße ist.«

Bis heute konnte niemand ergründen, ob diese Werbung dem Verkehr nützte.

Nach dem Frühstück verabschiedete ich mich von den beiden, meine Gedanken waren bereits im Theater. Am nächsten Morgen ritt ich zusammen mit dem Reitlehrer durch den Prater. Wir hielten an einer kleinen Lichtung, in der Nähe der Straße, um einige Sprünge über Baumstämme zu machen.

Langsam fuhr ein BMW vor. »Schau, wer da kommt«, sagte *Kurt Wang.* Aus dem Wagen stieg, jeder Zoll ein Direktor, der fade Mann. Sein Outfit war wieder stinkexquisit und konventionell.

Er begrüßte mich formvollendet, wechselte ein paar Worte mit dem Reitlehrer und rauschte ab. Kein Kompliment, keine »Anmache«. »Na ja«, dachte ich, »man kann nicht jedem gefallen, und dir gefällt er auch nicht.« Gefallen hatte mir, wie er Ilan tätschelte. Das war kein routiniertes Abklopfen, er strich ganz sanft und ruhig über den Hals des Pferdes, das sofort den Kopf hergab. Es lag viel Wärme und Zärtlichkeit in dieser Geste.

Am Abend saßen der Direktor und der Reitlehrer in meiner Vorstellung. Ein viel zu großer Rosenstrauß wurde abgegeben und ein Briefchen mit einer Einladung zum Abendessen.

Ich war immer erleichtert, wenn ich in jenen Tagen im Jahr 1977 nach der Vorstellung mit LIEBEN LEUTEN zusammensein konnte. *Georg Kreisler* hatte uns ein Jahr Trennung auferlegt und war abgereist. »Vielleicht finden wir danach wieder zusammen«, meinte er, während er in Briefen und Telefonaten Scheidungsvorschläge machte. Er hatte in Berlin die Schauspielerin *Barbara Peters* kennengelernt und sich in sie verliebt.

Sascha und Sandra litten unter der Trennung der Eltern und nützten sie andererseits geschickt aus. Wenn die Mami Verbote austeilte oder auf ordentliche Schularbeit pochte, hingen sie am Telefon: »Papi, kann ich zu dir kommen?«

Natürlich durften sie weg von der Rabenmutter, die sich, wie der Vater sagte, nur um ihr Theater und ihr Pferd kümmerte.

Nach einiger Zeit in Berlin ging der Zirkus umgekehrt los. Weg von dem Rabenvater, der sich nur um seine Freundin kümmerte. Es gibt keine Entschuldigung für meine damalige labile und unentschlossene Haltung. Hinterher ist man immer gescheiter... Statt »Nägel mit Köpfen« zu machen, glaubte ich, wie die Katze auf dem heißen Blechdach, seine Midlife-crisis »aussitzen« zu können.

Die Katze auf dem heißen Blechdach hat die Wahl, vom Dach zu springen oder zu warten, bis die Nacht kommt und das Blechdach abkühlt. Ich wollte nicht abspringen, denn ich glaubte: »Es wird alles wieder gut...«

Tag und Nacht trug ich meinen Ehering, in dem die beiden letzten Worte des ersten Liedes, das mein Mann für mich geschrieben hatte, eingraviert waren:

»Alles findet ein Ende - alles fängt einmal an,
Außer wenn ich nicht bei Dir sein kann –
Außer dann...«

Aber er schrieb bereits andere Liebeslieder.

Direktor Springer hatte im »Feuervogel«, einem russischen Nobelrestaurant, einen Tisch für drei Personen reserviert. Wie Maurer den Mörtel zwischen Ziegel pflastern, so pflasterten wir jeweils einen Wodka zwischen Blinis mit Kaviar, es wurde viel gelacht und viel angegeben. Die Hindernisse, die man mit den Pferden gesprungen war, wurden von Drink zu Drink höher, und der Direktor erzählte schöne nostalgische Geschichten aus seiner tschechischen Heimat »vor '38«.

Dann beauftragte er *Kurt Wang*, am nächsten Morgen mein und sein Pferd zu bereiten. »Sie müssen ausschlafen«, verfügte er. »Was für eine gute Idee«, lächelte ich. Er verabschiedete sich vor der Haustür.

Ich stöckelte etwas unsicher mit meinem kiloschweren Rosenstrauß hindurch und war plötzlich wütend. Er hatte nicht einmal versucht, mich zu küssen, und dann diese Bevormundung; schließlich bin ich emanzipiert und weiß selbst genau, wann ich aufs Pferd steige und wann nicht, und überhaupt – was bildet sich der Typ ein?

Carlos mit Leo, unserem Jack-Russell-Terrier, der 52 Worte verstand.

In den nächsten Monaten wurde mir klar: Der Typ bildete sich mich ein. Und ich, eine Betrogene, die den Betrüger liebte, erfuhr: Da war jemand, dem es wichtig erschien, dass ich meinen Teller leer aß. Der mich auf einen Berg fuhr, damit sich mein Husten durch die Luft und nicht durch starke Medikamente beruhigte. Jemand, der mich auf die Erde zurückholte, wenn ich künstlerische Projekte in unrealisierbaren Sphären ansiedelte.

So wie sich *Georg Kreisler* aus meinem Leben davonstahl, so stahl sich *Carlos Springer* hinein.

Er war da – liebevoll – zuverlässig – unentbehrlich!

Carlos war die totale Alternative.

5. BRIEF

Doch, Ärmste, hast du einst kein Geld,
Dreht dir den Rücken die ganze Welt.
Heinrich Heine

Es gibt Künstler, die über einen gesunden Geschäftssinn verfügen. Ich gehöre nicht dazu. Bereits in der Schule zierte jedes Zeugnis im Fach Rechnen und Mathematik ein beschämendes »ausreichend«. Ich gebe und nehme mit leichter Hand.

Es gibt Künstler, die ihre Kontoauszüge sorgfältiger studieren als ihre Rollen. Auch das ist mir fremd.

Dem Vorstand der FREIEN BÜHNE WIEDEN gestand ich mein Unvermögen ein, und so beschloss er, mir zwei erstklassige Buchhalterinnen zur Seite zu stellen.

Und das waren sie in der Tat.

Frau X. und Frau U., zuverlässige Genossinnen, wie mir *Johanna Dohnal* versicherte; saßen in der Theaterkasse und kontrollierten Eingänge und Ausgänge. Glücklich und voll Vertrauen widmete ich mich ausschließlich meinen künstlerischen Arbeiten. Der Vorstand hatte ein gutes Gehalt für beide Rechenkünstlerinnen festgelegt. Das war ganz in meinem Sinn, denn »wenn ich verdiene, sollen alle anderen auch verdienen«.

Der Rubel rollte, und alle verdienten – außer mir. Das Theater hatte ohne Subvention enormen Zuspruch, und ich bereitete die nächste Uraufführung vor. Ich freute mich, dass der Lebensgefährte von Frau X. tätig wurde und für das neue Programmheft Inserate keilte. Das ist wahre Solidarität, dachte ich oft, wenn ich in die Theaterkasse kam und der Kopf einer Genossin hinter Aktenbergen auftauchte. Das Telefon läutete fortwährend. Vorbestellungen wurden angenommen, Kunden kauften Theaterkarten, alle wurden freundlichst bedient. Ich kam mir sehr dumm und überflüssig vor und verrollte mich dorthin, wo ich zu Hause bin – auf die Bühne.

Edy Horich hatte das Theaterbuffet zusätzlich übernommen, die Mutter eines Schauspielers die Garderobe. Putzfrau, Bühnenarbeiter, alle hatten mit Frau X. abzurechnen. Nur meine Brandi zahlte ich privat.

»Wir haben momentan einen kleinen Engpass«, erklärte mir Frau X. eines Tages, »wir brauchen eine Subvention.«

»Bitte, macht keine Schulden!« bat ich und geriet leicht in Panik. »Lieber zahle ich dringende Beträge aus meiner Tasche, aber keine Schulden!« Gesagt, getan – und schon pflückte ich wieder von meinem Privatkonto.

Carlos holte mich nach der Vorstellung ab, und ich erklärte ihm die Situation. Er, der auf die Frage nach seinem Beruf immer leichthin sagte: »Ich bin mit kleinen Zifferchen beschäftigt«, schüttelte den Kopf. Er kam nun jeden Abend in die FREIE BÜHNE WIEDEN. Ich freute mich darüber, aber die Besuche galten nicht mir. Carlos beobachtete und zählte.

Nach einer Vorstellung sagte er: »Komm, wir müssen noch zu Frau X. in die Kasse.« Als wir eintraten, sah uns diese misstrauisch an. Ruhig, aber autoritär sagte Carlos: »Frau X., ich möchte mir die Buchhaltung ansehen, morgen früh bringen wir sie wieder zurück.« Fachmännisch ergriff Carlos die Ordner, während sich Frau X. eine Zigarette anzündete.

»Übrigens, ich kündige...«, sagte sie. »Das tut mir leid«, antwortete ich, und wir verließen die Kasse.

»Geh nur schlafen, Liebes«, sagte Carlos, »ich schau' mir alles in Ruhe an, denn da stimmt was nicht.«

Als ich in der Frühe aufwachte, saß Carlos da, wie ich ihn verlassen hatte. Der Aschenbecher quoll über, und der Esszimmertisch, die Stühle, die Kommoden waren übersät mit Kontoauszügen, Belegen und Briefen.

»Was ist das?« fragte ich verschlafen.

»Wie es aussieht, hat man dich innerhalb einer Saison um eine halbe Million betrogen«, sagte er ruhig.

»Das gibt es nicht! Unmöglich! Du irrst dich! Das sind Genossinnen, empfohlen von *Johanna Dohnal!* Die tun so was nicht!« rief ich und zitterte am ganzen Leib vor Empörung.

»Komm, jetzt frühstücken wir erst einmal in Ruhe, und dann erkläre ich dir alles. Wir stehen das schon durch.« Mit diesen

Worten nahm er mich liebevoll in den Arm, und ich weinte mich an seiner Schulter aus.

Und dann erklärte er. Und ich erkläre die miesen Tricks an dieser Stelle, damit Künstler und Narren gewarnt sind, denn: Vertrauen ist gut, Kontrolle ist besser!

In jedem Block und in jeder Masette, dem Heft, in dem sich die Kartenblocks zum Verkauf befinden, gibt es Abschnitte gleicher Farbe und gleicher Größe. Nicht jede Stuhlreihe hat dieselbe Sitzanzahl. Unbedruckte Eintrittskarten gleichen die Anzahl der Plätze aus. Zum Beispiel: Reihe 1, 14 Plätze, 14 bedruckte Eintrittskarten. Reihe 2, 12 Plätze, 12 bedruckte Eintrittskarten und 2 unbedruckte. Somit ist der Block voll. Beschriftet man nun den blinden Abschnitt mit einer Sitzzahl in derselben Reihe und verkauft diesen anstelle der gedruckten Karte, bleibt die gedruckte Karte als »nicht verkauft« im Block. Der Besucher empfängt und bezahlt eine beschriebene Karte, was ihn wenig stört. Er wird damit anstandslos auf seinen Platz geleitet, denn ein Stempel mit Datum macht das Zettelchen glaubwürdig.

Carlos hatte Abend für Abend die Zuschauer gezahlt, notiert und die Anzahl mit den verkauften und (angeblich) nicht verkauften Karten in der Buchhaltung verglichen. Er hatte die Mäntel, die an der Garderobe abgegeben wurden, gezählt und diese Anzahl mit den Garderobenmarken verglichen. Er hatte am Buffet die Gläser und Tassen gezahlt – nichts von alldem stimmte überein. Mit systematischer Akribie schien Frau X. Vorstellung für Vorstellung manipuliert und in die eigene Tasche kassiert zu haben. Beim Publikumsandrang während des Einlasses hatte man nichts bemerkt. Oder doch? Das bleibt im Dunkeln. Im Dunkeln blieb auch das Ziel der plötzlichen Abreise der Genossin. Die Wiener Wohnung über Nacht aufgelöst, neue Adresse »unbekannt«.

»Kannst klagen beim Salzamt«, sagt der Wiener.

»Weg mit Schaden«, sagt der Deutsche. Ich handelte deutsch.

Der Lebensgefährte der X. hatte von der FREIEN BÜHNE WIEDEN Provisionen für Inserate erhalten. Unerklärlich, auf welche Art der Keiler die Inserate ergatterte, denn die Firmen hatten nie einen Auftrag erteilt.

Da die kleine Gaunerin zeichnungsberechtigt war, fand Carlos obskure Belege und Quittungen, die eine Ahnungslose wie mich niemals misstrauisch gemacht hätten. Unzählige Taxirechnungen und eine hohe Mietabrechnung für unseren Gaststar *Gideon Singer.*

»Es läppert sich z'samm«, sagt der Wiener. Die deutsche Genossin Frau X. hatte anscheinend mit deutscher Gründlichkeit manipuliert. Ich blieb übrig.

Eine halbe Million eigenes Kapital investiert. Ein Jahr lang bis zur Selbstaufgabe gearbeitet, und eine halbe Million Schulden war das Resultat. Wie so oft kamen mir die Worte meiner Großmutter, der gescheitesten Frau der Familie, in den Sinn: »Selber schuld...«, pflegte sie zu sagen.

Ja, selber schuld! Es gab keine Entschuldigung für soviel Leichtgläubigkeit.

»Zunächst musst du den Vorstand verständigen«, sagte Carlos.

Ich informierte über das Vorgefallene und lud zu einer Vorstandssitzung ein. Alle Vorstandsmitglieder erschienen pünktlich. Wie üblich bot ich Essen und Trinken an, denn die LIEBEN LEUTE kamen alle vom Dienst. In ruhiger, entspannter Atmosphäre konnte ich Bericht erstatten. Sie hörten sich alles merkwürdig still und kommentarlos an. Ich betonte, dass nur ich mich verantwortlich fühle, und bat den Vorstand, seinen Einfluss beim Kulturamt der Stadt Wien geltend zu machen. Eine Subvention, wie andere Privattheater sie längst erhielten, könne die nächste Premiere sichern. Das Team sagte weder ja noch nein, Es war das übliche Wiener »Jein«. Wir tranken noch ein Glas Wein zusammen und verabschiedeten uns bedrückt, aber freundlich voneinander.

Carlos und ich räumten die Reste des Essens, die schmutzigen Gläser und die übervollen Aschenbecher in die Küche. »Schau, da liegt ein Brief«, sagte Carlos. Ich öffnete ihn.

Der gesamte Vorstand der FREIEN BÜHNE WIEDEN erklärte geschlossen seinen Rücktritt.

»Warum, Carlos? Wieso? Weshalb? Ich habe doch von keinem etwas verlangt! Was soll ich tun?« fragte ich verzweifelt.

»Du musst in einem Tag einen neuen Vorstand haben. Bei der Vereinspolizei gemeldet – ordnungsgemäß – sonst bist du dein Theater los«, drängte er.

»Wie soll ich in einem Tag einen repräsentativen Vorstand aufstellen? Wir haben damals Wochen dazu gebraucht!« Ich sah bereits mein Lebenswerk den Bach hinuntergehen.

Carlos schrieb Namen auf ein Papier. »Das wird der neue Vorstand«, sagte er bestimmt. Ich las: *Dorothea Neff, Eva Zilcher, Erwin Ringel, Angela Ferdinandi, Carlos Springer.*

»Glaubst du?« fragte ich zweifelnd. Am nächsten Tag hatten alle spontan zugesagt, und ich meldete die Unterschriften der Vereinspolizei. Der diensthabende Beamte zeigte sich beeindruckt: »Liest sich wie ‚Who's who', na, wenn man's sich verbessern kann...«

Wien, eine Stadt wie ein Sieb, wo alles durchsickert, sprach von der Rochade und ätzte über die nicht vorhandene Solidarität der Genossen. Theaterbesucher meinten, es sei an der Zeit, anders zu wählen – trotz *Bruno Kreisky.*

Es war gewiß nicht der Abgang des sozialistischen Vorstandes der FREIEN BÜHNE WIEDEN, der langsam, aber sicher einen Wählerschwund bei der SPÖ einleitete. Es war nur ein typisches Beispiel: Wenn's – auch nur scheinbar – ans eigene Eingemachte geht, bleibt das politische Engagement bei den meisten Funktionären auf der Strecke.

Eine Welle der Sympathie und Unterstützung kam auf die FREIE BÜHNE WIEDEN zu. Minister *Otto Rösch,* ständiger Besucher meiner Vorstellungen, zahlte seine Karten jeweils mit einem hohen Geldschein. »Ich weiß, ihr könnt 's brauchen...«, sagte er in seiner trockenen Art. Die Journalistin *Annette Richter,* wahrlich nicht auf Rosen gebettet, überwies der FREIEN BÜHNE WIEDEN regelmäßig größere Summen.

Nach dem Tod der Widerstandskämpferin übergab mir ihre Schwester *Olga Jaul* einen Scheck. Noch kurz vor ihrem Tode hatte Annette angeordnet: »Das ist für die Topsy...«

Betuchte und weniger Betuchte, Freunde, Fans und Unbekannte, LAUTER LIEBE LEUTE halfen der FREIEN BÜHNE WIEDEN, nachdem der Eklat die Runde gemacht hatte. Alle hatten eine offene Hand, außer der »öffentlichen Hand«.

Andere Privattheater erhielten von der Stadt Wien »Entschuldungen« in Millionenhöhe, um einige Zeit später wiederum »entschuldet« zu werden oder mit einem großen Schuldenberg für immer in der Bühnenversenkung zu verschwinden.

Die Spenden der Freunde und Förderer der FREIEN BÜHNE WIEDEN konnten das große Loch, das die Genossin X. in das Theaterkonto gerissen hatte, nicht stopfen.

Also griff Carlos in seine Privatschatulle und sagte wieder einmal: »Wir stehen das schon durch...«

»Es wird immer wieder passieren«, jammerte ich, »ich kann finanziell niemanden kontrollieren, ich kann nur vertrauen, aber wem?«

»Mir«, sagte Carlos, »mir...«

»Nein! Kommt überhaupt nicht in Frage! Mein ganzes Leben lang bin ich auf eigenen Füßen gestanden, ich habe niemals etwas von einem Mann gebraucht, ich nehme auch nichts von dir!«

»Warum nicht?« fragte er ruhig, »wir gehören doch zusammen, oder nicht?«

Er zündete sich eine Zigarette an (die wievielte?) und sagte leise: »Ich werde aussteigen.«

»Was heißt das? Was meinst du damit?«

Er lachte: »Ich bin ein Aussteiger – wenn du willst... ich hau' den Hut auf die Firma und werde dir mit deinem Theater helfen.«

»Was heißt aussteigen? Was heißt helfen?« Ich verstand nichts. Ich wusste, wie leidenschaftlich und spontan Carlos reagieren konnte, aber diesmal ging er wohl zu weit.

Ich lachte: »Du? Ein Aussteiger? Ich kenne keine Aussteiger mit handgearbeiteten Schuhen, die zweimal täglich das Hemd wechseln und einen BMW fahren.«

»Das werde ich auch weiterhin tun, mein Aussteigen muss ich nicht im schwarzen T-Shirt ankündigen.«

Und dann erklärte er mir sein Vorhaben. Er wolle die administrative Arbeit im Theater übernehmen, das wäre für ihn eine Kleinigkeit. Außerdem möchte er sich einen Jugendtraum erfüllen. Seine Begeisterung für Innenarchitektur könnte er als Bühnenbildner verwirklichen. Alles kostenlos, betonte er. Er würde ehrenamtlich, als Vorstandsmitglied der FREIEN BÜHNE WIEDEN, seinen Beitrag in dieser Weise einbringen.

Das war Musik in meinen Ohren. Ich umarmte ihn. Glücklich und erleichtert, um gleich darauf in das dunkle Loch unserer privaten Zores zu fallen. Beide waren wir (noch) verheiratet. Beide hatten wir erwachsene Kinder. Beide liebten wir einander und wollten zusammenleben. Wenn man einen Menschen liebt, bedeutet es wohl meistens, dass man sich auch zu ihm bekennt. Zu seinem Ehepartner konnte sich keiner von uns mehr bekennen. Zuviel seelischer Schutt und Mist hatte sich bei Carlos während zweiundzwanzig und bei mir in siebzehn Ehejahren angesammelt.

Klare Verhältnisse zu schaffen kostet Geld. Will man sie schnell schaffen, kosten sie sehr viel Geld. Carlos wurde sehr schnell geschieden.

Die Schriftstellerin *Esther Vilar* schreibt: »Harmonische Scheidungen kann es nur geben, wenn es sich zumindest bei einem der beiden Partner um einen Beschränkten handelt und der Intelligente derjenige war, der weg wollte.«

Kreisler war der Intelligente, er wollte weg. Ich war die »Beschränkte«, denn ich wollte – schon wegen der Kinder – keine Scheidung. Dass ich aber so beschränkt war, den wegwollenden Intelligenten ohne jegliche finanzielle Verpflichtungen seinerseits ziehen zu lassen, grenzte ans Debile.

Schwestern, hört die Signale! Glaubt keinem treuherzigen Dackelblick, der euch verspricht: »Ich werde immer für dich dasein..., ich lasse dich nie im Stich, niemand kann uns die schöne Zeit wegnehmen« und was der Plattitüden mehr sind. Vergesst nie das Faust-Zitat: »Nur was man schwarz auf weiß besitzt, kann man getrost nach Hause tragen.« Ich hatte es vergessen – beschränkt, beschränkter, am beschränktesten!

Carlos zog zu mir. Er brachte nur seine Bücher und seine Bekleidung mit. Auch unsere Pferde zogen zusammen. Wir übersiedelten die beiden aufs Land, wo sie in einem Reitstall glücklich nebeneinander standen. Unsere harmonische Zweisamkeit übertrug sich auf die beiden. Wenn einer von uns einmal allein ausritt, war es fast unmöglich, das einzelne Pferd vom Reitstall wegzubringen. War das Kunststück geglückt, passierte es nicht selten, dass der Single auf den vertrauten Waldwegen plötzlich einen Haken schlug und in Richtung seines Freundes, im gestreckten Galopp und ohne auf den Reiter zu achten, stallwärts raste. »Alles reiterliche Unarten und gefährlich«, hätte *Prinz Croy* getadelt. Wie recht er hatte.

Die Abhängigkeit vom anderen ist gefährlich.

Herausfordernd demonstrierte jeder von uns seine tolerante Unabhängigkeit vom anderen. Innerlich und äußerlich. Keine Zwangsbeglückung. Jeder hat seinen persönlichen Freiraum. Keiner wollte wieder heiraten. Keiner wollte den anderen erziehen oder umerziehen. Weder Mensch noch Pferd sollte an der Kandare gehen.

6. BRIEF

Seit zehn Jahren sitzen die zwei jeden Tag
stundenlang, ganz allein, im Kaffeehaus.
Das ist eine gute Ehe!
Nein, das ist ein gutes Kaffeehaus.

Alfred Polgar

Es ist sicherlich genauso schwierig, ein gutes Kaffeehaus zu führen, wie eine gute Kaffeehaus-Revue aufzuführen.

In beiden muss nämlich alles stimmen.

Es war das Buch »Dichter im Café« von *Hermann Kesten,* das mich auf die Idee brachte. In Wien gibt es zahllose Kaffeehäuser, die seit Generationen in der Hand einer Familie sind. Es gibt Kaffeehäuser, wo der alte Oberkellner bereits dem Herrn Großpapa den »großen Braunen« serviert hat und auf die Cola-Bestellung des Enkels mit einem wehmütigen Seufzer reagiert und nicht mit: »Kommt sofort, bitte gleich, Herr Hofrat.«

Was ist nicht alles in den Wiener Kaffeehäusern passiert?

Was wird nicht alles in den Kaffeehäusern gemacht?

Geheimes und Gemeines, das sofort kolportiert wird. Man hüte sich also davor, im Wiener Kaffeehaus Vertrauliches auszutauschen. Viele Kaffeehausdichter wurden zu Lebzeiten verkannt, und ihr Schreiben bestand zum größten Teil aus Anschreibenlassen. Auch Politiker wurden verkannt, und wenn die beiden Herren im Café Herrenhof diskutierten: »Hören Sie auf mit Revolution! Wer soll eine Revolution machen? Vielleicht der *Leib Bronstein* aus dem Café Abeles?« Dann machte jener *Leib Bronstein,* der seinen Kaffee im Café Abeles trank, 1917 die Russische Revolution. Allerdings hieß er da schon *Trotzki.*

Oder mein Freund *Egon Eis.* Der Schriftsteller und Filmautor, der zuerst immer den Hinterausgang eines Cafés inspizierte. Es war ihm als Flüchtling während des Zweiten Weltkrieges immer gelungen, durch den Hinterausgang zu entkommen, wenn die SS beim vorderen Eingang hereinkam. Bis zu seinem Lebensende konnte er die Gewohnheit nicht ablegen.

Der Gedanke, auf meiner Bühne drei Generationen in einem Kaffeehaus Revue passieren zu lassen, elektrisierte mich. Jede Szene musste auf Tatsachen basieren, jedes Lied der Zeit entsprechen, also wieder ein »Wahr-Stück«.

»Es muss eine Schauspielerin her, die drei Generationen – Großmutter, Mutter und Tochter – spielt und urwienerisch ist. Außerdem muss sie musikalisch sein, denn eine Wienerin ohne Wienerlied ist undenkbar«, sagte ich. »Warum versuchst du nicht die *Sissy Löwinger*«, schlug Carlos vor. Ein Proteststurm erhob sich unter den Vorstandsmitgliedern: »Die *Löwinger?* Unmöglich!«

»Ich finde es einen guten Vorschlag«, entschied ich, und es war die richtige Entscheidung.

Sissy aus dem Löwinger-Clan für eine gänzlich andere Bühnenarbeit abzuwerben, war nicht leicht. Wie »Der Pate« herrschte *Paul Löwinger* über seine Familie und sein Theater. Er war die absolute Respektsperson. Nachdem er das Buch genau studiert hatte, gab er seiner Lieblingstochter die Erlaubnis, in der FREIEN BÜHNE WIEDEN aufzutreten.

Ich war überrascht, als ich mit *Paul Löwinger* persönlich bekannt wurde. Er hatte privat nicht das geringste gemein mit seinen Bühnenrollen. Er war gebildet, überaus höflich und wie alle Komiker ein ernster Mensch.

Das Buch war ein Glücksfall. Es war mir gelungen, *Dr. Wolfgang Kudrnofsky* für das Thema zu interessieren. Er recherchierte genau und schrieb eindrucksvolle Szenen, die zum größten Teil authentische Aussagen enthielten. So entstand eine Revue, die das junge Publikum faszinierte und das ältere immer wieder nicken ließ: »Ja, so war's, genau so...« Als wir auf den Spielplan der Wiener Bühnen »Über hundertmal!« drucken konnten, hatten wir wieder den Beweis geliefert, dass Unterhaltung erfolgreich und politisch sein kann.

Sissy, in den drei Rollen, hatte großen Erfolg.

Der Papa saß während der Premiere im Café Wortner, gegenüber der FREIEN BÜHNE WIEDEN. Er sei zu aufgeregt, um im Publikum zu sitzen, ließ er mir ausrichten.

Fürchtete der alte Theaterhase einen Reinfall?

Tatsächlich schickte er seinen Sohn, *Paul Löwinger junior,* in regelmäßigen Abständen ins Theater und ließ fragen, »wie's läuft«. Es lief wunderbar. Erst beim Schlussapplaus stand der große Volksschauspieler *Paul Löwinger* an der Tür des Zuschauerraumes und applaudierte.

Wir waren ein gutes Team. Jeder gab jeden Abend sein Bestes.

Sissy gab mehr. Als Leiterin der Löwinger-Bühne wusste sie um die Probleme eines Privattheaters Bescheid. Sie schleppte aus dem Fundus ihres Theaters Kostüme und Requisiten an, war die erste auf der Bühne, kontrollierte, ob alles an der richtigen Stelle stand, und – sie machte nie einen Fehler.

Einmal passierte ihr das Missgeschick, dass sie während einer Szene ein Tablett mit Gläsern umstieß. Extemporierend ging sie ab, kam sofort mit Handbesen und Schaufel zurück und fegte die Scherben auf. Dabei improvisierte sie: »Des san Zeiten, wo die Chefin selbst in die Knie gehn muss...«

»Weißt du«, entschuldigte sie sich, »ich hatte Angst, du trittst bei deiner nächsten Nummer in die Scherben.« Am nächsten Tag brachte sie sechs neue Gläser. Ich besitze sie heute noch.

Sissy war damals mit der Unterhaltungsbombe *Peter Rapp* verheiratet. Wie es das 48 Kilo-Persönchen geschafft hat, zwischen den beiden starken Männern, Vater und Ehemann, zu existieren, wäre eine Studie für »Emanzipation in der Familie« wert.

Der Vater starb, die Ehe zerbrach. Sissy führt die von ihrer Großmutter gegründete Löwinger-Bühne weiter. Die rare Kunst des österreichischen Dialekttheaters wird von einer Frau am Leben erhalten.

Aber auch der österreichische National-Zirkus wird durch *Sissy Löwinger** weiterexistieren. Sie wurde die Nachfolgerin der legendären *Elfi Althoff.*

Und das alles ohne Netz! Bitte, nicht abstürzen!

**) 2011 hat sie die Bretter, die ihr die Welt bedeuteten, für immer verlassen.*

7. BRIEF

> Die Melancholie mit ihrer Symptomatik ist ein einziges präsuizidales Syndrom: Daraus folgt, dass die endogene Depression die selbstmordgefährlichste Erkrankung ist, die wir kennen, und dass bei jeder endogenen Depression grundsätzlich höchste Selbstmordgefahr anzunehmen ist.
>
> *Erwin Ringel in seinem Buch »Selbstmordverhütung«*

Im Leben jeder Frau gibt es Situationen, in denen sich alle negativen Kräfte gegen sie richten. Sie hat das Gefühl, als würde alles gleichzeitig zerstört, ihre Seele, ihr Körper, ihre Kraft, ihr Aussehen – ja, sogar das Lachen und Weinen. Glück im Unglück haben jene Frauen, die das Inferno vor den Wechseljahren trifft, diese verkraften vieles leichter, aber leicht verkraftet es keine.

Die eine tobt und weint. Die andere wirft Flaschen durch geschlossene Fenster. Die dritte erkennt die Sinnlosigkeit, weiter um den Geliebten zu kämpfen, und kommt zu dem Entschluss, Schluss zu machen.

Die Abnabelung von einem geliebten Partner verlangt, trotz allem, was er getan haben mag, eine innere Kraft, die über die Kräfte vieler Frauen hinausgeht.

Fest steht: Im Luxus leidet man leichter. Aber ich kenne auch Millionärinnen, die aus Liebeskummer zu Million-Närrinnen wurden. Wenn eine Liebe von einer Seite beendet wird, folgt man am besten dem alten Talmudspruch: Ändere deinen Ort – und du änderst dein Geschick!

Außerhalb der Reichweite des »Objektes der Begierde« zu sein, kann mehr bewirken als stundenlanges Seelenstriptease bei einem Therapeuten. Aber wem sage ich das...

Meine Freundin *Vera Aigner* gehörte zu jenen liebenswerten Geschöpfen, in denen sich Intelligenz, Warmherzigkeit, attraktives Aussehen und Humor in einer glücklichen Konstellation gefunden hatten. Zu allem Überfluss besaß sie eine gute Portion Sex-Appeal, was der Rechtsanwältin manchmal die hämische

Beurteilung eintrug: »Wer so ausschaut, kann kein guter Anwalt sein!« Sie konnte.

Als ich Vera kennenlernte, war sie die Lebensgefährtin des Psychotherapeuten *Erwin Ringel.*

Sein Spezialgebiet war die Selbstmordverhütung. Er gründete eine internationale Gesellschaft, deren Ziel es ist, den Selbstmord als Krankheit zu diagnostizieren und dementsprechend zu behandeln.

Vera hatte bei der Gründung dieses Vereins, zu dem namhafte Ärzte gehören, Pionierarbeit geleistet, und sie hatte sich im Lauf der Zusammenarbeit und des Zusammenlebens mit *Ringel* verblüffende Fachkenntnisse angeeignet.

Ringel war ein fanatischer Kunstliebhaber und Liebhaber der Künstlerinnen. So ergab es sich von selbst, dass er über prominente Darsteller, die glaubten, seiner seelischen Hilfe zu bedürfen, in der Wiener Kunstszene zu einer einflussreichen Persönlichkeit wurde. Er liebte Opern, besuchte alle Produktionen der Wiener Staatsoper und flog häufig für nur eine Opernaufführung nach Mailand oder Paris.

Ringel wusste nicht nur viel, er erreichte auch viel und viele. Seine Vorträge strotzten vor Zitaten aus Oper und Literatur, und wenn er im Stil eines launigen Quizmasters seine Thesen über das präsuizidale Syndrom vortrug, stürmte das Publikum die Säle.

Ein Triumph besonderer Art glückte ihm in der Wiener Staatsoper, als er an einem Vormittag seinen Vortrag »Selbstmord in der Oper« auf der weltberühmten Bühne halten durfte. Die Oper war an diesem denkwürdigen Sonntagmorgen bis auf den letzten Platz besetzt. Prominente Staatsopernsänger und -sängerinnen brachten Musikbeispiele, und *Ringel* war in Hochform. Das Publikum jubelte. Noch nie hatte ein Arzt die Opernmorde derart spannend und für alle verständlich gemacht. Mit Genuss verfolgte das Publikum *Ringels* makabre Thesen. Seine metallisch-näselnde Stimme, stark wienerisch gefärbt, tönte durch das Mikrophon und stand in scharfem Gegensatz zu den herrlich gesungenen Arien.

Im Publikum die attraktive Frau des damaligen Innenministers, *Melitta Lanc*. Damals ahnte ich nicht, dass sie aus unglücklicher Liebe zu einem jungen Fernsehdirektor ihrem kaum vierzigjährigen Leben ein Ende setzen würde. Wir applaudierten, wir waren begeistert, wir blödelten: »Wenn du dich umbringen willst, geh zum *Ringel*...«

»Der Tod, das muss ein Wiener sein,
genau wie die Liab' a Französin...
denn wer bringt dich sicher zur Himmelstür?
Ja, da hat nur a Wiener das G'spür dafür... «
Georg Kreisler

Was *Georg Kreisler* in seinen Chansons so unnachahmlich gelang, nämlich die Beschreibung des Makabren süßmelodisch zu verpacken, kopierte *Erwin Ringel* bei seinen Vorträgen.

Seine Mord- und Selbstmordanalysen durchflocht er mit einem ins Ohr gehenden Melodienreigen. Der praktizierende Katholik und der atheistische Jude verstanden ihr Handwerk. Und wenn beide zusammen mit einem »Selbstmordverhütungschansonabend« auftraten, mussten in der Universität die Saaltüren des Audimax geöffnet bleiben, denn das Publikum stand oder saß in den Gängen und auf den Treppen.

Es gibt keinen Zweifel, dass *Ringel* ein großer Bewunderer *Georg Kreislers* war. Ob er ihn auch menschlich schätzte, blieb mir unklar. Nach einem Streit mit meinem damaligen Ehemann wollte ich mich mit Erwin aussprechen. »Es muss dir doch klar sein, dass Georg ein neurotischer Mensch ist«, sagte er. »Warum sprichst du nicht mit ihm?« fragte ich. *Ringel* antwortete: »Wenn ich ihn behandeln würde, könnte er nicht mehr so schreiben. Und merke dir eines, jeder Neurotiker tut dem anderen Gutes und bestraft ihn hinterher.«

Den Geburtstag von *Vera Aigner* feierte *Erwin Ringel* unter dem Motto: »Es wird gebeten, in einem Kostüm à la *Georg-Kreisler*-Chansons zu erscheinen!« Die ausgewählten Freunde, etwa 50

Erwin Ringel erklärt der Klatschkolumnistin Paula Elges, was sie zu schreiben hat, und Vera (dahinter) lächelt noch...

HOTEL
SCHLOSS LAUDON
WIEN

WARMES BUFFET à la Kreisler

Hühnerfladen mit Kaninchenkümmelfrikassee
*
Bergamottenwonnekokosspiegelei mit Aal
*
Kümmelrhabarber mit hausgemachten Schmalzorchideen
*
Hummerkutteln mit Wacholdermarzipan in Borscht
*
Hoppelpoppelmuskatellerfusel
*
Schwalbenschnitzel mit Orangennudeln
*
Tintenfischkaldaunen
*
Blätterknochenzander

Personen, folgten begeistert dieser Einladung. Dass auch Mediziner über eine gute Portion Mut und Witz verfügen, bewiesen prominente Ärzte, die als »Zwei alte Tanten« kostümiert waren. Manche erschienen als Henker, Priester oder Ganove und erklärten, sie seien »Der guate, alte Franz«, und auf dem Rückendekolleté der Frau *Prof. Sussmann* klebte eine überdimensionale »Wanderniere«. Wenn der bekannte Nierenspezialist beim Tanz die Wanderniere drückte und der »Ausgesprochen schöne Heinrich« das »Einäugige Elschen« knutschte, wurde gelacht und am nächsten Tag in den Klatschspalten gelästert.

Das Vera-Fest, im romantischen Schloss Laudon, muss einige hunderttausend Schilling gekostet haben, aber auch hier sagt der Wiener (hinter der bekannt vorgehaltenen Hand): »Es trifft keinen Armen...«

Ringel lebte und ließ leben. Die fortschreitende Lähmung seiner Beine zwang ihn, der, wie er mir sagte, einmal ein wilder Boogie-Woogie-Tänzer gewesen war, einen Stock zu benutzen. Er sprach nicht über seine Krankheit und lebte abstinent. Sein ständiges Getränk war warmes Leitungswasser, zur Hälfte gemischt mit Güssinger. Ich nannte es sein »Spezial«. Erwin saß, während alles um ihn tanzte und in Bewegung war, in einem bequemen Sessel, vor sich sein »Spezial«, und fragte immer wieder: »Kinderl, habt's a Freud'?«

Und dennoch übte er auf manche Frauen eine Faszination aus, die weit über die Anziehungskraft, die die »Götter im weißen Kittel« üblicherweise haben, hinausging. Sein Äußeres war zwar wenig attraktiv. Seine Gehbehinderung nahm sichtbar zu. Sein Blick à la *Sartre* irritierte, und wenn er bei Tisch summend seinen Gedanken nachhing, ließen auch seine Essmanieren zu wünschen übrig. Und trotzdem verfielen Burgschauspielerinnen und Kammersängerinnen seiner Persönlichkeit.

Ich liebte es, wenn er monologisierte, und er schätzte meine künstlerische Arbeit. Mehr als zwölfmal sah er meine Aufführung »Heute Abend: Lola Blau!«, aber er sagte: »Du interessierst mich nicht, du bist kein Fall.«

Mit seinen »Fällen« kam er in meine Vorstellung. Während ich auf der Bühne agierte, beobachtete er seine Patienten genau. Nach einer Vorstellung kam eine Frau in meine Garderobe und umarmte mich unter Tränen. »Sie wissen nicht, wie Sie mir geholfen haben, ich habe alles genau so erlebt...«

Ringel sagte mir, ich habe ihm eine schwierige therapeutische Arbeit abgenommen. Die Frau habe nach vierzig Jahren zum ersten Mal wieder gelacht und geweint. Er machte mir bewusst, wieviel die von einem Darsteller ausgehenden Strahlungen bei einer Person im Zuschauerraum bewirken können, und ich begriff, dass ich mit meiner Darstellung nicht nur unterhalten, sondern auch helfen konnte. Nun erst wusste ich, was der Regisseur *Fritz Kortner* gemeint hatte, als er mir bei einer Probe zu »Dantons Tod« sagte: »Spielen Sie nicht für das Publikum, senden Sie... senden Sie... an einen Menschen da unten...«

Regisseur Fritz Kortner und Topsy Küppers während einer Probe. Staatsschauspiel München.

Vera Aigner liebte *Erwin Ringel.* Sicher ist, dass er ihr einen Heiratsantrag machte, den Vera zunächst ablehnte. Bei einer Opernaufführung der »Salomé« in der Wiener Staatsoper saß ich mit den beiden in der Loge des damaligen Bürgermeisters

Leopold Gratz. Als Herodes sang: »...ich habe Perlen, Topase... ich habe Opale...«, bemerkte ich, dass *Ringel* Vera ein Etui in den Schoß legte. In der Pause zeigte sie mir den Inhalt. Es waren wunderbare Ohrgehänge – angefertigt aus Perlen, Topasen und Opalen.

Unsere gemeinsamen Opernbesuche fanden bald ein Ende. *Ringel* saß nun in der Loge des Bürgermeisters mit dessen Frau. *Helga Gratz,* eine kleine, hausbackene Person, war angetreten, die intellektuelle, aparte Vera kurzerhand auszubooten.

Die Frau des Bürgermeisters agierte immer bescheiden im Hintergrund ihres beliebten und populären Gatten, Sie führten eine sogenannte offene Ehe. Sie war eine gute Sozialistin und blieb ihrem Ehemann solidarisch verbunden, bis zu dem Augenblick, als sie *Erwin Ringel* kennenlernte.

In dem Maße, wie sich *Ringels* Beziehung zu Vera lockerte, festigte sie sich zu Helga. Vera war außer sich. Ihr nervlicher Zustand wechselte ab zwischen tiefen Depressionen, die sie mit Medikamenten bekämpfte, und leidenschaftlichen Eifersuchtsszenen, zu denen sie sich mit viel Alkohol Mut antrank.

Ringel sah tatenlos zu. Vera, die genau zu wissen schien, in welche Nervenkrise sie durch ihren Liebeskummer schlitterte, versuchte eine Therapie bei *Ringels* Kollegen *Prim. Prof. Dr. Peter Berner.* Sie gestand mir, dass sie in *Berners* Praxis einen Wutanfall bekommen habe und eine wertvolle Vase zerschmetterte. Daraufhin habe *Prof. Berner* die Therapie abgebrochen.

Wie schwer die Nervenkrise war, in der sich meine Freundin befand, hat wohl niemand, am wenigsten die Psychotherapeuten, erkannt. In der Osterwoche rief mich Vera an: »Kann ich dich sprechen.» – »Tut mir leid, Veralein, ich bin in Proben, es geht erst am Karfreitag«, antwortete ich wahrheitsgemäß.

»Macht nichts – mach's gut!« sagte sie.

Am Gründonnerstag stieg Vera in den vierten Stock des Hauses in der Gumpendorfer Straße, in dem sie wohnte, öffnete ein Fenster im Treppenhaus und stürzte sich in den Hof.

Die Mitbegründerin der Selbstmordverhütungsgesellschaft überlebte nicht.

Mit dem Selbstmordverhüter gab es Krach. »Wieso hast du nichts getan? Du wusstest doch, wie es um sie stand?«

Seinem Fachjargon stand ich hilflos gegenüber. Es war kein guter, aber ein spontaner Satz, als ich ihn anschrie: »Und vorher hast du dir noch die Salomé-Ohrringe zurückgeben lassen!«

Auf meiner nächsten Platte sandte ich Vera ein kleines Lied nach.

Eine Frau... (in memoriam Vera), Musik von *Willy Fantel*

»Ich warf eine Rose – eine Rose ins Meer.
Eine rote Rose ins grüne Meer.
Mein Herz, das zitterte hinterher,
als die Welle kam – und die Rose ertrank...

Eine Frau ist genau wie das Meer,
sie gibt dem leisesten Druck nach
und trägt doch Lasten so schwer...

Ich schrieb einen Brief – an mein einzig' Lieb.
Einen langen Brief an mein einzig' Lieb.
Der Brief, der wurde zurückgesandt,
keine Annahme dort – Adressat ist fort.

Ich sang mal ein Lied – sang es gegen den Wind.
Ein Liebeslied sang ich gegen den Wind.
Meine Augen waren von Tränen blind,
und der Wind trug es fort – umsonst jedes Wort.

Eine Frau ist genau wie das Meer...«

Ich glaube nicht, dass man sein Glück auf dem Unglück anderer aufbauen kann, aber *Helga Gratz* schien glücklich zu sein. An der Seite des Arztes, dessen Bekanntheitsgrad von Tag zu Tag stieg, verwandelte sie sich in eine selbstsichere, elegante Frau. Das tragische Ende Veras schob sie mit der Freudschen

Erklärung beiseite: »Jeder Selbstmord ist im Grunde ein verhinderter Mord...« Ich wusste, wer aus ihr sprach.

Helga war voller Zukunftspläne und Aktivitären. Sie richtete eine entzückende Wohnung ein. Das Haus am Hansi-Niese-Weg hatte einen Indoor-Pool, einen Garten und war stufenlos. Langsam, aber stetig nahm die Gehbehinderung Erwins zu, man sprach nicht darüber, aber alles wurde fürsorglichst arrangiert. Helga sagte mir, dass sie an eine Scheidung denke, mit Poldi sei bereits alles besprochen. »Und was sagt der *Kreisky* dazu?« fragte ich, wissend, wieviel der Bundeskanzler auf Ordnung in seiner Partei hielt. »Ach, der hat doch selbst seine Affären«, wischte sie meine Bedenken vom Tisch.

Sie war rundherum glücklich und lächelte auch dann noch, wenn sich der schwere Mann an ihrem Arm die Treppen zur Oper hinaufschleppte und man sah, dass die zierliche Person ihn nur noch mit äußerster Anstrengung stützen konnte. In ihrer bedingungslosen Bewunderung und Liebe tat sie alles, um ihm seine Wünsche zu erfüllen. Zielbewusst und zielführend griff die Frau Bürgermeister zum Telefon, und niemand konnte ihr etwas abschlagen.

Ringel im Hörfunk, *Ringel* im Fernsehen, *Ringel* in den Zeitungen, *Ringel* auf den Bühnen, mit Sängern, mit Schauspielern – seltener mit Ärzten –, man fragte: Wann behandelt er seine Patienten? Er predigte druckreif, und alles wurde gedruckt.

Seine Thesen über »Die österreichische Seele« wurden kritiklos hochgejubelt. Die Journaille lag ihm zu Füßen. Man nannte ihn das »österreichische Gewissen« und überschüttete ihn mit Auszeichnungen und Orden. Es schien, als habe Österreich keine anderen Psychotherapeuten, und selbst der verdienstvolle Psychiater *Harald Leupold-Löwenthal*, der die *Sigmund-Freud*-Gesellschaft gegründet hatte, stand neben der Öffentlichkeitsarbeit, die für *Ringel* geleistet wurde, im Abseits.

Manchmal fragten mich Liebe Leute, was ich, die ich doch mit Erwin befreundet sei, von ihm halte. Ich hatte nicht den Mut, meine Gefühle, die stets zwischen Bewunderung und Ablehnung pendelten, offen auszusprechen. So blödelte ich:

»Die Schauspieler halten ihn für einen guten Psychiater und die Psychiater für einen guten Schauspieler!«

Die geistliche Schwester *Dr. Angela Ferdinandi* war eine zauberhafte, blühende Frau, mit dunklem Haar und vollen Lippen. Ich kannte Schwestern nur als blasse, dienende Geschöpfe, Angela aber war das Gegenteil. In ihrem schwarzen Pullover, mit weißem Kragen, wirkte sie wie ein modernes, junges Mädchen. Dass sie den Rock kürzer trug als schwesternüblich und dadurch schöngewachsene Beine zeigte, verriet einen Hang zu weltlicher Koketterie. »Sie ist ungarischer Abstammung«, erklärte *Ringel,* und seinem Unterton entnahm ich, dass sich der Therapeut – ganz privat – eines neuen Falles angenommen hatte.

Eines Morgens rief mich Helga an und fragte: »Was würdest du denken, wenn du im Bad von Erwin eine Duschhaube hängen siehst?« – »Ich würde denken, die Besitzerin schläft dort...«, antwortete ich. Die Duschhaube gehörte Angela.

Bald darauf trat die Schwester aus dem Orden aus und in *Ringels* Leben ein.

Dieser bewegte sich inzwischen schon auf zwei Stöcken, aber genau wie Vera und Helga war auch Angela ihm Stütze und Dienerin. Helga traf ich ab und zu bei Parteiveranstaltungen der SPÖ. Manchmal saßen wir anschließend beisammen. Auf meine vorsichtigen Fragen antwortete sie ausweichend. Nein, es gehe ihr gut..., nein, mit Poldi habe sie keine Probleme..., sie hätten sich arrangiert; und sie trank...

Wochenlang hörte ich nichts von ihr. LIEBE LEUTE sahen sie bei Kuren in Abano und im Sanatorium Stühlinger auf dem Semmering. Immer allein, abweisend und verschlossen.

Was Vera und Helga misslungen war, erreichte Angela in kürzester Zeit. Die Heirat, von Erwin genial inszeniert, versprach wiederum ein Fest der Freude für Freunde zu werden. Ich erlebte ihn etwas enttäuscht, als seine Bemühungen und Beziehungen, die bis zum Vatikan reichten, erfolglos blieben. Er wollte erreichen, dass seine erste Ehe für ungültig erklärt werde, damit er kirchlich heiraten könne. »Wie stellst du dir das vor…, du geschieden mit einer erwachsenen Tochter, Angela aus dem Orden ausgeschlossen…«, fragte ich konsterniert.

Er summte leise vor sich hin. Ich konnte dieses Summen nicht leiden. Immer wenn er keine Antwort geben wollte oder seine Gedanken längst nicht mehr bei dem Gesprächspartner waren, summte er. Ich sagte dann meist verärgert: »Summen kann ich selber.« *Ringel* war aber nicht nur sehr klug, er war auch ein listiger Mensch. Sein Freundeskreis wurde mit einer Einladungskarte überrascht, die zum Polterabend, zur Hochzeitsschiffahrt auf der Donau und – zur Trauung in die Stiftskirche von Dürnstein einlud. Es gab eine kirchliche Feier – mit Standesbeamtem.

Zum Polterabend erschien die Braut in einem wildgemusterten Abendkleid, das unnötig von ihrer klassischen Schönheit ablenkte. Verständlich, dass die jahrzehntelang getragene schwarze Kluft in ihr den Wunsch nach einem total anderen Outfit hervorrief. Sie trank und schob eine Zigarette nach der anderen zwischen die grell geschminkten Lippen. Trotzdem eroberte die ehemalige Nonne die Herzen der Anwesenden, denn ihre tiefe Güte und Anständigkeit drangen durch die verfehlte äußerliche Aufmachung hindurch, und niemand konnte sich dem entziehen.

Damals hatte ich noch die schlechte Angewohnheit, die positiven oder negativen Signale meines Unterbewusstseins zu ignorieren. Auch an diesem Polterabend spielte ich lieber die äußerlichen Scherze der Bussi-Bussi-Gesellschaft mit. Ich lächelte Männer an, die es nicht verdienten, und lachte über Späße, die keine waren, um meine Vorahnung zu verdrängen.

Die Fröhlichkeit der Gäste ebbte ab, als nach und nach einige Ärzte den Festsaal verließen und mit bedrückten Gesichtern zurückkamen. Der Bräutigam hatte einen Kollaps erlitten.

Keiner der zahlreich geladenen Ärzte führte entsprechende Medikamente mit. Zwei Arztfreunde warfen sich in ihre Limousinen, rasten nach Wien und mit dem Medikament zurück. Zwei Stunden zitterten alle um den Bräutigam. Niemand wollte einen Bissen essen.

Gegen 23 Uhr öffneten sich die Flügeltüren, auf seinen Stock und Angela gestützt, schlurfte Erwin herein. Er war aschfahl im Gesicht, aber er rief: »Kinderl, habt's a Freud'! Kommt, esst und trinkt, es ist alles in Ordnung.« Er selbst nippte an seinem »Spezial«. Es wäre für einen *Ringel* undenkbar gewesen, seine Gäste um einen festlichen Abend zu bringen. Aber die Sorge um seinen gesundheitlichen Zustand beherrschte alle, und wir flüsterten uns zu: »Wird er morgen die Hochzeit überstehen?«

War es die Willenskraft des Bräutigams oder die Kunst der Ärzte oder beides? Am nächsten Morgen erschien Erwin in bester Form. Es wurde eine der eigenartigsten, aber auch berührendsten Vermählungen. Angela, wiederum als Bonbon verkleidet, strahlte. Erwin war sichtlich bewegt, aber man sah ihm auch seine innere Befriedigung an. Er, ein Geschiedener, sie, eine ehemalige geistliche Schwester, trotzdem beide in tiefer Gläubigkeit verbunden, standen gemeinsam vor dem Altar. Um es genau zu sagen, sie stand, und er saß, denn es war Erwin nicht mehr möglich, einige Minuten zu stehen.

Anschließend fand im Festsaal des Hotel »Löwenherz« eine musikalische Jubelfeier statt. Mitglieder der Wiener Philharmoniker spielten Klassisches, Kammersänger *Anton Dermota* sang Arien, das Brautpaar wurde mit lieben Worten von LIEBEN LEUTEN gerühmt. Und dann sprach *Erwin Ringel.* Wie immer sprach er frei, aber diesmal war es keine Rede, es war ein dankbares Herz, das überlief und sich den Freunden mitteilte. Seine Worte rührten mich zu Tränen. An alle, die tatkräftig mitgeholfen hatten, dieses Hochzeitsfest unvergesslich zu machen, vergab er kostbare Geschenke. Handgeschriebene, alte Partituren oder Autographen.

Im engsten Kreis ließ er seinen Hochzeitstag ausklingen. Angela umsorgte ihn – Angela, sein Engel. Wir waren randvoll angefüllt mit dem Erlebten, Gesehenen und Gegessenen. Neben Erwin stand griffbereit ein Telefon: »Warum das – und warum jetzt?« fragte ich. Er antwortete leise: »Heute ist jemand besonders gefährdet.« Ich wusste, wen er meinte. *Helga Gratz.*

Doch das Telefon blieb still.

Einige Zeit später schied *Helga Gratz* freiwillig aus dem Leben.

8. BRIEF

Je planmäßiger die Menschen vorgehen,
desto wirksamer trifft sie der Zufall.

Friedrich Dürrenmatt

Am Anfang stehen immer Begeisterung, Tatkraft und Mut. Am Ende manchmal Frust, Resignation und Unmut. Das Textbuch, das *Paul Löwinger junior* geschrieben hatte, gefiel mir ausgezeichnet. Wir nannten es »Durch Zufall frei«.

»Durch Zufall frei« ist eine in Theaterzeitungen immer wieder aufscheinende Annonce beschäftigungsloser Künstler, wie: »Erster Bassbariton (durch Zufall frei) sucht Engagement.« Oder: »Ältere Salondame (durch Zufall frei), mit großem Repertoire, ersucht um Vorsprechen.«

Welche menschlichen Tragödien sich hinter der umschreibenden Redensart »durch Zufall frei« verbergen, wollten wir in dem Stück aufzeigen und erlebten selbst eine Bühnentragödie.

Die Handlung spielt im Vorzimmer eines Bühnenagenten.

Verschiedene Schauspieler, »durch Zufall frei«, warten hoffnungsvoll auf das Gespräch mit dem Impresario, von dem ihr berufliches Schicksal abhängt. Sie geben Proben ihres Könnens, manche geben an, und manche geben auf.

Alle Rollen waren typgerecht besetzt. Die Musikeinlagen wurden von *Heinz Horak* am Klavier begleitet, Regie führte der Autor. Letzteres war mein erster Fehler. Man sollte nach Möglichkeit vermeiden, dass jemand sein eigenes Werk inszeniert. Der Autor klebt an jedem Satz, Streichungen sind für ihn undenkbar, denn schließlich ist jede seiner Formulierungen ein unter Mühen geborenes Kunstwerk. Die Theaterweisheit »Was gestrichen ist, kann nicht durchfallen« betrachtet er als persönliche Beleidigung.

Trotzdem war *Paul Löwinger junior* äußerst kooperativ. Nur in einem Punkt biss ich auf Granit. Behutsam, mit Samtstimme, wollte ich ihn überzeugen, das Stück unter einem Pseudonym zur Uraufführung zu bringen. Mein Argument, dass das Publikum einen *Löwinger*-Schwank erwarten würde und enttäuscht wäre über ein intellektuelles Bühnenspiel, zog nicht. Der Junior, ein gebildeter, künstlerischer Mensch, war nicht umzustimmen. »Der Name bleibt, ich bin stolz auf den Namen *Löwinger*«, sagte er bestimmt.

Einerseits bewunderte ich seine Selbstsicherheit, andererseits beschlich mich eine Unsicherheit. Vor meinem geistigen Auge erschienen ländliche Buskolonnen zur Vorstellung. Was sollte dieses liebenswerte, einfache Publikum mit unserem Stück anfangen? Ich ahnte die krankhafte Lust der Kritiker, ihre Häme über uns auszugießen, und ich sah das Konto der FREIEN BÜHNE WIEDEN in einem Meer roter Zahlen versinken.

Und ich – nur ich – war für alles verantwortlich!

Unsere Besetzung war zwar typgerecht ausgewählt, aber auch hier gab es von Beginn an Probleme.

Elli Naschold spielte eine Hauptrolle. Sie hatte eine schwere Zeit hinter sich, die sie tapfer durchgestanden hatte. Nach ihrem ersten Auftreten in der FREIEN BÜHNE WIEDEN hatte Elli eine Alkohol-Entziehungskur in Kalksburg gemacht.

Damals läutete zu später Stunde bei uns das Telefon. Der Schauspieler *Heinz Horvath* war am Apparat. »Bitte Topsy, du musst helfen! Die Elli will sich was antun, bitte unternimm was, sie will aus dem Fenster springen!« Ich wusste, dass Elli gerne über den Durst trank, aber nicht, dass sie suizidgefährdet war. Ich dachte an *Vera Aigner* und sagte: »Ich ruf' dich zurück.« Dann läutete ich *Erwin Ringel* aus dem Schlaf. »Ich ruf' dich zurück«, sagte auch er, und nach einer Viertelstunde kamen seine Instruktionen: »Du wirst Elli anrufen und sie überreden, eine Entziehungskur zu machen. Dann bist du morgen früh um sechs in ihrer Wohnung; achte darauf, dass sie außer einem Kaffee nichts zu sich nimmt, auch wenn sie noch so zittert. Dann fahrt ihr nach Kalksburg, ihr werdet erwartet«, beendete er seine Anordnungen.

Ich tat, was er mir aufgetragen hatte, und rief Elli an. Es gelang mir, sie von ihrem Vorhaben abzubringen, indem ich ihr eine wunderschöne Rolle versprach, die nur sie allein spielen könne.

Um sechs Uhr früh stand ich vor ihrem Appartement im zweiten Bezirk. Elli öffnete leichenblass und zitternd. Ihr schwarzer Riesenschnauzer sprang an mir hoch.

»Himmel, der Hund! Was mach' ich mit dem Hund, Elli? Ich kann den Blacky nicht nehmen, er zerlegt meine Hunde!«

»Den nehm' ich mit, ohne Hund geh' ich nicht!« erklärte sie stur.

»Bist du wahnsinnig? Du kommst doch nicht in ein Spital mit Hund!«

»Dann geh' ich nicht.«

Ich merkte, dass jeglicher Druck meine Absicht, sie ins »Sanatorium« zu bringen, zunichte machen würde.

Während ich im Café Aida einen doppelten Espresso in Elli hineinkippte, wusste ich nicht, wie ich den Hund in die Trinkerheilanstalt bringen sollte, aber ich versprach Elli alles, was sie wollte.

Der Primarius, von *Erwin Ringel* instruiert, erwartete uns.

Elli, die Vielbekannte, wurde diskret an anderen Patienten vorbeigeschleust. Ich trottete mit Blacky hinterher, nachdem ich dem Arzt das Problem geschildert hatte.

Bis zu dem Moment, wo man Elli in Heilschlaf versetzte, blieb der Hund an ihrer Seite. Später kümmerte sich Ellis Schwester um ihn. In Kalksburg rettete man das Leben der Schauspielerin. Die Therapie war dank der wunderbaren Ärzte und Pflegerinnen ein voller Erfolg.

Nach sechs Wochen holte ich Elli ab. Sie sah gut aus und hatte ihre Lebensfreude wiedergefunden. Der Primarius schärfte uns ein: »Nie mehr, hören Sie, nie mehr einen Tropfen Alkohol, nicht einmal eine Likörbohne, denken Sie immer daran.«

Elli dachte nicht daran zu trinken, sie freute sich auf ihre Rolle.

Allerdings hatte die Kur in Kalksburg einen Schaden angerichtet. Elli konnte sich keinen Text mehr merken. Sie war sehr verzweifelt. »Ich lern' den ganzen Tag, und auf der Probe is' alles weg!« jammerte sie.

Die Ärzte wussten auch keinen Rat.

Reinhard Liebe, Lehrer und Liedermacher, mit dem mich eine gute Zusammenarbeit verband, sagte: »Ich kann nichts versprechen, aber wenn Elli will, hypnotisiere ich sie.«

Der Versuch gelang. Täglich hypnotisierte Reinhard die Schauspielerin. Nach vierzehn Tagen hatte sie ihre gewohnte Präzision und Spiellaune wieder.

Mein zweites Sorgenkind war *Fred Schaffer.* Im Gegensatz zu Elli, die offen ihr Problem zugab, sprach Fred nie über seine Sucht. Er trank nur im Quartal. Mit der Zeit hatte ich seinen Rhythmus zwischen trockenen und feuchten Phasen herausbekommen. Fiel eine Produktion in die trockene Zeit, bemühte ich mich sofort, Fred zu engagieren, denn er war ein vielseitiger und komischer Darsteller. Lief, zu meiner Freude, ein Stück länger als geplant, konnte es passieren, dass Fred »krank« wurde und eine Umbesetzung stattfinden musste.

Als Fred an einem Gehirnschlag plötzlich verschied, trauerten wir alle um diesen gescheiten und liebenswerten Kollegen.

Bei »Durch Zufall frei« gab es zwar keine Alkoholprobleme; aber der Bühnenalltag war problematisch, Das Ensemble konnte nicht so recht mit dem Autor-Regisseur. Dieser stand den Schauspielern und Kabarettprofis manchmal hilflos gegenüber.

Man bat mich einzugreifen. Das ist kaum der Erwähnung wert, denn viele Premieren kommen nur deshalb zur termingerechten Aufführung, weil jemand eingreift. Das macht die Aufführung selten besser, nur anders, und das Ensemble wird neu motiviert.

Das Stück war gut, das Team war gut, warum sollte die Uraufführung nicht auch gut sein?

Der Beginn der Premiere verzögerte sich, denn einige Promis und zwei Minister hatten sich verspätet. Im ersten Teil war das Publikum gespannt und sparte nicht mit Szenenapplaus. Man ging in die Pause mit der Erwartung: »Wie geht's weiter?«

Im Foyer stürzte Carlos auf mich zu. »Der *Horak* geht, er sagt, er muss in der Josefstadt auftreten.«

Schon kommt uns der Klavierspieler im Mantel entgegen.

»Was fällt Ihnen ein! Wo wollen Sie hin?« fahre ich ihn an. Völlig unberührt von meiner Erregung erklärt er mir, warum er jetzt nicht mehr weiterspielen könne.

Durch den verspäteten Anfang habe ich seine Termine durcheinandergebracht, und schließlich sei die Josefstadt wichtiger als mein Theater... Der Schlaumeier hatte sich ausgerechnet, dass er, nach Theaterschluss in der FREIEN BÜHNE WIEDEN um 21.30 Uhr, kurz vor 22 Uhr noch einen Auftritt im Theater in der Josefstadt absolvieren könne. Er hatte zwei Verträge abgeschlossen, um zwei Abendgagen zu kassieren.

Carlos telefonierte mit der Josefstadt. Der Abendregisseur entschied mit einem klaren Nein, *Horak* müsse auftreten, man habe keinen Ersatz, ansonsten Klage!

»Sie spielen weiter, ich lasse mir von Ihnen nicht meine Produktion ruinieren«, schrie ich *Horak* an und packte ihn bei den Rockaufschlägen. Er lächelte und machte sich frei. Da gab ich ihm zwei Ohrfeigen: »Sie Schwein! Was sind Sie für ein Schwein!« Ich verlor die Kontrolle über mich. Er gab mir einen »Stesser«, wie man in Wien sagt, und lief davon.

Das Publikum kam gutgelaunt aus der Bühnenbar und nahm seine Plätze ein. Ich ging zitternd in die Garderobe und erklärte den Künstlern das Missgeschick. Das Team war fassungslos. *Fred Schaffer* schlug vor, a cappella zu singen, und da es sich nur noch um einige kurze Lieder handelte, stimmte ich zu. Ich ging vor den Vorhang und erklärte den Sachverhalt. Das Publikum applaudierte heftig, ich setzte mich auf meinen Eckplatz im Zuschauerraum.

Die Uraufführung ging zu Ende, und das Premierenpublikum sparte nicht mit Applaus, wobei sicherlich auch der kleine Skandal die Stimmung angeheizt hatte.

Und doch geschah in den nächsten Tagen, was ich befürchtet hatte. Verärgerte Theaterbesucher verließen mitten in der Aufführung die FREIE BÜHNE WIEDEN.

»Des soll a Löwingerstück sein?« oder »Nix zum Lachen über de Kasperln« – so machten sie ihrem Unmut Luft.

Wir versanken tief in den roten Zahlen, ich musste das Stück absetzen.

Das Absetzen von »Durch Zufall frei« traf *Elli Naschold* besonders hart. Sie konnte ihre schöne Rolle, die autobiographische Züge aufwies, nicht weiterspielen. Sie hatte keine Aussicht auf ein anderes Engagement und musste wieder die Arbeitslosenunterstützung beziehen.

Vor der letzten Vorstellung kam Carlos in die Bühnenbar und sah, wie Elli davonhuschte. Am Buffet arbeitete ein Student als Aushilfe. »Haben Sie Frau *Naschold* etwas serviert?« fragte Carlos.

»Ja, ein Achterl«, antwortete der Ahnungslose.

Ich bekniete Elli. »Bitte, Elli, trink nichts, du weißt doch, was der Primar gesagt hat?«

»Aber geh, das Achterl macht mir doch nichts«, wischte sie meine Befürchtungen vom Tisch.

Und genau »das Achterl« war es, das Elli wieder in die teuflische Abhängigkeit brachte. Es sprach sich im Showbiz herum: Die *Naschold* trinkt. Es kamen keine Rollenangebote mehr. Hier und da hatte sie einen Auftritt, hier und da kam sie in die FREIE BÜHNE WIEDEN, begleitet von einem Mann, der auch trank.

Die schöne Person verfiel immer mehr und starb bald an ihrer Sucht. Bei der Beerdigung bedankten sich einige Kollegen und meinten, wir hätten so viel für Elli getan.

Nichts hatten wir getan, oder fast nichts. Und während wir die regennasse Friedhofsallee zurückgingen, kam mir eine Strophe von *Erich Kästner* in den Sinn:

»Man weiß von vornherein, wie es verläuft.
Vor morgen früh wird man bestimmt nicht munter.
Und wenn man sich auch noch so sehr besäuft:
Die Bitterkeit, die spült man nicht hinunter.«

9. BRIEF

Er: Wir haben ja das Lächeln... das erlösende Lächeln.
Sie: Man kann doch nicht über alles lächeln.
Er: Man kann... über alles...
Sie: Meinen Sie nicht, dass das gefährlich ist?
Er: Ja, für die, denen es gilt!

Gustav Wied

Vor Jahren begann ich damit, an jeden negativen Gedanken, der mich überkam, einen positiven zu binden. Dieses Gedankentraining tut mir unendlich wohl, und viele ärgerliche Dinge haben dadurch einen sehr geringen Stellenwert erhalten.

In einem Punkt versagte mein Gehirntraining allerdings. Es fiel mir absolut nichts Positives zum Umgang mit österreichischen Kulturbeamten ein. Sosehr ich mich auch bemühte, ihren Ausführungen oder Briefen etwas Zutreffendes abzuringen, es gelang mir nicht. Es liegt an dir, so haderte ich mit meinem Gewissen. Viele andere Künstler finden ihre Kulturchefs » süß«, »handsome« – oder wie es in Wien heißt: »Mit ihm (oder ihr) bin ich gut.« Ich bin mit niemandem gut, es liegt also an mir.

Nichts ist für eine Künstlerin erhebender als ihre Überlegenheit. Nichts ist für sie erniedrigender, als wenn ihre Überlegenheit durch Fachfremde – und das bleibt ein Kulturbeamter allemal – missachtet wird.

Mit Kollegen kann man diskutieren, streiten, sie überzeugen oder auch nicht. Mit Kulturbeamten kann man nichts davon.

Man kann nicken, schmeicheln, lügen oder – gehen. Ich tue meistens das letztere. Oh, wieviel Ärger und verlorene Subventionen sind bereits durch mein undiplomatisches Verhalten die Donau hinuntergeflossen.

Ich komme nach Hause, nach einem der ergebnislosen Gespräche im Ministerium für Kunst, und Carlos wirft nur einen Blick auf mein Gesicht:

»Ich sehe, dir ist wieder die Kröte aus dem Mund gesprungen«, sagt er und gibt mir ein Busserl wie einem kleinen Kind.

Dann nimmt er mich in die Arme, und ich warte schon auf den erlösenden Satz, den ich doch schon so oft von ihm gehört habe: »Kränk dich nicht, wir stehen das schon durch...«

Für jedes »Aha-Erlebnis« braucht man einen Schlüssel, und diesen Schlüssel fand ich in einem alten Satirenbuch. Ich entnahm ihm das obenstehende Zitat von *Gustav Wied* und konnte plötzlich lächeln.

Ich lächelte über die glatten Lügen und das überhebliche Getue. Ich lächelte innerlich über den Herrn Ministerialrat, der vor der Frau Minister buckelte, und lächelte ihn an, wenn er vor mir den Minister spielte.

Georg Kreisler schrieb vor langer Zeit das Chanson »Der Beamte«, das damals wegen seines beißenden Witzes das Publikum erstarren ließ. Gegen den Rat meiner Boys (ich nenne meine Musiker Boys, weil sie um vieles jünger sind) nahm ich das Lied in mein Soloprogramm auf. Sie fürchteten, das Publikum würde beleidigt reagieren. Ich glaubte an die geniale *Kreisler*-Nummer.

In abgerissenen Kostümen, wie arme Heurigenliedersänger, betraten meine Musiker und ich die Bühne, und mit unendlich verlogener Süße sangen wir lächelnd das Lied vom Beamten.

»I bin Beamter, des is' ka Schand' –
's gibt vül Beamte in unserm Land...«

Von Zeile zu Zeile steigerte sich die Reaktion des Publikums, und das Ende des Chansons ging im prustenden Lachen unter. Wie ein gelernter Heurigensänger nahm ich meinen Hut ab, verbeugte mich tief und sagte: »Jessas na, soviel Gleichgesinnte... habe d' Ehre, küss' d' Hand...«

Münzen flogen auf die Bühne, die ich mit meinen Musikern gewissenhaft einsammelte. Mit »Na, so was... so a schöne Subvention« gingen wir unter Jubel ab.

»Seht ihr«, sagte ich stolz zu meinen Boys, »niemand ist beleidigt.«

Roman Schliesser, der Starjournalist der Kronen Zeitung, schrieb am nächsten Tag einen launigen Bericht, in dem er erwähnte, dass einzig der hohe Beamte in der dritten Reihe Mitte bei dem Kreislerlied erstarrt sei. Ganz Wien las *Roman Schliesser,* und ganz Wien lächelte...

Im Ministerium: Diskussion um Subvention.

Was für die eine Frau eine Erleichterung ist, kann für die andere eine Erschwernis sein. Hätte die Kulturministerin *Hilde Hawlicek* während unseres Gesprächs über eine Subvention für die FREIE BÜHNE WIEDEN nicht zum Klo gemusst, hätte ich aufatmen können.

Mit einem »da wer ma schon was machn...« rollte die barocke Ministerin aus ihrem Barockbüro.

Ihre Abwesenheit aber gab dem am Gespräch teilnehmenden Ministerialrat die Gelegenheit, seinen seit dem Chanson »Der Beamte« auf mich gerichteten Pfeil abzuschießen. Der Mini-Rat lehnte sich auf dem Barocksofa zurück. In Zeitlupe breitete er beide Arme auf der Rückenlehne aus und sagte ebenso gedehnt: »Tja, meine liebe gnädige Frau – so wie die Frau Minister sich das vorstellt, geht es natürlich nicht.«

Das saß. Das verschlug mir die Rede. Da wagte ein Beamter, das Wort der Ministerin ad absurdum zu führen. Noch schlimmer, ich spürte, er wurde recht behalten. Es würde »nix g'macht wern«. Wir verabschiedeten uns lächelnd.

Er sagte: »Kompliment, küss' d' Hand!« Und seine Augen sagten: »Das war für das Lied.«

Ich sagte: »Auf Wiedersehen, Herr...« – wissend, dass einen österreichischen Beamten nichts mehr trifft, als wenn man seinen Titel nicht nennt.

»Die Welt verachten«, sagte *Tucholsky* einmal, »das ist sehr leicht und meist nur ein Zeichen schlechter Verdauung. Aber die Welt verstehen, sie lieben und dann, aber erst dann, freundlich lächeln, wenn alles vorbei ist – das ist Humor.«

10. BRIEF

> Man gelte nicht für einen Mann der Verstellung,
> obgleich sich's ohne solche heutzutage
> nicht leben lässt.
>
> *Baltasar Gracian*

Was wenigen Vorstellungen gelang, der Travestie-Show »Oh, frivol ist uns am Abend« gelang es mühelos. Ein ganzes Jahr lang war jede Vorstellung ausverkauft. Bekannte Politiker schlüpften erst im Dunkeln, wenn die Vorstellung bereits begonnen hatte, auf ihre Plätze, und sie verließen sie vor dem Finale. Sie glaubten sich unbeobachtet und hörten nicht, dass LAUTER LIEBE LEUTE hinter ihnen zischelten: »Im Parlament ist er nicht so g'schamig...«

Ich lernte Ehepaare zu begrüßen, als sähe ich sie zum ersten Mal, obwohl ich den Mann mit einer anderen Frau bereits bei einer vorangegangenen Vorstellung begrüßt hatte. Mit einem Blick erkannte ich die eleganten Besucherinnen, die in Wirklichkeit Besucher waren. Nachdem die Liebhaber der Verkleidung auf dem Herrenklo größere Verwirrung stifteten, lotste ich sie in die Damentoilette. »Halb so lustig«, flüsterten sie mir zu.

Meine Bewunderung hatte der soignierte grauhaarige Arzt. Zu jeder Vorstellung bestellte er seine Karte. »Wie immer, gnädige Frau! Erste Reihe Mitte.« Wie immer saß er mit ernstem Gesicht und einer langstieligen, roten Rose in der Hand da. Nach dem Soloauftritt von *Peter Strobl* stand er auf und warf Peter die Rose zu. Peter hob sie auf, küsste die Rose, machte einen tiefen Knicks und rauschte unter Applaus ab.

Auch Weltverbesserer und Zwangsbeglücker kamen zur Travestie-Show. Wie Spinnen spannen sie ein feines Verführungsnetz um einen der Kollegen. Dieser Einsame, immer auf der Suche nach dem richtigen Partner, merkte zu spät, dass er es mit einem Sektenbruder zu tun hatte. Tränenüberströmt saß mein Kollege auf der Treppe, die zur Bühne führte.

Burgschauspieler Thomas Stroux und Silvio Szücs als Travestiten.
»Hier stehen die Männer vor'm Spiegel stramm und schminken sich selig die Haut…«
(aus Erich Kästners Ragout Fin de siècle)

»Ich kann heute nicht auftreten!« jammerte er. »Warum? Was ist los?« Ich kauerte mich zu ihm. Dann brach es aus ihm heraus. In der Sekte hatte man ihm jegliche geschlechtliche Betätigung mit sich oder anderen, unter Androhung von Strafen, verboten. Der Gutgläubige hatte sich wochenlang kasteit und mit Tranquilizern ruhiggestellt.

Jetzt erst wurde mir klar, warum er, wenn alle »Girls« flott dahinsteppten, wie eine lahme Ente nachzappelte. Er wollte, aber er konnte nicht. Die Pillen verwandelten ihn in einen Zeitlupentänzer. Das Publikum amüsierte sich und ahnte nicht, dass eine kleine menschliche Tragödie dahintersteckte.

»Weißt du, was«, schlug ich vor, »wir gehen heute noch ins ‚Motto'.« Das »Motto« ist eines der lockersten Lokale von Wien. Dort verkehren nur Unvoreingenommene, und dort geht man hin, um alte Bekannte zu treffen oder neue Bekanntschaften zu machen. Nach Wochen der Abstinenz rauchte und trank mein Kollege mit Genuss. Welchen Genüssen er sich später noch hingab, entzieht sich meiner Kenntnis, denn ich ließ ihn im Kreise Gleichgesinnter zurück. Tatsache war, dass er am nächsten Abend mit Temperament über die Bühne fegte.

Ich bedauerte, dass *Hubert Kramar* mich bat, aus dem Vertrag aussteigen zu dürfen, denn er hatte ein lukrativeres Angebot. »Wer bin ich, dass ich damit konkurrieren kann?« Ein Satz, den ich in den nächsten zwanzig Jahren noch oft sagen musste.

Hubsi war ausgezeichnet und für die Show der männliche »starke Typ«. Wer sollte ihn ersetzen? Eine alte Bühnenweisheit ist: »Beim Theater ist jeder ersetzbar.« Kein Komödiant glaubt diesen Satz, denn jeder hält sich für unersetzbar, aber der Satz stimmt.

Ein junger Mann steht vor der Bühnentür. Schlank, scharfes Profil, listige Augen. »Haben Sie zufällig etwas für mich? Ich bin im Reinhardt-Seminar nicht so gut angekommen«, sagte er selbstbewusst. Ich ließ ihn auf der Bühne ein paar Texte und musikalische Passagen vortragen. Was war das? Auf dieses Talent hatte die berühmteste Schauspielschule im deutschen Sprachraum verzichtet? Dieser junge Schauspieler war nicht nur hochmusikalisch, er brachte etwas Seltenes mit – Charisma.

»Können Sie in drei Tagen eine Hauptrolle übernehmen?« fragte ich vorsichtig. »Klar, kein Problem, aber ich bin stinknormal«, meinte er mit deutschem Akzent. Er probte auch mit deutscher Gründlichkeit, was mich immer bestiсht. Er machte eigene kluge Vorschläge für seine Rolle, die ich akzeptierte. »Der Mann denkt mit«, dachte ich, und er hat Witz. *Alexander Goebel* war fortan der Publikumsliebling. Seine Karriere war unaufhaltsam. Er brillierte in »Phantom der Oper« und mit eigenen One-Man-Shows. Er verführt im Leben und auf der Bühne. Wir freuen uns, wenn wir einander treffen. Er ist immer noch der schnellzüngige, listige, selbstbewusste Typ, und ich bin immer noch verblüfft von seiner Bühnenpersönlichkeit – wie vor zwanzig Jahren.

11. BRIEF

Eine Frau ist wie ein Löschblatt:
Sie nimmt alles auf – und gibt es verkehrt wieder.

Curt Goetz

Prim. Prof. Dr. Othmar Gampl lebt von der Hand in den Mund. Trotzdem ist er kein armer Mann. Er ist ein wunderbarer Zahnarzt, mit den Händen eines Engels und der Zunge eines Teufels. Seine Spitzen gegen alles und jeden verabreicht er besonders gern, wenn man sich nicht wehren kann. »Offenlassen«, lautet der Befehl, und ergeben schließt man die Augen in Erwartung eines Bohrers und einer Bosheit.

Ein ungewohnter Ton dringt an mein Ohr. Fast verschämt höre ich Othmar sagen: »Übrigens, meine Frau, sie schreibt, hat da was geschrieben, ein Stück... Würden Sie es lesen?«

Ich mache die Augen auf und den Mund zu. »Ihre Frau schreibt?«

»Na ja«, windet sich Othmar, »scheint in der Familie zu liegen, sie ist die Nichte von *Valerie von Martens* und *Curt Goetz*«

»Ich dachte, Ihre Frau ist Universitätsprofessorin?«

»Ja, aber ihr Hobby ist das Theater und Schreiben«, antwortet Othmar und trocknet mit einem scharfen Luftstrahl das Loch für die Plombe. Ich stöhne. Weniger aus Schmerz, sondern bei dem Gedanken, wieder zwei Stunden Zeit zu verlieren mit den Ergüssen einer schreibenden Theaterbesessenen.

Täglich schickt man mir Gedichte, Sketche und Stücke. Wien scheint eine Stadt dichtender Frauen zu sein. Aber in jedem Manuskript steckt soviel Herzblut, dass ich es nicht übers Herz bringe, die Werke nicht zu lesen. Vieles ist gut, aber nicht gut genug.

Inge Gampls Stück war gut. Sehr gut sogar. Es war ein böses Stück und hieß »Rache ist süß?« Es war die bittersüße Rache an einem treulosen Ehemann. Die Dialoge waren gescheit, witzig und mit einem frivolen Schuss in den männlichen Unterleib. Dramaturgische Professionalität war noch nicht die Stärke der Professorin, aber das ist eine Kleinigkeit, überlegte ich und bemerkte, dass ich schon »auf dem Weg« war.

Ich bat Carlos, eine Produktionskalkulation von »Rache ist süß?« zu machen.

»Zu teuer«, errechnete er, »zu personenreich und aufwändig – vergiss es.«

Aber ich vergaß es nicht, denn ich spürte, dieses Stück spricht vor allem die Frauen an. Ein intelligentes Exempel über Anpassung und Selbstaufgabe in der Ehe.

»Du machst was von der *Gampl?*« wurde ich gewarnt. »Oje, die ist die strengste Prüferin an der Uni.« Tatsächlich war die einzige weibliche Dekanin Österreichs, mit Schwerpunkt Kirchenrecht, geschätzt, aber auch gefürchtet. Ich war überrascht, dass diese sachliche, konservative Person dieses freche Stück geschrieben hatte. Was würden ihre Kreise, die sicherlich stinkkonservativ waren, dazu sagen? Wir verstanden uns sofort, und es wurde eine kreative Zusammenarbeit. Inge wusste um die Probleme einer Privatbühne. Sie wusste, dass ich ihr keine Starbesetzung bieten konnte, aber sie schätzte, dass das Ensemble mit Fleiß und Begeisterung an der »Rache« arbeitete.

Die Uraufführung wurde ein Achtungserfolg. Die Kritiken waren wohlwollend. Was wollte man mehr von einer Newcomerin? Uraufführungen unbekannter Autoren bedeuten für Kleinbühnen zumeist »Aufführungen unter Ausschluss der Öffentlichkeit«. Davor zitterte ich. Das Gegenteil war damals aber der Fall. »Rache ist süß?« zog die halbe Universität an. Professoren, Studenten, ehemalige und jetzige, alle kamen.

Manche hätten lieber Inges Reinfall erlebt. Manche lachten über ihren Einfall, weil sie ihn (nicht ganz zu Unrecht) für autobiographisch hielten. Aber alle gingen amüsiert, und damit war unser Ziel erreicht.

Jeden Abend sah sich Inge ihr Stück an. Nicht selbstverliebt in ihre Phantasiegestalten, sondern um zu lernen. Und sie lernte schnell. Erkannte, wo die Schwachstellen lagen, wo sie oder ich mich geirrt hatte, und beobachtete die Publikumsreaktionen.

Eines Abends verriet mir Inge, dass sie daran denke, früher als geplant in Pension zu gehen. Sie wolle sich ganz dem Schreiben widmen. »Was sagt Othmar dazu«, fragte ich, obwohl ich ahnte, dass er nicht dafür war.

»Natürlich ist er dagegen, wie er gegen alles ist, was ich mache«, antwortete Inge mit bitterem Unterton.

»Kunststück, du kannst es dir leisten«, dachte ich und äußerte mich bewundernd über ihren Mut, als reife Frau einen neuen, unsicheren und überlaufenen Berufsweg einzuschlagen.

»Es ist kein Mut«, lächelte sie, »das Schreiben ist das einzige, was mich fasziniert...«

Wie gut ich sie verstand. Man sollte immer einen Neubeginn versuchen. Auch deshalb, damit man sich im Alter nicht vorwerfen muss, man habe es nicht einmal versucht.

Inge Gampl ist längst über das Versuchsstadium hinaus. Ihr Buch »Blinde Jagd« erschien (der Verleger hatte »Rache ist süß?« gesehen), und Wiens beliebter Burgstar *Karlheinz Hackl* präsentierte die Lesung in der FREIEN BÜHNE WIEDEN.

Das Fernsehen meldete sich. Man interessierte sich für eine Serie. Inge schrieb – ohne Vertrag. Als Fachfrau dachte sie wohl an den Passus »auch mündliche Verträge haben ihre Gültigkeit«. Die Auftraggeber dachten nicht daran. Es kamen »neue Besen« an die Entscheidungsspitze. Sie kehrten nicht nur gut, sie kehrten auch hinaus. Ich bezweifle, dass Inges Manuskript überhaupt gelesen wurde.

Eine Zigeunerin prophezeite einst *Curt Goetz:*

»Du wirst alles immer dreimal sagen müssen, aber aus dir wird was ganz Großes!«

Vielleicht sollte *Inge Gampl* ihrem Onkel folgen und alles dreimal versuchen...

12. BRIEF

Frauen sind wie Zwiebeln,
man entfernt eine Schale nach der anderen,
es bleiben die Tränen....

Jüdischer Spruch

Wo ich hinsah, und ich sah sehr genau hin, sah ich Frauen mit einem Zug von Bitterkeit in ihren Mundwinkeln. Wo ich hinhörte, und ich hörte ihnen genau zu, hörte ich Kapitulationserklärungen. Es war immer der gleiche Ablauf: Einer kurzen Glücksperiode folgte die lange Zeit der Desillusion.

Ich schaute in den Spiegel und sah dasselbe. Aber es machte mich nicht traurig, im Gegenteil. Ich – und sonst niemand – bin für mich verantwortlich.

Wie sagt *Eva Deutsch* am Ende ihrer Wanderung: »Du musst diesen Weg in diesem Leben zu Ende gehn...«

Gehen, aufrecht und aufrichtig, und nicht schleichen, geduckt und gedemütigt. Der Weg ist das Ziel, ist mein Ziel.

In den letzten zehn Jahren hatten sich die weiblichen Theaterbesucher verdoppelt. Fast jeden Abend waren in der FREIEN BÜHNE WIEDEN die Frauen in der Mehrzahl und die Männer in der Minderheit.

Ich wusste keine Erklärung für diese »Publikumsumschichtung«. Könnte die Bühnenbar..?

Nachdem wir das Theater umgebaut hatten, gab es eine Bühnenbar, die Carlos überaus geschmackvoll gestaltet hatte. Spiegelwände reflektierten die zarten Pastellfarben. Kerzen auf allen Tischen (nach einem Kampf bis aufs Messer mit der Theaterpolizei) und Karin oder Michael, die ein freundliches Service garantierten. An den Wänden hingen die Werke (noch) unbekannter Künstler, die wir den Themen unserer Stücke entsprechend auswählten. Wir freuten uns mit der Malerin oder dem Maler, wenn ein Gast seine Börse zückte und mit einem Bild unter dem Arm das Theater verließ. Die Bühnenbar ist schon zwei Stunden vor Beginn der Aufführung geöffnet, und so entschließen sich viele zum Theaterbesuch als Abschluss ihres Arbeitstages. Eine längere Heimfahrt und die Zurückfahrt in die Stadt hätten sie gewiss davon abgehalten.

Frauen kommen zu zweit oder allein, verabredet oder versetzt, egal – sie kommen. Frauen, zumeist »entre deux âges«, interessiert, gebildet, unvoreingenommen.

Wenn ich nicht auf der Bühne stehe, stehe ich in der Bühnenbar, um mein Publikum persönlich zu begrüßen. Ich freue mich über die verschiedenen Frauen aus den verschiedensten Gesellschaftsschichten. Jede einzelne ist in ihrer Art eine Persönlichkeit. Ich begrüße alle. Manche sind scheu und verschlossen, andere suchen das Gespräch mit mir. Viele kommen regelmäßig und werden Mitglieder der FREIEN BÜHNE WIEDEN.

Da ist *Dagmar Ostermann.* Sie überlebte als Halbjüdin das KZ Auschwitz. Sie erzählte mir: Als sie nach ihrer Befreiung, nach tagelangem Fußmarsch, vor dem Haus stand, aus dem sie als Kind weggeschleppt worden war, lehnte sie sich erschöpft und weinend an die Hauswand. Es war Hochsommer, und sie trug ein Kleid mit kurzen Ärmeln. Eine Wienerin blieb stehen und sprach sie an: »Geht's Eana net guat?«

»Doch, doch«, entgegnete Dagmar und stützte sich mit der Hand an der Mauer ab.

»Was hab'n S' da?« fragte die Frau und deutete auf Dagmars KZ-Nummer am Unterarm. Dagmar erklärte es.

»Gehn S' bitt' schön, lassen S' mi die Nummer abschreiben, ich möcht's in der Lotterie setzen...«, verlangte die Frau...

Oder *Ulla Denk,* einst Starmannequin und nun eine der elegantesten und kostbarst gekleideten Damen der Wiener High-Snobiety, rauscht in die Bühnenbar und ist kein bisschen snobistisch, sondern offen für jedes Gespräch.

Und die Gesandte der deutschen Botschaft, *Dr. Uta Mayer-Schalburg,* bringt ihre deutschen Gäste und mischt sich zwanglos unter das Publikum.

Da saßen sie viele Abende, die Armen und Reichen, die Schönen und weniger Schönen und redeten, und ich hörte zu. Ich kann mich in die Lage mancher Frauen hineinfühlen, aber nur mancher, denn borniertes Tatütata jagt mich in die Flucht. Ebenso ergeht es mir mit den allzu sicher vorgetragenen Meinungen von Frauen, die glauben, alles zu wissen und somit alles zu verstehen.

Wie sagte *Bertrand Russell?* »Die Dummen sind so sicher und die Gescheiten voller Zweifel.«

Ich sprach nur mit Frauen, die zweifelten. An ihrem Tun, an sich, an anderen. Und immer wieder die Frage: »Warum?«

Dieses »Warum« notierte ich eines Nachts in meinem Kalender. »Was hatte die Frau gesagt?« überlegte ich. Sie sagte: »Ich ging immer in seinem Schatten – warum?« Und ich schrieb:

»Warum ging ich stets in deinem Schatten?
Warum blieb ich neben dir stets stumm?«

Und ich schrieb weiter, und das Geschriebene wurde ein Lied. Jedesmal, wenn ich von einem Bühnenbar-Gespräch nach Hause kam, notierte ich das Besprochene und brachte es in eine Liedform. In manchen Themen erkannte ich mich selbst, und bei anderen musste ich lachen, denn ich lache gerne und schnell.

Als ich über zwanzig gereimte Gespräche zusammen hatte, ging ich zu *Willy Fantel.* Ich schätze ihn als Musiker und Komponisten. Willy ist unbeleckt von jeglichem Verständnis für Feminismus oder Emanzipation, aber trotzdem fühlte er sich von meinen Liedchen angesprochen und war bereit, sie zu vertonen. Es war eine großartige Zusammenarbeit, bei der ich Präzision in der Wortbildung lernte.

Ich nannte ihn bald den »Steinmetz der leichten Muse«, denn er hämmerte an jeder Zeile herum, bis sie fugenlos seiner Komposition entsprach. Er beherrscht Klavier, Akkordeon und Trompete erstklassig und wäre in jeder Big Band der Star.

Sein Temperament beherrscht er weniger, und oft bat ich: »Bitte, Willy, fahr nicht jedem mit dem Stellwagen ins Gesicht.« Aber Willy schüttelte sich. »Geh, des is doch a Trottel, der verdient nix anderes.«

Er stellte höchste Ansprüche an jeden, aber auch an sich.

Nach einem achtstündigen Arbeitstag im Aufnahmestudio waren die Musiker und ich schon ziemlich ausgelaugt. Aber Willy verlangte noch eine Aufnahme und noch eine Verbesserung. Als der Pianist Ermüdungserscheinungen zeigte, brüllte Willy aus dem Aufnahmeraum: »Würdest du bitte zuerst die Fäustlinge ausziehen, bevor du spielst!«

Unser Einsatz lohnte sich. Auf der Bühne, im Fernsehen und auf der CD wurden die »Lieder nach Lust und Laune« mit Lust und Laune produziert, serviert und (zu meiner Freude) akzeptiert. Die Lieder sind keine Literatur, sie sind nur – wahr...

13. BRIEF

> Warum sollen sich Schauspieler nicht für Politik interessieren? Es gibt ja auch Politiker, die gute Schauspieler sind.
>
> *Hans Joachim Kulenkampff*

Margit Schmidt rief an. Margit war *Bruno Kreiskys* geliebteste Mitarbeiterin, ohne seine Geliebte zu sein. Es gab betreffend den Bundeskanzler nichts und niemanden, über den Margit nicht Bescheid wusste. Sie kannte keine fixe Arbeitszeit und keinen Urlaub. Sie war immer für ihn da. Viele wollten der attraktiven, eleganten jungen Frau aus den verschiedensten Gründen nähertreten. Fehlanzeige. Sie war unbeeinflussbar und unbestechlich. Auch nach der »Hofübergabe« *Bruno Kreiskys* an *Fred Sinowatz* blieb Margit bei ihrem Chef. Obwohl der Kanzler a. D. leidend war, gab es für ihn keinen Ruhestand. Internationale Kapazunder aller Richtungen suchten weiterhin das Gespräch mit dem Mann, der Austria vor der Verwechslung mit Australia gerettet hatte.

Margit fragte an, ob mein Theater am 21. Jänner 1986 frei sei. *Karl Kahane* würde gerne, anlässlich des 75. Geburtstages des Altbundeskanzlers, das neue Buch »Der junge Kreisky« vorstellen. Der Unternehmer *Karl Kahane, Kreiskys* enger Freund und Österreichs oberster Steuerzahler, würde alles arrangieren lassen.

Ich freute mich. Alle Vorstellungen der Welt hätte ich für diese Auszeichnung abgesagt.

»Selbstverständlich steht mein Theater zur Verfügung. Aber du weißt, wir haben nur 100 Plätze«, warnte ich Margit, denn ich wusste, wie man sich zu den *Kreisky*-Empfängen in den luxuriösen Wiener Palais drängte.

»Es ist nur ein kleiner, ausgewählter Kreis eingeladen, und der Herr Altbundeskanzler (nie erlaubte sich Margit ein respektloses ‚der *Kreisky*' wie andere Leute) bittet dich, ein paar Lieder aus deinem Widerstandsprogramm zu bringen.«

Das Programm »Immer wieder Widerstand« war bei den verschiedensten Festivals ausgezeichnet worden. Es enthielt Lieder der antifaschistischen Widerstandskämpfer. Mir war es ein Herzensanliegen, das Liedgut der Widerstandskämpfer zu erhalten. Texte und Lieder, die von den Antifaschisten gedichtet und komponiert worden waren und die fast nur noch in der Erinnerung der Überlebenden existierten.

Ich hatte sie in langwieriger Kleinarbeit zusammengetragen und aus dem Polnischen, Spanischen oder Jiddischen übersetzen lassen. Zeitzeugen hatten mir vorgesungen. Ein Kämpfer aus dem Warschauer Ghetto erinnerte sich an einen Vers...

»Und wenn du mich findest, den Toten im Schnee,
dann zögere nicht, schließ die Reihen – und geh!
Geh weiter zum Kampf, und schieße für zwei,
und dann nimm einen anderen aus unserer Partei...«

Und eine Partisanin, die das KZ Stutthof überlebt hatte kannte den Refrain des Liedes und sang mir mit brüchiger, tränenerstickter Stimme vor:

»Bei den Kanonen sah ich dich zum ersten Mal,
unter den Kanonen trennt uns Feuer, Blut und Stahl.
Freunde stehen hinter uns beisammen,
gegen uns die Salven, Todesflammen,
auf Barrikaden, über Barrikaden, Arm-bei-Arm...«

Niemand kannte die Namen der Dichter oder Komponisten, und kaum einer wusste, dass diese Freiheitskämpfer ihre eigenen Lieder hatten, die oft von großer Poesie und Zartheit waren.

Das Konzert, bei dem *Bruno Kreisky* anwesend war, wurde ein großer Erfolg.

An einer Stelle im Programm sagte ich:

»Die junge österreichische Geigerin *Alma Maria Rosé* wurde im KZ Auschwitz gezwungen, für die SS aufzuspielen. Eines

Tages zwang man sie zu spielen, als ein Lastwagen mit Frauen und Kindern zur Gaskammer fuhr. Alma Maria nahm ihre Geige, sprang auf den Wagen und fuhr freiwillig mit ihren Schicksalsgenossen in den Tod. Und sie spielte das große Lied der Freiheit, die Marseillaise.«

Hierauf spielte der Meistergeiger *Gergely Szücz* die Marseillaise. Wie auf ein unsichtbares Zeichen erhoben sich über 700 Besucher gemeinsam von ihren Sitzen. Nur die Mutter von Gergely, eine alte Roma, blieb sitzen. Ihr hatten die Nazis im KZ die Knie zertrümmert.

Das Widerstandskonzert war 1973 gewesen, und ich war ein bisschen stolz, dass man sich noch nach dreizehn Jahren daran erinnerte.

Das Theater wurde auf Hochglanz gebracht, ein Rednerpult mit roten und weißen Nelken geschmückt. Viele zusätzliche Stühle wurden zwischen die Sitzreihen geschoben, denn es waren statt hundert hundertfünfzig Gäste gemeldet worden. Dass es dann über zweihundert wurden und man im Stiegenhaus noch Monitore aufstellte, trug wesentlich zu unserer Nervosität bei.

Was zieht man an? Den »Diseusen-Look«, schwarzes, enges, bodenlanges Samtkleid? Zu theatralisch. Den »Alternativ-Look«, Jeans und Hemd? Niemals. Ich entschied mich für einen grauen, reinseidenen Hosenanzug. Größte Dezenz, beste Qualität. So schätzte es auch der Altbundeskanzler, schätzte ich.

Die Polizei observierte das Theater. Die ersten Gäste fuhren vor. Jeder einzelne ein bekannter Politiker, jeder einzelne ein Mann mit Zukunft oder Vergangenheit. Es gab kaum weibliche Gäste. Ich stand mit Carlos am Eingang des Theaters und begrüßte die Gäste. Margit sauste wie eine kleine Rakete hin und her, damit auch jeder formvollendet zu seinem Platz geführt werden konnte. *Willy Brandt* stieg gutgelaunt, zusammen mit seiner hübschen jungen Frau, die Treppe zur FREIEN BÜHNE WIEDEN hinauf.

»Ich freue mich, Herr Bundeskanzler«, begrüßte ich ihn. »Den Bundeskanzler vergessen wir mal gleich, Topsy«, sagte er und

Bruno Kreisky entschied sich für mein Programm und ein Petit Four.

umarmte mich. Für die Deutschen blieb ich eine Deutsche, auch nachdem ich Österreicherin wurde.

»Willkommen, Herr Minister. Verehrung, Herr Nationalratspräsident. Wie schön, Sie zu sehen, Frau Staatssekretärin.«

Wien bleibt Wien, und *Willy Brandt* blinzelte mir zu.

Und dann kam *Bruno Kreisky.* Standing ovations. 1986 trauten sich die Nattern, die er an seinem Busen genährt hatte, noch nicht, ihm keine Ovationen zu bringen.

Willy Brandt hielt eine bewegende Laudatio. Interessant und klug berichtete der Herausgeber, *Dr. Oliver Rathkolb,* über Anlass und Entstehung des Buches; zum Abschluss sang ich die Widerstandslieder, und alle gratulierten.

Bruno Kreisky stieg auf meine kleine Bühne und erzählte, wie er vor sechzig Jahren zum ersten Mal hier gesprochen habe, sprach von Herzen kommend und zu Herzen gehend, ohne Manuskript, und gab den lauschenden Politikern wieder einmal einen Kurs in: »Wie trete ich auf – wie gehe ich ab...«

Dr. Walter Hacker war *Bruno Kreiskys* ständiger Vertreter bei der Sozialistischen Internationale. Ich verstand nicht, was er meinte, als er sagte: »Merke dir eins: Das ist der letzte große Tag unserer Partei...«

Einige Wochen später war *Walter Hacker* tot, und der Rufmord an *Bruno Kreisky* begann.

Künstler, die *Bruno Kreisky* geschätzt hatten, wurden von seinen Nachfolgern ausgegrenzt. Es gab keine Kommunikation mehr zwischen Bundeskanzleramt und den politisch denkenden Künstlern.

Bundeskanzler *Fred Sinowatz* betonte immer wieder: »Das ist alles sehr kompliziert...«, ein Satz, der als Running Gag durch die Kabaretts geisterte. Als sich der »Kugelblitz« bei einer Wahlveranstaltung, zusammen mit der Pariser Chansonnette *Marlene Charell,* Cancan tanzend präsentierte, wussten wir, dass die *Kreisky*-Ära und die Zeit guter Gespräche endgültig vorbei war.

Einmal rief ich *Margit Schmidt* an. »Kann ich mit *Dr. Kreisky* sprechen? Ich möchte mir Rat holen...«

»Es geht ihm nicht gut«, sagte Margit, »gar nicht gut.«

Dann kam ein Brief, in dem mir *Bruno Kreisky* unter anderem schrieb: »...ich bin leider außerstande, irgendwie helfend einzugreifen, und muss Ihnen mein großes Bedauern darüber aussprechen. Glauben Sie mir, dass mir diese Hilflosigkeit selber leid tut.«

1990 hat uns, wie es ein deutscher Journalist ausdrückte, »...unter den Kanzlern deutscher Zunge der kultivierteste, unter Europas Kleinstaatengebietern ein Gigant«, *Bruno Kreisky,* für immer verlassen.

Heute noch gelingt es meinem Mann und mir, uns mit unserer laut geäußerten Bewunderung für den großen Staatsmann in gewissen Kreisen unbeliebt zu machen.

Die neuen Funktionäre suchten keinen Kontakt zur FREIEN BÜHNE WIEDEN, und ich suchte keinen zu ihnen. Ich wurde mehr als zuvor eine Einzelgängerin. Bundeskanzler *Franz Vranitzky* löste *Fred Sinowatz* ab. Die Wahlschlacht wurde ohne meine Unterstützung ausgetragen. Ich war froh, dass man nicht angefragt hatte. *Bruno Kreisky* hatte meine Programme bestimmt. Er kannte alle meine Vorstellungen, die Neuen kannten nicht einmal mein Theater. LAUTER LIEBE LEUTE waren in Parteipositionen gehievt worden, denen man ansah, dass es ihnen um ihre Karriere ging. Die kalten Macher und Manager hatten das Sagen. Alte Genossen warf man zum alten Eisen.

Und doch stieg ich für die Sozialisten noch einmal in den Ring. Ein alter Genosse rief an: »Es geht gegen *Waldheim* und für *Steyrer.*«

Das genügte mir, um zuzusagen. Der Kandidat der Sozialisten für das höchste Amt im Staate war *Kurt Steyrer.* Ich kannte ihn nicht, er kannte mich nicht, und wir haben einander kaum kennengelernt. Aber ich trat im Präsidentenwahlkampf auf, wie viele andere Künstler, die der Meinung waren, dass ein unaufrichtiger Mensch nicht an die Spitze eines Staates gehört.

Unter dem Titel »Das Herz schlägt links« hatte ich ein musikalisches Kurzprogramm zusammengestellt, mit dem ich nicht nur in meinem Theater Wahlveranstaltungen bestritt, sondern auch durch die Bundesländer tingelte.

Es war wie gehabt. Die, welche es angehen sollte, kamen nicht, und die Gleichgesinnten brauchten die Aussage nicht. Leere Kilometer. An einem Freitagnachmittag stand ich in der Passage der U-Bahnstation am Karlsplatz, um das »Warm-up« für den Präsidentschaftskandidaten zu machen. Ich redete und trällerte schon eine halbe Stunde. Das Volk drängte sich, der Kandidat blieb aus. Sein Team oder er (oder wer?) hatte den Termin verschlampt. Ich war mit meinem Musiker und einem einsamen Tisch mit Werbebroschüren versetzt worden und dachte mir: »Make the best of it!« Ich begann die Broschüren zu verteilen, indem ich LAUTER LIEBE LEUTE persönlich ansprach und auf die fabelhaften Qualitäten von *Steyrer,* von denen ich keine Ahnung hatte, aufmerksam machte.

Ein eleganter Herr musterte mich schon eine Weile. Offensichtlich amüsierte ihn mein hektisches Getue. Ich sprach ihn an und gab ihm eine Wahlbroschüre. In feinem Schönbrunner-Deutsch sagte er: »Sie sind bezaubernd, gnädige Frau, ich werde weiterhin alle Vorstellungen von Ihnen besuchen, aber wählen tu' ich *Waldheim.*« Und damit zerriss er die Broschüre und ließ die Fetzen auf den Boden fallen. Ein Kreis Neugieriger hörte zu. Und er fuhr fort: »Sie werden sehen, die Mehrheit ist für *Waldheim.* Küss' d' Hand.«

»Auch wenn sich die Mehrheit für eine Dummheit entscheidet, bleibt es trotzdem eine Dummheit«, konnte ich ihm nur noch nachrufen. LAUTER LIEBE LEUTE lachten und zerstreuten sich. Der Herr behielt recht. Am 8. Juni 1986 entschied sich die Mehrheit Österreichs für *Kurt Waldheim.*

Ab diesem Zeitpunkt erhielten wir Absagen, Stornos und böse Briefe: »Solange ein *Waldheim* Präsident ist, kommen wir nicht.« So und ähnlich stand es zu lesen.

LAUTER LIEBE LEUTE von »vor '38« besuchten sonst in der schönen Jahreszeit das schöne Wien. Die FREIE BÜHNE WIEDEN hatte in diesen Monaten immer einen besonderen Besucherzustrom von besonderen LIEBEN LEUTEN. Diese bestellten ihre Karten bereits im voraus, und zwar brieflich oder telefonisch von allen Enden der Welt. Mein Spielplan richtete sich immer nach den Wünschen dieses Publikums, das mich auf der Bühne sehen wollte.

Nun blieb mir jedoch keine Wahl, als nach dieser Wahl die FREIE BÜHNE WIEDEN in den Touristenmonaten zu schließen. Während sich das übliche Publikum in seinen Zweithäusern oder bei den zahlreichen Sommerfestspielen aufhält, hatten Emigranten oder Remigranten das Theater gefüllt. Sie blieben in diesen Jahren aus.

»Uns steht das Wasser bis zum Hals«, sagte Carlos zu einem Subventionsverhinderer. »So muss es sein«, antwortete der. Ich überlegte, ob dieser Schlag noch für das Beamten-Chanson oder bereits für den *Waldheim*-Wahlkampf galt. Aber Schlag bleibt Schlag, und ungerechte Schläge schmerzen besonders.

14. BRIEF

Formel für gute Teamarbeit:
1+1=3

Man bekommt eher gute Schauspieler als gute Bühnenarbeiter. Gelernte Bühnentechniker sind für eine Kleinbühne unbezahlbar. An den Sozialabgaben und Gehältern würde sie verbluten. Also greift man zu »Jobbern«. Diese lernt man an, arbeitet sie ein, und wenn sie alles begriffen haben, wandern sie wieder ab.

Wie viele Studenten, Dazuverdiener, Inländer und Ausländer haben sich in den vergangenen zwanzig Jahren an den Bühnenapparaturen der FREIEN BÜHNE WIEDEN vergriffen! Viele wurden gerufen, wenige haben gehalten, was sie versprochen hatten. Einige kamen und blieben nur zwei Monate. Diese Zeit genügte ihnen, um die Arbeitsbestätigung zu erlangen und wieder in das geruhsame Arbeitslosendasein zurückkehren zu können. Einige stahlen vom Klopapier bis zur Glühbirne, und einigen wollte es nicht in ihren Kopf, dass der bestimmte Scheinwerfer bei einem bestimmten Wort aufleuchten musste – und nicht erst zwei Sätze später.

Aber es, gab auch langjährige Mitarbeiter, die sich in die FREIE BÜHNE WIEDEN verliebten und ihr treu blieben, ja sogar zu Freunden wurden. *Alois Müller* etwa, der hochqualifizierte Techniker, der aus privaten Gründen dazuverdienen musste.

Er hatte eine wunderschöne Stimme und hätte sicherlich auch auf der Bühne gute Figur gemacht. Während er seine Licht- und Tonanlage bediente, sang er alle Lieder leise mit – musikalischer als mancher Schauspieler auf der Bühne.

»Bua, du lernst was Ordentliches«, hatte sein Vater gesagt.

Somit war Alois unserem unordentlichen Beruf verlorengegangen. Als er zum dritten Mal heiratete, mussten wir schweren Herzens auf ihn verzichten.

Das Art & Light-Team betreute mit allen technischen Raffinessen meine One-woman Show. Alles lief großartig, aber als das Team bei Wiederaufnahme des erfolgreichen Programms den Preis in die Höhe schraubte, musste ich passen.

Ich entschloss mich, die Aufführung nach 100 Vorstellungen abzusetzen, obwohl immer noch Publikumsnachfrage bestand.

»Frau Küpperstopsy, ich werde fahren Show«, sagte *Samy Natanov,* unser Bühnenarbeiter.

Samy war auf langen Wegen nach Wien und in die FREIE BÜHNE WIEDEN gekommen. Er war ein usbekischer Jude und hatte als Koch im Bahnhofsrestaurant von Jerewan gearbeitet. Mein Freund *Georg Schwarz,* Prokurist bei der Stoffhandlung Silesia, kümmerte sich in selbstloser und aufopfernder Weise um die russischen Juden, die nach Wien kamen. Er hatte *Samy Natanov* in der Firma untergebracht, wo er den ganzen Tag Stoffballen schleppte.

»Georg, weißt du jemanden, der im Theater Mädchen für alles sein könnte?« bat ich ihn.

»Ich habe einen Mann«, antwortete er, »es ist der fleißigste Mensch, den ich in meinem Leben kennengelernt habe, aber er spricht nicht Deutsch.«

»Macht nichts, er muss putzen und das Bühnenbild umbauen. Ist er vif?« – »Und ob«, lachte Georg, »du wirst dich wundern!«

»Frau Küpperstopsy? Ich Samy.« Zur vereinbarten Zeit stand ein kleiner, dunkelhaariger junger Mann an der Bühnentür.

Wir verständigten uns mit Zeichensprache, und wenn diese nicht ausreichte, übersetzte *Georg Schwarz* meine Wünsche per Telefon ins Russische. Er hatte recht gehabt. Samy war keine Arbeit zuviel. Er kannte den Begriff »gehen« nicht, jede Arbeit wurde im Laufschritt erledigt.

Es war das erste Mal in seinem Leben, dass er ein Theater betrat, und alle technischen Errungenschaften waren ihm fremd. Aber er war nicht nur vif, er war intelligent. Nach einigen Monaten verstand und sprach er schon recht gut Deutsch. Lesen konnte er es allerdings nicht.

Bescheiden saß er in der Künstlergarderobe in einer Ecke und wartete auf den Umbau. Freundlich und höflich, aber niemals unterwürfig. Seine flinken Augen beobachteten alles.

»Frau Küpperstopsy, diese Mann nix gute Mensch«, sagte er einmal über einen Schauspieler. Es stimmte.

Sehr bald hatte Samy herausgefunden, dass wir ihm dasselbe zahlten wie den Österreichern, dass wir ihn nicht als billige ausländische Arbeitskraft benutzten und ihn respektierten. Er erwiderte unsere Haltung mit einer Form von »Für-uns-da-Sein«, wie sie in unseren Breitengraden schon längst nicht mehr praktiziert wird.

»Frau Küpperstopsy, ich werde fahren Show«, sagte er also, und ich lachte laut.

»Samy, wie stellen Sie sich das vor? Sie können nicht Deutsch, Sie können das Textbuch mit den Stichworten nicht lesen, unmöglich...« – »Ich hundertmal gucken auf Mann, das macht, Sie kommen morgen, ich probieren, bitte«, sagte Samy ernst und mit Nachdruck.

Als ich am nächsten Abend in die Beleuchtungskabine kam, waren alle Wände mit übergroßen weißen Papierbogen beklebt. Auf diese waren mit Filzstift viele russische Buchstaben geschrieben. Samy hatte in der Nacht die akustischen Stichworte meiner Show in kyrillische Schrift übertragen. Jetzt konnte er die Ton- und Lichteinsätze von der Wand ablesen.

»Also gut, versuchen wir's«, sagte ich zweifelnd.

Samy fuhr die Show fehlerfrei. Er fuhr sie noch weitere 30 Vorstellungen fehlerfrei. Er hatte die Serie gerettet.

»Ich bin Ihnen sehr dankbar, können wir irgend etwas für Sie tun?« fragte ich Samy.

»Ich staatenlos, können Sie helfen, bei Pass?« – »Vielleicht«, sagte Carlos, und ich sah ihm an, dass er schon auf dem Weg durch die Instanzen war.

Es sollte jedoch lange dauern. Eines Tages kam der Bescheid der Fremdenpolizei, dass dem Ansuchen stattgegeben wurde und *Samy Natanov* die österreichische Staatsbürgerschaft »in absehbarer Zeit« verliehen würde.

Doch Samy, dem nie etwas schnell genug ging, wurde nach jahrelangem Warten ungeduldig. So machte er sich eines Tages auf den Weg ins Ministerium, und es gelang ihm, bis zur Sekretärin des zuständigen Beamten vorzudringen.

In seinem ärmlichen Anorak, mit der großen russischen Pelzmütze auf dem Kopf, setzte er sich unaufgefordert und sagte:

»Ich arbeiten bei Frau Küpperstopsy, sie gesagt, ich bekomme Pass, Frau Küpperstopsy nix lügen...«

Der Ministerialrat rief im Theater an und bat uns, Samy zu beschwichtigen. Er bekomme seinen Pass, aber er solle endlich das Büro verlassen, sonst müsse er ihn mir Gewalt abführen lassen. Carlos konnte Samy mit zwei Sätzen umstimmen und ihm das Versprechen abnehmen, nie mehr die österreichischen Behörden im Alleingang nehmen zu wollen. Als er seinen Pass erhielt, kannte seine Dankbarkeit keine Grenzen. In meiner Garderobe lagen zwei wunderschöne Felle, russische Schneefüchse.

»Für Sie, Frau Küpperstopsy!«

»Nein, Samy, das nehme ich nicht an... Wie kommen Sie zu den Füchsen?«

»Ich immer an Kai, wenn russische Frachter kommt. Bei Abladen, wenn Kiste kaputt und runterfällt, wir können nehmen, was raus- oder in Wasser fällt.«

»Samy, wenn Sie Österreicher sind, gehen Sie nicht mehr zum Kai, versprochen?« Er versprach es, aber ich hatte meine Zweifel. Samy sah jetzt sehr oft müde und abgearbeitet aus, er war nur noch Haut und Knochen. Trotzdem blieb er der zuverlässigste Mitarbeiter, und als *Otto Grünmandl* in der FREIEN BÜHNE WIEDEN spielte, floss viel russischer Wodka durch die Kehlen der beiden.

Bei Radioaufnahmen war ich zufällig mit *Otto Grünmandl* zusammengetroffen. Ich konnte mich über den pointiert-trägen Humor des Tirolers »zerwuzeln« und sagte spontan: »Sollten Sie planen, auf die Bühne zu gehen, mit einem abendfüllenden Stück, kommen Sie zu mir.«

Nach einem Jahr geht die Türe der Theaterkasse auf.

Grünmandl tritt ein und sagt: »Ich hab' das Stück. Es heißt: ‚Ich heiße nicht Oblomov'!«

Da stand ich, leicht verwirrt, und erinnerte mich nur noch undeutlich an das, was ich ein Jahr zuvor gesagt hatte. Stücke und Produktionen werden selten in Theaterkassen ad hoc gebucht. Aber ich buchte und hoffte, dass *Grünmandl* abendfüllend sei.

Grünnmandl tat so ziemlich alles, was man auf einer Bühne nicht tut. Er stand und ging und setzte sich, behäbig-gleichgültig, und er nuschelte seinen Text im Tiroler Dialekt herunter.

Gut, gut, sagte ich mir, er ist kein Schauspieler, er ist Kabarettist, aber wird das unser Publikum zwei Stunden lang interessieren?

Die Bühne zeigte ein einfaches Zimmer mit Bett und Schrank.

Im Hof des Theaters standen in einem Schuppen zwei Schränke und schimmelten leise vor sich hin. Da ich gelernt hatte, bei jeder Schraube zu sparen, schickte ich Samy zur Hausmeisterin und ließ anfragen, ob wir einen der Schränke auf einige Wochen für die Bühne ausborgen durften. Schließlich stünde er auf der Bühne geschützter als im feuchten Schuppen.

»Ja, nehmen S' nur«, hatte Frau *Prantl* gesagt. »Dort steh'n zwei Kasten, nehmen S' den zerlegten...«

Am Abend der Premiere fühlten Carlos und ich uns äußerst mulmig. Was wir von den verhatschten Proben gesehen hatten, ließ uns das Schlimmste befürchten.

Das Theater füllte sich mit Premieren- und Kritikerprominenz. Plötzlich ein Geschrei. Ein fremder Mann raste durch das Foyer: »Mein Kasten! I wü mein Kasten! A so a Unverschämtheit! Wo is' mein Kasten!«

Was war passiert? Samy, der Überschlaue, hatte sich gedacht, wenn im Schuppen zwei gleiche Schränke stehen, ein zerlegter und ein ganzer, warum nehm' ich nicht den ganzen?

Der nichtzerlegte Kasten gehörte aber einem Hausbewohner, der gerade seine Wohnung tapezierte und seinen Kasten, samt

Kleidung, vorübergehend im Schuppen deponiert hatte. Das wusste die Hausmeisterin und hatte gesagt: »Nehmen S' den zerlegten...«, aber Samy wusste es besser, und Carlos konnte vor den eleganten Gästen den aufgeregten Kastenbesitzer nur mit Mühe dazu bringen, uns seinen Kasten für eine Vorstellung zu überlassen.

Die Premiere begann. Ich hatte nicht den Mut, im Zuschauerraum zu bleiben, denn ich fürchtete ein Debakel. Vor der Tür des Zuschauerraumes hörte ich, wie der Vorhang sich öffnete und *Otto Grünmandl* sagte (um acht Uhr abends):

»Guten Morgen!«

Explosionsartiges Lachen erschütterte die FREIE BÜHNE WIEDEN, und zwei Stunden lang triumphierte der Komiker über alle negativen Voraussagen und Befürchtungen. Das Publikum feierte *Grünmandl/Oblomov.* Am übernächsten Tag füllten hymnische Kritiken die Zeitungen und ein hingerissenes Publikum die FREIE BÜHNE WIEDEN. Einem Ondit zufolge soll es in Wien lebende Tiroler bis zu achtmal in den »Oblomov« gezogen haben. Deutsche Theater riefen an und rissen sich um *Otto Grünmandl.* »Ich heiße nicht Oblomov« erhielt den Deutschen Kleinkunstpreis. Ein schöner Glanz davon fiel auf die FREIE BÜHNE WIEDEN, und ich hatte allen Grund, über meine anfängliche Skepsis zu schweigen.

An Wochenenden fand nach der regulären Abendvorstellung zusätzlich mein Nachtprogramm »Lieder zur sinnlichen Nacht« statt. Eine Collage aus Texten von *Ovid* bis *Villon.* Erotik vom Feinsten. Jeder amüsierte sich, aber niemand unter der Gürtellinie. Ich nahm das Programm immer wieder in den Spielplan auf. Sogenannte Schließtage konnten wir uns nicht leisten. Wenn eine Vorstellung wegen Krankheit eines Schauspielers abgesagt werden musste und ich in Wien war, wurde die »Sinnliche Nacht« eingeschoben, und das Publikum musste nicht nach Hause geschickt werden. Die Vorstellung bot keinerlei technische Schwierigkeiten. Samy hatte nur wenige Lichtwechsel zu beachten.

Eines Abends wartete ich vergeblich auf das Blackout. Unwillig stampfte ich mit dem Absatz auf, um Samy aufmerksam zu machen. Es blieb hell. Gewöhnt an seine hundertprozentige Zuverlässigkeit brachte ich das Programm irritiert zu Ende. Auch der Schlussvorhang wurde nicht gezogen. Nach dem Applaus stürzte ich in die Beleuchtungskabine. Samy lag mit dem Kopf auf der Scheinwerferapparatur und schlief wie ein Murmeltier. Nur mit Mühe war er wach zu rütteln.

»Samy! Was ist los? Fehlt Ihnen was?«

Samy, den Tränen nahe, gestand: »Ich kaputt, Frau Küpperstopsy, bitte Entschuldigung, ich nicht mehr können...«

Über ein Jahr lang, so erfuhren wir, hatte Samy sich einem Arbeitsprozess unterworfen, dem wohl kaum jemand anderer gewachsen gewesen wäre.

Um vier Uhr früh war er auf dem Gemüsegroßmarkt. Dort half er einem Obst- und Gemüsehändler, Kisten und Säcke zu verladen. Samys Ziel war ein eigener Gemüsestand. Durch diese frühmorgendliche Arbeit bekam er Geld und Einblick in dieses Gewerbe. Um acht Uhr früh begann er seinen Dienst in der Stoffhandlung, den er um 18 Uhr beendete. Um 18.30 Uhr richtete er die Bühne für unsere Vorstellung her und musste sich dann voll auf den technischen Ablauf konzentrieren. Um 23 Uhr endete sein Tag. Außer am Wochenende, wo »Die Lieder zur sinnlichen Nacht« ihm nach einem Bühnenab- und -aufbau erst nach Mitternacht einen Feierabend bescherten.

Aber auch seinem starken Willen und seinem Fleiß waren gesundheitliche Grenzen gesetzt. Carlos, den Samy wie einen Ersatzvater verehrte, sprach mit ihm ein ernstes Wort.

Bei dieser Gelegenheit erfuhren wir, dass Samy in Usbekistan noch fünf Brüder hatte. Er war der älteste und fühlte sich verantwortlich.

Die Brüder sollten nach Wien kommen. Zuerst hatte er dafür gesorgt, dass seinen Eltern, die noch in Jerewan lebten, die Ausreise nach Israel gestattet wurde. Das alte Paar konnte dort sofort in eine kleine Wohnung ziehen, die Samy bezahlt hatte. Danach wollte er das zukünftige Leben seiner Brüder sichern.

Sie sollten in seinem Obst- und Gemüsestand mitarbeiten. Samy konnte die Summe für die Lizenz bar auf den Tisch blättern. Lesen und schreiben konnte er noch immer nicht, aber rechnen – das konnte er.

Manchmal sahen wir, wie er viele Tausender abzählte, sie bündelte und in seine Schublade legte. Dann schaute er stolz nach rechts und links, ob es auch alle in der Künstlergarderobe bemerkt hatten, und schob die Schublade zu, ohne sie abzusperren.

»Samy, das ist Leichtsinn, tun Sie das nicht.«

Er sah mich mit seinen dunklen, schwermütigen Augen an und sagte: »In Usbekistan niemand nimmt von andere, sonst rechte Hand – abgehackt.«

Später mussten wir auf Samy verzichten, denn er war nun am Brunnenmarkt ein selbständiger »Standlbesitzer«. Seine Brüder kommandierte er herum wie ein Generaldirektor, und seine Kundschaft verblüffte er mit bühnenreifen Redewendungen. (Wo er die wohl gelernt hatte?) Bald besaß er einen Lieferwagen, und die kleine Privatbühnenbesitzerin war dankbar, wenn der große Gemüsehändler seinen Lieferwagen für Bühnenbildtransporte zur Verfügung stellte. Seine Hilfe zu bezahlen wäre undenkbar gewesen.

Ein Anruf genügte, und Samy stand zur Verfügung.

Mittlerweile hatte bereits jeder Bruder seinen eigenen Gemüsestand, und Samy herrschte über den »*Natanov*-Clan«. Stolz fuhr er vor dem Theater vor. Immer mit einem Korb voll frischem Obst und Gemüse. »Ich wissen, Frau Küpperstopsy nix essen Fleisch...«

Ein Glück, sonst würde er ein halbes Lamm anschleppen.

Samy wurde ein reicher Mann. Er kann noch immer nicht richtig lesen, und das einzige, was er richtig unterschreibt, ist ein Scheck.

15. BRIEF

Ein Schauspieler ist ein Mensch,
der seine Kindheit heimlich in die Tasche gesteckt und
sich damit auf und davon gemacht hat,
um bis an sein Lebensende weiterzuspielen.

Max Reinhardt

In der Wiener U-Bahn verkündet ein großes Schild:

»Freie Bühne Wieden
Die kleine Bühne der großen Namen!
U-Bahn-Ausgang Mayerhofgasse«

»Angeberin!« stand in einem anonymen Brief.

Einspruch, Euer Un-Ehren! Das Schild sagt die Wahrheit. Denn es ist mir gelungen, Künstler mit großen Namen und ebensolchem Können in mein kleines Theater zu locken.

Künstler, deren Gagen manchen Direktoren Sodbrennen bereiten, sprechen bei mir eine andere Sprache. Es ist eine wunderbare, zutiefst freundschaftliche Sprache. Der Ton ist uneitel, die Worte sind ehrlich, die künstlerische Arbeit steht im Mittelpunkt. Ich sage: »Bitte, spiel dein Programm bei mir, ich kann dir nur alles geben, was ich einnehme – und gute Behandlung wird zugesichert.« Sie sagen: »Ist in Ordnung!«

Wir brauchen keinen Vertrag, wir haben Vertrauen. Die kleinen Dinge machen das Leben aus, im bürgerlichen wie im künstlerischen Alltag. Und diese kleinen Dinge versuchen wir im vollen Umfang zu geben. Aufmerksamkeit und persönliche Zuwendung – alles, was ich mir wünsche, wenn ich in ein fremdes Theater komme – gebe ich unseren Gästen. Dadurch hat sich im Lauf von zwanzig Jahren ein Kreis von Künstlern zusammengefunden, die immer wieder in die Freie Bühne Wieden zurückkehren.

Ich konnte mir das Wort »Schlüsselerlebnis« nie erklären, aber als der Weltstar *Shmuel Rodenski* bei mir gastierte, wurde mir klar: Jemand muss der Schlüssel sein, um das (Bühnen-) Tor aufzuschließen.

Nachdem der weltberühmte Tewje in der FREIEN BÜHNE WIEDEN eine Aufführungsserie gespielt hatte, waren wir »Die kleine Bühne der großen Namen!«

Shmuel kam zusammen mit seinen Kollegen von der Habimah, dem Staatstheater in Tel Aviv. *Shmuel Segal* und *Shmuel Azmon,* die »Schalosch Schmuliks«, waren auf Welttournee und traten zum ersten Mal in Wien auf. In Jiddisch. Meine Sorge, dass nur einige Leute, die Jiddisch noch sprechen oder verstehen, zur Vorstellung kommen würden, war unbegründet. Die Ankündigungen waren noch druckfeucht, da stand bereits eine Menschenschlange vor der Theaterkasse – lauter Christen.

Die drei Staatsschauspieler waren 60, 70 und 80 Jahre alt. *Rodenski,* der Älteste, behandelte »die Jungen« wie Anfänger. Diese akzeptierten das ohne Widerspruch. Schonungslos verlangte der alte Mann von sich und seinen Mitspielern Disziplin. Beim kleinsten Fehler des Pianisten tobte er, und nach jeder Vorstellung kontrollierte er persönlich die Kostüme, notierte, wo ein Knopf fehlte, und erinnerte an die täglichen frischgewaschenen Hemden. Erst dann verließ er, am Arm seiner Frau, das Theater.

Täglich, Punkt 18 Uhr, setzte er seinen Fuß auf die Bühne und kontrollierte alles für die 20-Uhr-Vorstellung. Ihm entging nichts. Täglich rückte er den Sessel hinter der Bühne für seine Frau zurecht.

»Asoj werd sajn schtendik« (»so muss es immer sein«), sagte er. Bei jeder Vorstellung saß Frau *Rodenski* auf diesem Sessel und sah aufmerksam zu. Die beiden hatten ein Leben zusammen im Theater verbracht. Sie kamen aus Russland und hatten noch mit *Stanislawski* zusammengearbeitet. Viele Stunden saßen wir bei *»Adi Berber«*, denn sie liebten Mutter Berbers Wiener Schnitzel, und ich liebte es, ihnen zuzuhören.

Nach der wochenlangen, ausverkauften Serie gab es eine unvergessliche Abschiedsvorstellung. Das Publikum wollte die »Schalosch Schmuliks« nicht von der Bühne lassen. Nach einigen Zugaben trat *Rodenski* vor den Vorhang. Nachdem er dem Publikum gedankt und versichert hatte, wiederzukommen, sagte

Shmuel Rodenski. Mit ihm ging eine der größten Bühnenpersönlichkeiten des Jiddischen Theaters von uns.

er: »Wir haben hier in diesem Theater nicht nur großen Erfolg gefunden, wir haben auch etwas anderes gefunden, einen Menschen, der uns vergessen machte die Vergangenheit dieses Landes. Wir haben einen ‚Abba' gefunden, einen Vater. Todah rabah, Carlos! (Vielen Dank)«

Das Team flog zum nächsten Gastspiel nach Kanada. Wir erfuhren, dass Frau *Rodenski* bald darauf starb. Shmuel weigerte sich, weiter aufzutreten. Er ertrug den leeren Sessel hinter der Bühne nicht und folgte seiner Frau bald nach.

Max Reinhardt hatte recht. Schauspieler sind wie Kinder. Verletzlich – wie Kinder. Eigensinnig – wie Kinder, und leicht zu versöhnen – wie Kinder. Viele Menschen, die mit Schauspielern zu tun haben, wissen das nicht, und das ist ein großer Fehler. Die eitle Attitüde, die sich mancher Künstler zulegt, um seine Verletzlichkeit zu verbergen, irritiert die Theaterfremden. Die meisten Animositäten zwischen Kritikern, Produzenten und Direktoren beruhen auf diesem Missverständnis.

Ich war nicht wenig stolz, als mir *Christiane Hörbiger* und *Gerhard Tötschinger* die Zusage gaben, in der FREIEN BÜHNE WIEDEN »Die Betrogene« von *Thomas Mann* aufzuführen.

Christiane nach der TV-Serie »Die Guldenburgs« auf dem Höhepunkt ihrer Popularität, hatte ja gesagt. Das Ja genügte mir, wir brauchten nichts Schriftliches.

Ich erinnerte mich mehr als dreißig Jahre zurück, an die entzückende, blutjunge Schauspielerin, die, so wie ich, glücklich war, im Zürcher Schauspielhaus spielen zu dürfen. Damals hatte ich eine Langspielplatte von mir signiert, für sie.

»Du, ich hab' deine Platte immer noch!« Strahlend kam sie zur Tür herein. Das Gesicht naturbelassen, das Outfit sportlich, sie braucht keine Extravaganzen, sie kommt und ist DA!

Gerhard Tötschinger, ihr Spiritus rector, ihr ruhender Pol, ihre Liebe, führte Regie.

Gerhard kannte ich auch schon viele Jahre. Oftmals hatten wir zusammengearbeitet. Als er noch für Funk und Fernsehen arbeitete, hatte er nie versäumt, auf meine künstlerischen Aktivitäten hinzuweisen. Ich war dankbar für diese Anerkennung und bewunderte ihn. Sein umfassendes Wissen, seine Eloquenz und vor allem sein künstlerisches Feeling waren wohl einige Klassen zu hoch für den Zeitgeist der Fernsehstationen.

So machte er das, was er am liebsten machte: Er schrieb und inszenierte. Wenn er für Christiane schrieb und inszenierte, kamen sogenannte Publikumsrenner zustande. Nicht für die berühmte Josefstadt, nicht für das umstrittene Burgtheater entschieden sich die beiden, »Die Betrogene« spielte in der FREIEN BÜHNE WIEDEN. Bereits Stunden nach Bekanntgabe lief das Telefon heiß.

Wochenlang »ausverkauft«. Wiederaufnahme nach Monaten. Ein Jahr später eine neue Produktion, auch diese von *Gerhard Tötschinger* bearbeitet und inszeniert: »Die Welt von Gestern« von *Stefan Zweig.* Eine überragende Gedächtnisleistung von Christiane. Zwei Stunden nonstop, kein Versprecher, kein Blackout. Jeden Abend betrat sie (genau wie *Shmuel Rodenski*) um 18 Uhr das Theater. Sie legte nur wenig Make-up auf, brauchte aber längere Zeit, um ihr schönes, blondes Haar im Stil der Zeit um 1908 zu frisieren. Ich ärgerte mich maßlos, dass unsere Subvention nicht ausreichte, eine Maskenbildnerin

Geliebte Freunde! Christiane Hörbiger und Gerhard Tötschinger.

zu engagieren, und dass unser Star sich selbst zurechtmachen musste.

Niemals kam von ihr auch nur die Andeutung eines Vorwurfes oder ein Hinweis auf die zahlreichen hilfreichen Personen, die sie ansonsten umflatterten. Sie spielte jeden Abend, als wäre Premiere. Nach jeder Vorstellung besprachen Christiane und Gerhard gewisse Stückpassagen, um Einzelheiten noch zu verfeinern. Gerhard kritisierte behutsam und sensibel. Christiane, mit steiler Falte zwischen den Augenbrauen, hörte schweigsam zu. Am nächsten Abend bemerkte ich, dass sie sich genau an das Besprochene hielt.

Zur letzten Vorstellung erschien ihre Mutter, *Paula Wessely*. Carlos geleitete die Doyenne des Burgtheaters zu ihrem Platz.

In diesem Moment erhoben sich alle Zuschauer von ihren Plätzen und spendeten andauernden Applaus. In ihrem unnachahmlich singenden Tonfall sagte die *Wessely:* »Ich komme zur letzten Vorstellung, bei der ersten hätte ich mich zu sehr aufgeregt.«

Beim minutenlangen Schlussapplaus entnahm Christiane unserem Rosenstrauß eine Rose und übergab sie ihrer Mutter.

Das Publikum tobte.

»Siehst du«, sagte ich zu Carlos, »das wäre im Burgtheater unmöglich, weil die Bühne viel zu weit weg ist.«

Meine Liebe zu *Erich Kästner* begleitet mich, seit ich lesen kann. 1960 wurde ich an die Münchner Kammerspiele engagiert, um in dem Programm »Die goldenen Zwanziger« mitzuwirken. Ich hatte Glück, mit den Publikumslieblingen der Kammerspiele zusammen auf der Bühne zu stehen. *Therese Giese, Hannelore Schroth, Peter Lühr* und *Trude Hesterberg* – wunderbare Kollegen, die mich kollegial in ihrem elitären Kreis aufnahmen. Die Autoren der musikalisch-literarischen Revue waren *Friedrich Hollaender, Max Colpet, Robert Gilbert, Walter Mehring* und – *Erich Kästner.*

Als sich der Vorhang bei der Premiere öffnete, saßen alle in der ersten Reihe. Mein Atem wurde kurz, mein Mund trocken... Meine geliebte *Hesterberg* stand neben mir, und wie immer, wenn sie besonders herzlich war, wurde sie auch besonders berlinisch: »Wat zitterst du? Stell dir vor, die sitzen in Unterhosen da!« Ich musste lachen und trat strahlend auf.

Das Haus des Ufa-Stars *Margot Hielscher* und ihres Mannes, des Komponisten *Friedrich Meyer* war in München ein allererster Künstlertreff. In Bogenhausen ging von *Herbert von Karajan* bis *Gregor von Rezzori* alles ein und aus. »Ihre alten Liebhaber«, tuschelte die Schickeria und hatte damit wohl recht.

Margot war schön, intelligent und immer auf der Suche nach guten Chansontexten, die Friedrich vertonen konnte. Ihr genialer Plan, *Kästner* als Texter, *Kreisler* als Komponisten und *Meyer* als Arrangeur zu vereinen, misslang jedoch gründlich.

Der Abend zu fünft war anfänglich ein Solo für Margot. Sie schilderte mit Charme ihre Idee der Zusammenarbeit. *Kästner* nippte an seinem Whisky, *Kreisler* ließ seine Mundwinkel eine Etage tiefer hängen, *Meyer* trank Wein und versuchte vergeblich, auf sein Lieblingsthema »Soldaten-Sender Belgrad« zu

Auf der Bühne der Münchner Kammerspiele. »Die ganz besonders feinen Damen« von Erich Kästner.

kommen. Dort hatte er im Zweiten Weltkrieg das Musikprogramm gestaltet, und es verging kein Gespräch, in dem Friedrich nicht ein: »Mensch – Belgrad – det war Musike! Da haben wir für die Jungs aufjedreht...« unterbrachte.

Ich streichelte die beiden Terrier von Margot und fühlte mich ausgeschlossen. Ab und zu warf mir *Kästner* einen Blick zu. Er konnte mit den Augen lächeln, ohne den Mund zu verziehen. In dem unglückseligen Moment, als Margot eine Verschnaufpause machte, sagte *Kreisler:* »Es ist mir unklar, was ich dabei soll...« Peinliche Stille.

Margot gestand mir später, sie sei an der Grenze ihrer Beherrschung gewesen. Das Einmalige hätte stattfinden können! Ein Stück mit *Erich Kästner.* Es fand nicht statt.

Kästner überging den Fauxpas und unterhielt sich fortan mit mir. Er erzählte von *Trude Hesterberg* und ihrer »Wilden Bühne«, für die er damals in Berlin geschrieben hatte. Er sagte mir lobende Worte über meinen Auftritt und meinte: »Sie hätten den Chanson-Ring verdient, Sie erinnern mich an die *Massary.*« Ich fühlte mich unglaublich wohl, neben ihm, auf Margots Wildledercouch und war ein bisschen verliebt.

Als wir bereits in Wien lebten, gab *Erich Kästner* eine Lesung im Theater an der Wien. Ich ging hin – allein und reihte mich nach der Lesung mit einem Buch in die Schlange der Autogrammjäger ein. Ohne aufzusehen, sagte er: »Wem darf ich das Buch widmen?« – »Mir«, antwortete ich. Er sah auf, und wir lächelten einander an. Dann schrieb er: »Für Topsy Küppers: Einer wunderbaren Frau!« Seine Lebensgefährtin *Luise-Lotte Enderle* kam zur Tür herein, und ich ging hinaus.

Trude Hesterberg war tot. Ein Anruf aus München. Der Kritikerpapst *Dr. Walther Kiaulehn* war am Telefon. »Können Sie nach München kommen? *Trude Hesterberg* und die Kritiker-Jury haben Sie als erste Trägerin des *Trude Hesterberg*-Chanson-

Dr. Walther Kiaulehn überreicht den Chansonring. Trude Hesterberg, auf dem Gemälde von Oscar Kokoschka, schaut zu.

Rings bestimmt. Sie erhalten die Auszeichnung für die beste Interpretation literarischer Chansons.«

Nach der Ehrung fuhr ich mit Trudes langjähriger Sekretärin zum Friedhof. Ein schlichter Stein mit ihrer Schrift: »*Trude Hesterberg*«, sonst nichts.

Marcel Reich-Ranicki brachte es wie immer auf den Punkt, als er schrieb: »Was er zu sagen hatte, war immer ganz klar.«

Dieser Satz war der Leitfaden für meine Arbeit an der *Erich-Kästner*-Revue »Ein Mann gibt Auskunft«.

Die Regie klar und ohne Mätzchen, ganz dem Dichterwort untertan. (»Mit der Sprache seiltanzen, das gehört ins Varieté«, sagte *Kästner*.)

Das Bühnenbild schwarzweiß – unterbrochen von großen Projektionen, die *Kästner* zeigten.

Einzig die Musik machte mir Schwierigkeiten. Die meisten Komponisten, die *Kästner* vertonten, haben seiner klaren Sprache komplizierte, unklare Melodien unterlegt. *Dr. Ulrich Constantin,* der Nachlassverwalter von *Erich Kästner,* zeigte Verständnis, und der Komponist *Bela Fischer* fischte im unerschöpflichen Teich seiner Melodieneinfälle. So entstanden Couplets und Chansons, die »seelisch verwendbar« *(Kästner)* waren.

Kästners Sprache ist klar, unmittelbar, deutlich – also nichts für den gelernten Wiener Schauspieler. Ein Deutscher musste her, ein guter Sprecher, mit sympathischer Gesangstimme, gutaussehend, mit erotischem Flair.

»Die Idealbesetzung ist *Thomas Stroux*«, stellte ich fest und hatte Glück. Der beliebte Burgschauspieler war frei – dank dem Kahlschlag, den der neue Direktor *Claus Peymann* im Burgtheater zugunsten seiner Freunde vorgenommen hatte.

Wochenlang dachten, sprachen, sangen wir »Kästnerisch«. Es war eine wunderbare Zusammenarbeit. Thomas, mit stolzem Gardemaß, hatte ich die kleine, kapriziöse Schauspielerin *Petra Liederer* zur Seite gestellt. Wie eine Katze schnurrte sie um ihren Partner herum. Ganz im Sinne *Kästners,* fand ich, der ein großer Katzenliebhaber war. Bald sollte Thomas der

Thomas Stroux und sein Cello Petra Liederer.

Liebhaber der kleinen Katze werden. Bei dem Gedicht »Nachtgesang eines Kammervirtuosen« saß Thomas in einem Sessel und stellte Petra kurzerhand auf den Kopf, wie ein Cello.

»Du meine Neunte, letzte Sinfonie!
Wenn du das Hemd anhast mit rosa Streifen...
Komm wie ein Cello zwischen meine Knie,
und lass mich zart in deine Seiten greifen!«
Erich Kästner

Petra musste während des ganzen Gedichtes stocksteif bleiben. Das war zuviel für das Temperamentsbündel, und ich war nicht ganz schuldlos an den Folgen.

Das Cello wurde Mutter einer entzückenden Tochter und der »Kammervirtuose« ein liebender Ehemann.

Das einzige, was man nicht lernen kann, ist Ausstrahlung. Man hat sie, oder man hat sie nicht. Eine oder einer tritt auf. Sieht fabelhaft aus, spricht fabelhaft, singt und tanzt fabelhaft, und man ist dennoch fabelhaft desinteressiert. Eine oder einer tritt auf. Sieht aus, wie man eben ausschaut, spricht, wie man eben spricht, spielt aber so, wie man wünscht, dass es nur so und nie anders gespielt werden darf. Man sieht nur sie oder ihn. Das macht die Ausstrahlung.

Wer diesen Musensegen hat, darf, wie *Attila* und *Paul Hörbiger,* seinen Text vergessen oder sich stimmlos, wie *Giuseppe di Stefano,* durch das »Land des Lächelns« quälen, das Publikum wird jubeln.

In der Wiener Staatsoper fragte ein deutscher Tourist einen Wiener, der wild applaudierend und bravo-rufend aufgesprungen war: »Was führen Sie sich denn so auf? Der Mann hat doch keine Stimme mehr.« Darauf der Wiener: »Lieber Herr, den hätten S' vor dreißig Jahrn hör'n soll'n...«

Die Fans, die beschlossen haben, mit ihren Bühnenlieblingen zusammen alt zu werden, seien gewarnt. Der enge, private Kontakt bringt zumeist eine herbe Enttäuschung. Die Ausstrahlung, die von der Bühne wirkt, verpufft zumeist ohne Bühnenlicht. Oder wie *Franz Molnár* in »Der Schwan« bemerkte:

»Auf dem Teich ein wunderschöner Schwan,
an Land eine ganz gewöhnliche Gans.«

Eine besondere Ausstrahlung auf das weibliche Geschlecht hat mein langjähriger Begleiter, der musikalische Leiter der FREIEN BÜHNE WIEDEN, *Bela Fischer.*

Er gehört zu den Begabungen, die ein Instrument in die Hand nehmen und es zum Klingen bringen. Er gehört zu jenen Komponisten, die jeden Text intuitiv erfassen und umsetzen können. Und er gehört zu jenen Musikern, die es verstehen, vom Flügel aus einen Blick in die zweite Reihe zu werfen und die betreffende Person dazu zu bringen, ihn nach der Vorstellung am Bühnenausgang zu erwarten.

Ich habe es selber viele Male miterlebt und bin nie dahintergekommen, wie es funktioniert. Deshalb nenne ich es »das geheime Glockenspiel«.

Bela Fischer, seit dreißig Jahren ständiger Begleiter.

Seit drei Jahrzehnten ist *Bela Fischer* der FREIEN BÜHNE WIEDEN treu, und ich darf behaupten: Es ist seine treueste Lebensperiode.

Bela stammt aus Bratislava, einer Stadt, in der jeder vierte singen oder musizieren kann. Er ist eine Mischung aus ungarisch-slowakisch-jüdisch-zigeunerischer Abstammung; somit bestimmen Temperament, Humor, Leichtsinn, aber auch viel Fleiß seine Persönlichkeit. Manchmal streiten wir, versöhnen uns wieder und verzeihen einander unsere charakterlichen Schwächen. Auf der Bühne verbindet uns äußerste Konzentration. Diese musikalische Gewissenhaftigkeit habe ich in dieser Art nur noch bei *Georg Kreisler* und dem Pianisten *Prof. Heinz Hruza* erlebt.

Bela hat die wunderbare Veranlagung, das Leichte schwer- und das Schwere leichtzunehmen. Ein ausverkauftes Haus, jubelndes Publikum – wir arbeiten konzentriert und hart.

Gähnende Leere – wir arbeiten konzentriert und leicht, denn Bela versteht es, mich zu motivieren. An Stellen, wo wir lautes Lachen gewohnt sind, ist plötzlich Stille. Einer lacht – Bela. Ich muss lachen, und unsere Heiterkeit pflanzt sich fort.

Aus den »taubstummen Bulgaren«, wie wir ein stummes Publikum nennen, wird ein amüsierter Kreis. Unsere Ausstrahlung hat gesiegt.

Eine großartige Frau ist die gefeierte Schauspielerin, Liedermacherin und Autorin *Erika Pluhar.* Sie hat die seltene Gabe, inmitten der Theaterwelt der falschen Töne natürlich zu bleiben.

Die FREIE BÜHNE WIEDEN schien wie gemacht für das musikalische Programm, das die *Pluhar* Abend für Abend vortrug.

Im lässigen schwarzen Hosenanzug, das lange, graue Haar offen, mit einem Hauch von Make-up, kam sie auf die Bühne.

Sie setzte sich auf einen Stuhl, und dort blieb sie, singend und erzählend, wie selbstverständlich, zwei Stunden lang. Das Publikum hing an ihren Lippen, lachte, weinte und sang mit ihr, als wäre das ganz natürlich. Natürlich ist es nicht natürlich, dass ein Star ohne Licht- oder andere Effekte auskommt, Wenn hingegen der Inhalt des Gesagten oder Gesungenen so stark ist wie die Lieder der *Pluhar,* hat der Beleuchter allabendlich zwei Handgriffe zu machen: das Licht an- und abdrehen.

Erika Pluhar ist eine mutige Frau. Sie hat den Mut, gegen den Strom zu schwimmen. In der Masse der aufgespritzten oder abgehäuteten Gesichter trägt sie ihre Falten, als hätte sie gar keine. Wenn sie auf der Bühne plötzlich sagt: »Als ich mich entschieden habe, bewusst zu altern...«, wird spontan applaudiert. Und dann singt sie ihr Lied »Trotzdem«, und Hunderte Frauen gehen selbstbewusster nach Hause.

Ich glaube, dass Erika sich ihre Lebensqualität seelisch hart erarbeitet hat. *Udo Proksch,* der Vater ihrer Tochter Anna, verbüßt eine lebenslange Haftstrafe wegen der Lucona-Affäre. Regelmäßig nimmt sie eine stundenlange Bahnfahrt (sie hat kein Auto) auf sich, um ihn im Gefängnis zu besuchen.

Um das Leben mit *André Heller* oder das Sterben *Peter Vogels* verkraften zu können, so könnte man annehmen, hätte die *Pluhar* eine harte Frau werden müssen. Im Gegenteil, sie ist warmherzig und hilfsbereit. In ihrem schönen, alten Haus in

Grinzing lebt sie mit ihrer Tochter, Hund und Papagei. Hilfreiche LIEBE LEUTE kümmern sich um Haus und Garten, eine Sekretärin um das Berufliche.

Bis zu seinem Tod teilte der über neunzigjährige Vater diese Idylle.

Erika ist für alle da. Sorgt für alle, kümmert sich um alle und zahlt natürlich für alle. *Erika Pluhar* ist eine begehrte Frau und ihr ungeliftetes Gesicht ein Beweis für die Tatsache, dass ihr Lächeln keine Zerreißprobe ist.

Die Männer der *Pluhar* mag man schätzen oder nicht, einen muss man lieben und bewundern: *Antonio V. d' Almeida,* das portugiesische Musikgenie.

Der Komponist und Pianist hebt ihren Chansonabend durch seine Einfälle und sein phänomenales Klavierspiel in unerreichte Höhen.

Trotzdem-Lied (Pluhar/d'Almeida)

Wie im Lauf dieser Welt
unser Dasein zerfällt
wie die Straße dem Abgrund zu
sich im Nebel verläuft –
Nur die Zeit hält mich fest
bis auch sie mich verlässt
und mein klägliches Hin und Her
in den Schatten ersäuft –

Trotzdem ist die Zeit mir geliehen
mich dem, was sie fordert, nicht zu entziehen
Trotzdem ist die Tat nicht umsonst getan –
trotzdem, trotzdem, trotzdem.
Trotzdem sag, wenn Zweifel dich plagen
Trotzdem sag an mutlosen Tagen
um trotzdem das, was wir sind, zu bejahn
trotzdem, trotzdem, trotzdem

Will ich Dauer und Glück
und ein sanftes Geschick
drückt das Leben mich gnadenlos
an sein bitteres Herz –
woll'n wir Frieden und Brot
schlägt der Wahnsinn uns tot
und die Frist unsrer Täglichkeit
scheint ein trauriger Scherz –

Trotzdem ist mir Leben geliehen
mich dem, was es fordert, nicht zu entziehen
trotzdem ist die Tat nicht umsonst getan –
trotzdem, trotzdem, trotzdem
Trotzdem sag wenn Ängste dich plagen
trotzdem sag an kraftlosen Tagen
um trotzdem das, was wir sind, zu bejahn
trotzdem, trotzdem, trotzdem

Such' ich Liebe und Treu'
werd' ich furchtsam und scheu
die Enttäuschungen machen schwer
was so schwebend begann
Ist mir Liebe geschehn
nur ein kurzes Bestehn
da ich das, was der Tag mir schenkt,
niemals festhalten kann –

Trotzdem ist mir Liebe geliehen
mich dem, was sie fordert, nicht entziehen
Trotzdem ist die Tat nicht umsonst getan –
trotzdem, trotzdem, trotzdem
Trotzdem sag, wenn Tränen dich plagen
trotzdem sag an freudlosen Tagen
um trotzdem das, was wir sind, zu bejahn
trotzdem, trotzdem, trotzdem

Irgendeine Statistik hat festgestellt, dass es kaum einen Wiener gibt, der vier Großeltern hat, die in Wien geboren sind. Das Wiener Telefonbuch oder die Telefonbuch-Polka von *Hans Weigel* und *Georg Kreisler* dokumentieren die Abstammung der Wiener von *Vranitzky* bis *Stankovski.*

Der Vielvölkerstaat der Monarchie hat nicht nur die Namen, sondern auch die Talente zusammengemixt.

Nirgendwo außer in Israel traf ich so viele Menschen, die in sich zahllose Begabungen vereinen, wie in Wien.

Einer davon ist *Ernst Stankovski.* Ich nenne ihn »Das Gesamtkunstwerk«! Was Ernst macht, macht er im höchsten Maße künstlerisch perfekt. Er ist ein großartiger Schauspieler. Seine Darstellungspalette reicht vom öligen TV-Typen bis zu »Nathan der Weise«.

Er moderiert wie ein Moderator, obwohl gerade diese Ausdrucksform für Schauspieler sehr schwierig ist. Vorgeschriebene, auswendig gelernte Texte zu bringen, ist weitaus einfacher, als spontan pointiert zu sprechen. Für Ernst kein Problem.

Er schreibt seine Lieder und Programme selbst.

Er komponiert seine Lieder selbst, und wie gut er sich selbst am Klavier oder auf der Gitarre begleitet, weiß jeder, der einen der Soloabende des Künstlers erlebt hat.

Er bearbeitet Stücke und inszeniert sie, und verlangt der Regisseur von sich selbst eine Tanzszene, dann steppt und tanzt er, dass alle im Zuschauerraum wetten: »Der war doch mal Tänzer!«

Das war Ernst nie, aber er hat eine große Liebe zum Tanz und zu einer Tänzerin. *Anna Luise Schubert,* gefeierte Solistin des Münchner Gärtnerplatztheaters und der Wiener Volksoper, lebt seit vielen Jahren in harmonischer Ehe mit dem »Gesamtkunstwerk«. Ein Sohn, Alexander, geht schon allein seinen Weg, als Komponist und Dirigent.

Man neigt dazu anzunehmen, dass ungewöhnliche Künstler auch ungewöhnlich schwierig sind.

Ernst ist die Ausnahme von der Regel. Uneitel und selbstkritisch, sucht er den Fehler immer zuerst bei sich selbst.

Ernst Stankovski: »Marionette, Hampelmann, Wurschtel – auch das sind wir, abhängend von den unsichtbaren Drahtziehern der Medien...«
aus seinem Poem »Warum ich Grochmanns Bilder liebe.«

Er kommt von der Bühne, das Publikum verlangt Zugaben, er macht ein Gesicht, als wäre er ausgepfiffen worden. »Was ist los? Ist dir nicht gut?« frage ich besorgt. »Nein, ich habe mich da an einer Stelle im Akkord vergriffen«, sagt er missmutig.

»Du bist wahnsinnig! Das merkt doch kein Mensch...«, versuche ich ihn zu beruhigen, aber es ist sinnlos. Am nächsten Abend ist er eine Viertelstunde früher als üblich auf der Bühne, und ich höre, wie er den angeblich danebengegangenen Akkord übt wie ein Klavierschüler.

Allmählich habe ich mich an den Unzufriedenen gewöhnt und gratuliere mit den Worten: »Du warst wieder grauenvoll!«

Wir lachen und kennen einander.

Und doch gelingt es *Stankovski* manchmal, mich zu überraschen.

Bei seinem Weihnachtsprogramm »Schöne Bescherung« in der FREIEN BÜHNE WIEDEN fiel plötzlich das gesamte Bühnenlicht aus. Das Publikum machte »Oh«, denn es geschah an einer Stelle, wo Ernst eine spannende Geschichte vorlas. Ohne zu unterbrechen, ohne die Stimme zu heben oder zu senken, las Ernst im Dunkeln weiter.

Er konnte die Geschichte auswendig.

Sollte ich etwas über den Mann *Ernst Stankovski* sagen, so fällt mir zunächst die Bezeichnung »anständig« ein. Sein Anstand ist von selbstverständlicher Güte geprägt. Ob er Kontakt hält zu alten Kollegen, die vereinsamt leben, ob er dankbare Worte findet für LIEBE LEUTE, die ihm auf seinem künstlerischen Weg geholfen haben, oder ob er zufällig in meinem Theater seine erste Ehefrau, *Ida Krottendorf,* trifft, die gerade eine schwierige Trennungszeit von *Hans Jürgen Wussow* durchmacht: Er benimmt sich immer anständig.

Wir verhandeln nicht, wir brauchen keine Verträge. Der Künstler lässt mich wissen, wann er frei ist – dann ist die FREIE BÜHNE WIEDEN für ihn frei.

16. BRIEF

Was einer Mutter ans Herz geht,
geht einem Vater nur bis an die Knie.

Alter Spruch

Um mich herum sehe ich entzückende Babies, reizende Schulkinder und bildhübsche Teenager. Ich frage mich: Wo kommen die vielen miesen Erwachsenen her? Wenn entzückende Kinder erwachsen werden, entwickeln sich viele in eine Richtung, die der Richtung der Eltern diametral gegenüber liegt.

Das ist bei manchen Familien so, nur – bei bekannten Familien steht es in der Zeitung. Jeder gibt seinen Senf dazu – den schärfsten, versteht sich. Da rauscht es durch den Blätterwald der Regenbogenpresse:

Die Tochter von *Emmerich* und *Vera Kalman* im Drogenrausch enthauptet!

Die Tochter von *Hilde* (Schnurrdiburr) und *Peter Alexander* wegen Rauschgiftverdachts...

Die Tochter von *Lieselotte Pulver* springt von einem Turm. Rauschgift!

Die Tochter von *Topsy Küppers* und *Georg Kreisler...* Rauschgift!

Natürlich sind auch die Beurteiler und Verurteiler zur Stelle, und tönen: »Die Eltern sind schuld!«

Ich kenne die Eltern der Genannten. Es sind LAUTER LIEBE LEUTE. Wunderbare Künstler, uneitle Kollegen, warmherzige Menschen. Es sind Eltern, die für ihre Kinder nur das Beste wollten, aber das Beste war diesen Kindern nicht gut genug.

Man sollte mit der Beurteilung und Verurteilung von Kindern, die keine kleinen Kinder mehr sind, vorsichtig sein. Man sollte mit der Verurteilung der Eltern noch vorsichtiger sein.

Wer keine Kinder großgezogen hat, sollte überhaupt nicht urteilen. Ich erinnere mich an berühmte Denker und Psychotherapeuten, die dem Zerbrechen ihrer Partnerschaft und dem Hass ihrer Kinder hilfloser gegenüberstanden als Bauarbeiter.

Ein achtzehnseitenlanger Brief an meine Tochter und an Sie, die Berührbaren und Empfindsamen, lag vor mir. Die Lust die ich beim Schreiben meiner Briefe an Sie empfand, wurde bei diesen Seiten zur Last.

Das Recherchieren in alten Tagebuchnotizen schmerzte, das Erinnern tat weh, das Briefschreiben tat gut. Ich dachte mir: Wenn dieser Brief »ankommt«, hat auch dieses Buch einen Sinn.

Aber er kam nicht an, wird nie ankommen...

Statt dessen kam ein Brief des Anwaltes meiner Tochter an, in welchem dem Verlag angedroht wurde, das Erscheinen dieses Buches zu verhindern, falls der Bericht über meine Tochter nicht entfallen würde.

Die wahre Tochter ihres Vaters! Funktioniert man, wie sie es wollen, lieben sie. Tut man es nicht, hassen sie.

Schweren Herzens steckte ich ein Blatt nach dem anderen in den Reißwolf und sah zu, wie die scharfen Zähne das Papier, das vollgedruckt war mit den Erinnerungen an eine Mutter-Tochter-Zeit auf der Bühne, hinter der Bühne und getrennt durch einen eisernen Vorhang, zerrissen wurde. Die Schnipsel landeten im Papierkorb. Einige Worte blitzten mich an, und ich wusste sofort den ganzen Satz. Ich wusste auch, dass ich diesen Brief niemals vergessen würde, denn ich habe ein gutes Gedächtnis.

Als ich ein kleines Mädchen war, lebte ich während der Nazizeit, einmal monatelang, zusammen mit meiner Mutter und Großmutter, versteckt in einem Keller. Als uns die Amerikaner befreiten und wir auf dem Weg in ein Lager für »displaced persons« (es hieß »Rothe Erde«) waren, stellte ich im Tageslicht fest, dass das schöne schwarze Haar meiner Großmutter plötzlich weiß geworden war. Meine Mutter erklärte mir, dass so etwas durch einen Schock passieren kann.

Als ich nach der »Mutter-Tochter-Zeit« zu meiner lieben Freundin und Friseuse Helga kam, sagte diese: »Du, Topsylein, mit Tönen is' nix mehr, wir müssen färben...«

Mein Haar war stellenweise weiß geworden.

Damals notierte ich in meinen Kalender: Meine Tochter hat's verdorben, von unserem Leben, ein ganzes Jahr.

Erklären will ich nichts, auch nichts beweisen – ich möchte endlos lang verreisen...

»Immer nur lächeln und immer vergnügt.
Immer zufrieden, wie's immer sich fügt.
Lächeln trotz Weh und tausend Schmerzen,
Doch wie's da drin aussieht, geht niemand was an...«

Franz Léhar

P.S:
Als ich 1996 diesen 16. Brief schrieb, war er als Warnung für alle Mütter-Töchter-Problembeziehungen gedacht, denn es gibt keine Mutter-Tochter-Beziehung ohne Höhen und Tiefen. Man sollte Kindern beizeiten beibringen, dass Eltern keine seelischen Fußabstreifer sind. »Verwöhnprogramme« wirken kontraproduktiv. Keiner darf dem anderen gegenüber überlegen sein, auch dann nicht, wenn man glaubt 100% im Recht zu sein. Wenn beide lernen behutsam miteinander umzugehen, gelingt es schmerzhafte Situationen gemeinsam zu überwinden. Es ensteht eine neue, beglückende Erfahrung: Man erlebt »Herz zu Herz-Gespräche«, aufrichtig und dennoch kritisch, denn die Wahrheit ist immer der leichteste Weg! Kleine Kinder lernen von den Eltern. Im Alter lernt man von den großen Kindern. Und das bezieht sich nicht nur auf den Umgang mit PC, i-Phone, e-Book etc.

17. Brief

Es gibt Menschen, die tragen soviel in sich;
is' es a Wunder, wenn es aus ihnen herausbricht?

Eva Deutsch

Sollte jemand behaupten, er weiß, wie ein Theatererfolg zustande kommt, so wage ich zu behaupten, er ist ein Esel.

Wüssten wir Theatermacher das Erfolgsrezept, so hätten wir keine Misserfolge. Spätestens seit 1875, als die Uraufführung von *Bizets* »Carmen« einstimmig verrissen wurde, wissen wir, was von der Meinung sogenannter Experten zu halten ist.

Nur das Publikum entscheidet über Erfolg oder Misserfolg einer Theaterproduktion.

Prof. Franz Stoß, der Direktor des Theaters in der Josefstadt, sagte zu mir: »Sie haben gute Kritiken? Na, hoffentlich sind Sie dann nicht leer...«

Ziemlich leer war es an dem Abend, als ich mit Carlos die legendäre Marietta-Bar in Wien besuchte. LIEBE LEUTE, die das Etablissement noch aus der Zeit kannten, als zu später Stunde *Gerhard Bronner, Peter Wehle* und *Georg Kreisler* ihre brillanten musikalischen Satiren gesungen hatten, kamen nun aus Nostalgie: »Ja, damals, erinnern Sie sich noch?«

An jenem Abend boten *Gerhard Bronner* und *Peter Wehle* gemeinsam mit jungen Talenten ein Programm.

Ehrlich gestanden ging ich aus Interesse für *Constantin Obonya,* den Sohn der Burgschauspielerin *Elisabeth Orth* und Enkel von *Attila Hörbiger* und *Paula Wessely,* in das *Bronner-Wehle*-Programm. Der blutjunge Mann begeisterte mich, und ich wollte ihn vom Fleck weg engagieren. *Bronner,* mit seinem untrüglichen Riecher für Talente, war mir jedoch zuvorgekommen.

Als wir nach der Vorstellung in netter Künstlerrunde zusammen waren, saß neben mir die Schriftstellerin *Brigitte Schwaiger.* Nach ihrem sensationellen Start mit »Wie kommt das Salz ins Meer?« war ihr auch nicht nur annähernd ein ähnlicher Erfolg gelungen.

»Kennen Sie mein Buch ‚Die Galizianerin'? Es wird Sie interessieren. Eine jüdische Frau, sie heißt *Eva Deutsch,* hat mir ihre Lebensgeschichte erzählt – das Buch geht überhaupt nicht...«, sagte Brigitte.

»Weil es kein Buch ist, sondern ein Stück, und zwar für Sie, machen Sie was draus...«, fügte *Bronner* hinzu.

Am nächsten Tag erhielt ich das Buch und las es, aufgeregt und gefesselt von der ersten bis zur letzten Seite.

Bronner hatte recht gehabt: Das war kein Buch, das alles musste man auf der Bühne zum Leben erwecken. Die manchmal unfreiwillig komischen Satzbildungen der *Eva Deutsch,* die ihr Deutsch nur phonetisch gelernt hatte, musste man hören, nicht lesen. Ihre Reaktionen in dramatischen Situationen musste man sehen, nicht vermuten. Ja, ich mache was draus, entschied ich.

Immer wenn ich eine Uraufführung plane, suche ich vor allem den Kontakt zum Autor. Hier gab es nun zwei Autorinnen. *Eva Deutsch,* die ihr Leben erzählte, und *Brigitte Schwaiger,* die - so schrieb der Zsolnay-Verlag - »hellhörig aus dem labyrinthischen Leben einer älteren Frau den kostbaren Faden jüdischer Erzählkunst herausgelöst hat«.

Das große Verdienst der *Schwaiger* war, dass sie nichts an der unmittelbaren Sprache der *Eva Deutsch* ent- und verstellte.

Ich scheute mich, mit *Eva Deutsch* persönlich Kontakt aufzunehmen, denn ich fragte mich: Was ist, wenn sie dir unsympathisch ist oder so gar nicht dem Frauenbild entspricht, das ihre Autobiographie wiedergibt. Was ist, wenn sie sich einmischt, Veränderungen wünscht, Anregungen gibt? Der ständige Alptraum aller Bühnenleute, die lebende Persönlichkeiten auf der Bühne darstellen müssen. Nein, nur das nicht! Ich hatte hier einen kostbaren Text in Händen, ein »Wahr-Stück«.

Carlos entschied: »Wenn du produzierst und investierst, lass dir in nichts dreinreden. Wer zahlt, schafft an!«

So lieb mir Brigitte privat war, so sehr ich ihr schriftstellerisches Talent bewunderte – ihre Unpünktlichkeit und ihre Launenhaftigkeit gestalteten unser Freundschaftsverhältnis eher schwierig.

Außerdem befand Brigitte sich damals in einer komplizierten Liebesbeziehung zu einem Mann, dessen Beruf Demonstrant war. Das gescheite und engagierte Paar wusste alles, konnte alles, nur eines nicht – sein Leben zusammen in den Griff kriegen. Diese chaotische Zweisamkeit lehrte mich einmal mehr, dass ein wenig Bürgerlichkeit dem Leben künstlerischer Menschen guttut. Die Ehe zerbrach, kurz nachdem der Sohn geboren worden war. Brigitte trieb es umher. Im Sack vor der Brust schleppte sie das Baby, und auf dem Rücken einen Sack voller Schulden. So war sie ständig unterwegs, mal im Ausland, mal im Inland. An ein kontinuierliches Zusammenarbeiten war nicht zu denken.

Premiere im Volkstheater. »Die Wannseekonferenz«, Regie: *Peter »Mischa« Preissler.* Im zweiten Teil, vom selben Regisseur, *Lessings* »Die Juden«.

»Es gibt keine Zufälle im Leben«, dachte ich. Dieser Regisseur war der Richtige. Diese feinfühlige Personenführung, dieser Verzicht auf alle plakativen Regiemätzchen, diese tiefe Beziehung zum Judentum – er musste »Die Galizianerin« inszenieren. Der letzte Bravoruf hing noch im Parkett, da stand ich bereits vor der Direktionstür.

Dr. Preissler ist ein gutaussehender Mann, intelligent und sensibel. Ich war geneigt zu denken: »Schade, dass man nicht mehr dreißig ist.« Aber man wird älter und klüger und erkennt: besser ein langjähriger Freund als ein kurzfristiger Liebhaber.

Und »Mischa» verhalf der FREIEN BÜHNE WIEDEN und mir zum größten Erfolg, den das Theater in zwanzig Jahren hatte. Er bearbeitete das Buch, brachte den Text, ohne ihn zu manipulieren, in eine spielgerechte Form und führte Regie. Wir arbeiteten täglich viele Stunden voller Konzentration. Seine Anweisungen waren leise und eindringlich, seine Kritik behutsam und niemals verletzend.

Eva Deutsch, die in ihrer Lebensgeschichte immer wieder betont, wie leidenschaftlich gerne sie gesungen und gemalt hat, gab dem Regisseur »den Schlüssel« für das Stück in die Hand:

Eva Deutsch

FREIE BÜHNE WIEDEN BIS 4. JUNI

„PARDON, WENN ICH ABWEICHE . . ."

Mit der Darstellung der Lebensgeschichte der Eva Deutsch ist TOPSY KÜPPERS das fast Unglaubliche gelungen: Sie hat ihren internationalen Erfolg von „HEUTE ABEND: LOLA BLAU" überboten!

Musik und Bilder. Musik, das waren die Lieder ihrer Heimat – Galizien.

Aber Bilder? Wie konnte man die gemalten Gestalten ihrer Erinnerung in den Text einpflanzen? »Puppen«, sagte Mischa. »Wir nehmen Puppen...«

Es war kein Zufall, dass gerade Wiens älteste Marionettenbühne zusperrte. Der Besitzer, *Heinrich Walcher,* Puppenspieler in dritter Generation, musste aus Altersgründen sein Theater aufgeben. »Könnte ich vielleicht einige Puppen borgen oder kaufen?« fragte ich ihn. »Jaja, kommen S' nur her und suchen S' sich aus, was S' woll'n...«

Ich war interessiert, aber ich hatte nicht die erforderlichen Mittel. In letzter Minute, kurz bevor ein deutscher Sammler alles übernahm, verkaufte mir *Walcher* 23 Marionetten. Carlos und Mischa packten die Puppen, sorgfältig wie kleine Kinder in ihre Autos und brachten sie in die FREIE BÜHNE WIEDEN.

Unsere Freundin, die Schauspielerin *Andrea Spatzek,* ertrug den Anblick der schlecht übermalten Gesichter oder die farblos gewordenen Augen der Puppen nicht. Zwischen den Dreharbeiten an der »Lindenstraße« saß sie in der Theatergarderobe und restaurierte die Puppengesichter. Wir waren begeistert von ihrer Geschicklichkeit, und Mischa hatte immer neue Aufträge für Andrea. »Könntest du aus dem Kerl hier einen SS-Mann machen?« Andrea konnte. »Oder aus dieser *Nestroy*-Puppe einen frommen Chassiden?« Andrea malte, wir probten, und Carlos arbeitete am Bühnenbild. Das Theater war erfüllt von kreativer Harmonie. Künstlerische Sternstunden!

Als alles fertig war, stellte ich fest, dass alle Gestalten, die in *Eva Deutschs* Biographie vorkamen, nun mit mir auf der Bühne waren. Alle guten und schlechten wurden zu meinen Partnern (wie im richtigen Bühnenleben). Ich sprach mit ihnen, oder sie sprachen durch mich zu mir. Die Regie hatte das »Wahr-Stück« beklemmend wahr gemacht.

Wir wussten, dass wir etwas Besonderes zustande gebracht hatten. Ein Stück, in dem jedes Wort wahr war. Ein Stück, in dem jede Schilderung stimmte. Ein »Berühr-Stück«.

Jetzt hatte ich den Mut, *Eva Deutsch* anzurufen und sie zur Generalprobe einzuladen! Als ich ihre Stimme hörte, fiel mir beinahe der Hörer aus der Hand. Ich hörte mich. Ich hörte mich sprechen, so wie ich die Rolle der Eva wochenlang geprobt hatte. Ihr Tonfall, ihr Akzent war meiner – oder meiner war ihrer. Ich war perplex. »Carlos, bitte ruf du einmal an«, bat ich meinen Mann, ohne ihm etwas von meiner Überraschung zu sagen. »Das gibt's doch nicht«, sagte er verblüfft.

Es war mir gelungen, den jüdisch-polnischen Akzent intuitiv zu übernehmen. Der immer wiederkehrende Satz Evas »Ich bin empfindlich... ich ergreif' Sachen durch die Luft... ich ‚empfange', wie man so sagt...« hatte sich praktisch bewahrheitet. Ich hatte empfangen.

Eva konnte und wollte nicht in die FREIE BÜHNE WIEDEN kommen. »Madame« (sie sagte immer Madame), »ich lieg' fest, kann mich nix rühr'n, und außerdem – es tät' mich treffen der Schlag vor Aufregung, wollen Se mich töten?«

Der wunderbaren Zusammenarbeit folgte – wie sollte es anders sein – die kalte Dusche. Das Kulturamt ließ uns kühl wissen, dass eine Subventionierung der Uraufführung anlässlich der Wiener Festwochen nicht möglich sei.

Möglich war es indes, andere Themen, andere Theater mit Millionen zu fördern, oder wie es *Dr. Koll* vom Kunstministerium plump formulierte: »Das Thema liegt mir nicht...«

Die Kulturstadträtin, die immer wieder betonte, wie sehr ihr »das Thema« (gemeint war das jüdische) am Herzen liege, bedauerte. Ich war fassungslos und betete, dass »Die Lebensgeschichte der Eva Deutsch« ein Dauerbrenner würde.

Ein gütiger Theatergott hat mich erhört.

18. BRIEF

Alles im Leben hat einen Sinn.
Eva Deutsch

Es war nicht der legendäre Bandleader und Sänger *Horst Winter,* sondern der Kulturattaché gleichen Namens. Attaché *Horst Winter* akkreditiert bei der Botschaft der Deutschen Demokratischen Republik in Wien, brachte für die FREIE BÜHNE WIEDEN eine Lawine ins Rollen. Er besuchte alle Premieren und kam niemals ohne Premierengeschenk. Mich freuten die schönen Bücher und seltenen Langspielplatten, die im Westen nicht erhältlich waren. Nie wieder begegnete ich einem Diplomaten, der soviel Fachkenntnisse über Bühne und Kabarett besaß wie er. Mit ihm hatte man nicht den üblichen »Diplomaten-Smalltalk«, er ging in medias res: »Warum haben Sie die dritte Strophe bei dem *Tucholsky*-Lied gestrichen? Gerade die führt zur Pointe am Schluss«, meinte er und sah mich mit klassenkämpferischem Blick an. Er war der einzige, der Kürzungen und Änderungen bemerkte, und er bemerkte laut und ungeniert.

Ich mochte diesen kleinen, aufrechten Kommunisten. Als die DDR-Botschaft aufgelöst wurde, kam er, um sich zu verabschieden. Er war der einzige, der sich »für die vielen schönen Abende« bedankte. Er ging, wie er Jahre zuvor gekommen war, aufrecht und ernst. Kein Wort des Bedauerns, kein Wort über die veränderte politische Situation, kein Wendehals.

Mit seinem Anruf, Jahre zuvor, hatte er bewirkt, dass die FREIE BÜHNE WIEDEN eine kleine Insel für große Künstler aus dem Osten wurde. *Horst Winter* erreichte zunächst, dass die DDR-Diseuse *Jessy Rameik* ihr Programm »Courage, mes amis« in der FREIEN BÜHNE WIEDEN bringen durfte.

Mit Akribie wurde alles vorbereitet. Zunächst erhielt ich die Langspielplatte mit Auszügen aus dem Programm. Jessy war eine wunderbare, empfindsame Interpretin mit einer zärtlichen Stimme. Es wurde beschlossen, dass für das Gastspiel 70 Prozent der Einnahmen zu zahlen sei. Das ist korrekt, und man kann diese Vereinbarung als international anerkannten »Schlüssel« für viele Künstler annehmen.

Allerdings wurden diese 70 Prozent nicht wie üblich der Künstlerin und ihrem musikalischen Begleiter ausgezahlt. Ein Bevollmächtigter der Botschaft kam nach der Vorstellung kassieren. Es war kalt, und Jessys Augen hingen sehnsüchtig an den Pelzstiefeln, die in den schicksten Variationen die Schaufenster füllten. Unbezahlbar für den DDR-Star. Die Straftat ist verjährt, und deshalb sei erklärt: Wir haben die ehemalige Botschaft der DDR betrogen. Jeden Abend gaben wir dem Abkassierer etwas weniger und Jessy etwas mehr. Als sie uns verließ, saß sie in ihrem Trabbi wie der Hund im Satelliten. Ihren Leukoplast-Bomber hatte sie vollgestopft mit Waren aller Art. Es schien mir logisch, dass sie Tapeten und eine Gurkenreibe mitnahm, aber: »Wozu so viele Flaschen Tomaten-Ketchup?« fragte ich. »Hast du eine Ahnung, was ich für ein Party-Hit bin, wenn ich statt Blumen eine Flasche Ketchup mitbringe, so was kennen wir doch nicht!« sagte sie glücklich und hatte nur noch die eine Sorge, dass ihr Trabbi bis Berlin durchhielt.

Die Buschtrommeln in den Botschaften der Oststaaten signalisierten Freie Bühne Wieden, und Künstler aus Russland, der Tschechoslowakei und Rumänien bombardierten uns mit Bitten um schriftliche Einladungen. Nur wenn diese in ihren Händen waren, hatten sie die Chance, eine Ausreisegenehmigung zu bekommen. Auf unserer kleinen Bühne wurde es sehr eng, denn wenn ein Gastspiel von vier Personen angesagt war, kamen doppelt so viele. Angeblich hatte jeder eine wichtige Funktion, aber ich konnte nie herausfinden, welche. Jene schummelten, um in den Westen zu kommen, und wir schummelten mit den Einnahmen, um den Künstlern etwas in bar zustecken zu können. Carlos und ich spielten »Wachhund«, denn es war das Wichtigste, dass jeder, der ankam, auch wieder mit der Truppe abfuhr. Ein »Abspringer« hätte all unsere »Künstler-helfen-Künstler«-Bemühungen zerstört.

Das Publikum war begeistert. Plötzlich war die FREIE BÜHNE WIEDEN überfüllt mit russischsprechenden Menschen, die bereits vor der Vorstellung den Moskauer Gesangsstar *Stachan Rachimov* und seine Frau mit Wodka hochleben ließen. In je Achtelgläsern »Nastrowjie«! Bis tief in die Nacht hinein erklangen die wehmütigen russischen Weisen, wurde gesungen, getrunken, gefeiert, bis zum tränenreichen Abschied. Wir blieben zurück in einem Chaos schmutziger Gläser, ohne einen Schilling Verdienst, aber überschüttet mit Segenssprüchen und Freundschaftsversicherungen.

Tamara und *Jan Brabanec* aus Prag, die in Wien eine Kunstgalerie führen, gründeten den Tschechischen Kulturverein. Sie brachten beliebte Stars aus Prag in die FREIE BÜHNE WIEDEN, und wiederum hatten wir mehr Besucher als Plätze. Wir boten regelmäßig einmal im Monat Vorstellungen aus Brünn, Olmütz, Budapest, Bratislava und vielen anderen Orten an, und alle nach Wien Emigrierten kamen, um ihre Bühnenlieblinge wiederzusehen und Theater in ihrer Muttersprache zu erleben. Man begrüßte sie mit Tränen und überschüttete sie mit Applaus. Verächtlich nannten uns andere Theatermacher »das Kommunistenloch«, aber die FREIE BÜHNE WIEDEN war kein Loch und wir nie Kommunisten.

»Hier ist das Theater im Palast, Berlin, Deutsche Demokratische Republik, ich rufe an im Auftrag von Frau Intendantin *Vera Oelschlegel,* haben Sie am Sonntag eine Vorstellung?« So meldete sich eine sächsisch klingende Sekretärin. »Nur eine Nachmittagsvorstellung für Senioren«, antwortete ich.

»Reservieren Sie bitte vier Plätze für Frau Intendant, 1. Reihe Mitte!« befahl die Sächsin und wartete keine Bestätigung ab. »Frau Intendant wird eingeflogen. Sie möchte anschließend Frau Küppers zum Essen einladen.« Damit endete die Durchsage.

Was war das? Was wollte *Vera Oelschlegel?* Ich kannte die Kollegin nur von ihren Platten, mit denen mich *Horst Winter* großzügig bedacht hatte. Da gab es also eine Künstlerin im

Handwerker- und Bauernstaat, die selbständig entscheiden durfte. Die »eingeflogen« wurde und vier Plätze beste Kategorie bestellte.

Vera wurde nicht nur eingeflogen, sie trat auf. Zwei große Männer und den kleinen *Horst Winter* im Schlepptau, rauschte sie in mein Theater. Sehr schön, sehr blond, sehr elegant.

Dass sie auch eine sehr gute Schauspielerin war, konnte ich später in dem Zwei-Personen-Stück »Salut an alle«, in dem sie die *Jenny Marx* spielte, feststellen. Nach der Vorstellung aßen wir alle bei *»Adi Berber«*, und Vera machte den Vorschlag eines Austausch-Gastspiels. Ich sollte in ihrem Theater auftreten.

»...natürlich im kleinen Haus, das große Haus ist für Sie zu groß...«, sagte die Intendantin. Ich wollte scherzen, »dass ich schon größere Häuser leer gesungen habe«, aber Scherz stand bei diesem Essen nicht auf der Speisekarte. Sie werde ihren Chansonabend in der FREIEN BÜHNE WIEDEN geben.

Das Finanzielle sollte mit dem Herrn Kulturattaché geregelt werden, beschloss Vera. Meine Gage im Theater im Palast? Nun, die Hälfte in D-Mark, die andere Hälfte in Ostmark.

»Gut, gut«, meinte ich. »Aber was mache ich mit Ostmark?«

»Kaufen Sie ein, Meißner Porzellan, Zeiss-Operngläser, Pelze. Sie bekommen eine Bestätigung und dürfen alles ausführen«, antwortete sie. Ich überlegte kurz und stellte fest, dass ich nichts von dem Angebotenen brauchte und wollte.

»Könnte ich nicht ein Pferd haben?« fragte ich kess. »Kein Problem« – Vera war keineswegs überrascht. »Wir haben ausgezeichnete Pferde, notieren Sie das«, sagte sie einem der Männer. Es wurde überhaupt alles notiert.

»Da wäre noch etwas«, sagte Vera, und dann zählte sie auf, was alles in meinem Programm zu entfallen habe. Es war die perfekte Zensur. »Hören Sie, Vera, entweder ich mache mein Programm so, wie es ist – oder gar nicht«, sagte ich ruhig.

»Überlegen Sie doch bitte«, mischte sich *Horst Winter* zum ersten Mal ein. Ich sah ihn an: »Herr Kulturattaché, mein Theater heißt FREIE BÜHNE.« Das FREIE sprach ich gedehnt und leise. Niemand am Tisch sagte etwas.

»Liebe Vera, Sie sind bei mir jederzeit willkommen, und Sie können bringen, was Sie wollen«, sagte ich und zahlte mein Essen.

So kam es nie dazu, dass die Diseuse, Schaupielerin, Intendantin und Ehefrau des Ersten Staatsrates der DDR, *Konrad Naumann,* in meinem Theater auftrat.

Ich dachte an sie, als ich vor einiger Zeit in Berlin mit der S-Bahn an dem Platz vorbeifuhr, wo Bulldozer die Häuser niederwalzten. Ich dachte an die schöne, stolze Frau und an ihre Gegenspielerinnen. Jene, die baten: »Bitte keine Blumen nach dem Auftritt, wir müssen doch sofort abreisen, aber vielleicht haben Sie ein Paket Würfelzucker?« Und jene, die Staatskünstler waren und sich heute als Republik-Geschädigte gebärden. Hätten sie damals dasselbe gesagt, was sie heute auf der Bühne behaupten, wären sie nach Sibirien versetzt worden; heute versetzt man sie ins Fernsehen.

Ich träumte, ich sei in Prag. Ein altes, graues Haus mit verwinkeltem Aufgang. Eine Tür, und am Türstock rechts eine Mesusa*. Ich klopfe an. Hinter einem Schreibtisch sitzt ein korpulenter Mann. Ich weiß, er ist der Präsident der Jüdischen Gemeinde, und sage: »Ich möchte eine Spende für die alten Menschen der Gemeinde geben.« Er bedankt sich und gratuliert mir zu dem überwältigenden Erfolg am Vorabend.

Ich erwache und muss schmunzeln. Zwar hatte ich den Künstlern aus Prag die FREIE BÜHNE WIEDEN geöffnet, aber der Eiserne Vorhang ließ nicht zu, dass sich für mich ein Prager Theater öffnete.

Carlos, der Pragmatiker, lachte mich aus: »Träume sind Schäume!« Nach dem Frühstück läutete das Telefon. Am Apparat *Christine Dollinger,* Kulturattaché der österreichischen Botschaft in Prag. »Wir möchten Sie einladen, Ihr Programm ‚Die Lebensgeschichte der Eva Deutsch' in Prag zu spielen, wä-

**) eine Kapsel mit Bibelstellen auf Pergament, trägt die hebräische Inschrift »Schaddai« (Allmächtiger); in jüdischen Häusern am Türpfosten angebracht.*

ren Sie interessiert?« fragte sie liebenswürdig, und ich stimmte glücklich zu.

Seither hat sich Carlos niemals mehr über meine Intuition lustig gemacht.

Aus Prag kamen ernste Männer, die sich als Redakteure der »Prawda« und Kulturbeamte vorstellten, Sie sprachen Deutsch und zeigten sich von meiner Vorstellung beeindruckt.

»Da wäre noch etwas«, sagten sie, und ich wusste bereits, was folgen würde. »Natürlich, kein Problem, ich streiche diese Passagen«, sagte ich verbindlich. Man hatte das Wolkra-Theater für mich gemietet, und als kurz nach der Ankündigung meines Auftretens die 750 Plätze ausverkauft waren, wurde eine zweite Vorstellung angesetzt.

1300 Personen waren gekommen und verstanden Deutsch. Lediglich die Kritiker der »Prawda» und der tschechischen Zeitungen benützten die Simultananlage. Die Übersetzerin sprach dieses wohlklingende Prager Deutsch, in dem *Kafka, Brod* und *Torberg* geschrieben haben. Ich sah ihr tief in die Augen und sagte: »Sollte ich mich auf Seite soundso versprechen, übersetzen Sie das bitte nicht« und zeigte ihr die zensurierten Seiten im Textbuch. Sie las die Textpassagen durch.

»Topsy, hoffentlich hat dich deine Intuition nicht betrogen«, schoss es mir durch den Kopf. Die Dame sah mich an: »Ist in Ordnung, ich weiß Bescheid.«

Ein Stein fiel mir vom Herzen. Er liegt heute noch hinter der Bühne des Wolkra-Theaters.

Ich war tief eingetaucht in die Rolle der *Eva Deutsch* und dachte während des Spiels nicht an die zensurierten Textstellen. Als ich am Ende einer antirussischen Passage ausrief: »Diese russischen Banditen!« klatschte das Publikum wie besessen, und als ich mein kleines, mühsam erlerntes Volkslied in Russisch sang, jubelten auch die Leute von der »Prawda«.

Der österreichische Botschafter *Dr. Karl Peterlik* gestand mir, dass er große Sorge gehabt habe. Noch nie habe sich jemand getraut, von der Bühne herunter diese Aussagen zu machen.

Ich erklärte ihm, dass die Übersetzerin sich an diesen Textstellen »geirrt« habe und die Russen nicht erfuhren, warum das Publikum jubelte.

Ich ging in das jüdische Viertel der Prager Altstadt. Hinein in das alte, graue Haus, mit dem verwinkelten Aufgang, das ich aus meinem Traum kannte. Eine Tür, und am Türstock rechts eine Mesusa. Die Aufschrift: Zidovska Nabozenska *Ing. Slansky.* Ich klopfe an. Hinter einem Schreibtisch ein korpulenter Mann.

»Ich möchte eine Spende für die alten Menschen der Gemeinde geben«, sagte ich. Der Gemeindevorsitzende dankte und zeigte mir einen Brief, den er soeben an Botschafter *Peterlik* diktiert hatte und in dem er im Namen der Jüdischen Gemeinde Prag für mein Gastspiel dankte.

Beim Weggehen fiel mir ein, dass er mir meine Spende nicht bestätigt hatte.

19. BRIEF

> Ich bin empfindlich,
> ich ergreif' durch die Luft,
> ich »empfange«, wie man so sagt...
>
> *Eva Deutsch*

Eva Deutsch starb. Unauffällig, wie sie gelebt hatte, beerdigt von der »Chewra Kaddischa«, einer seit 1660 bestehenden Vereinigung jüdischer Menschen, deren selbstlose Aufgabe es ist, armen Sterbenden ihren letzten Weg zu erleichtern. Die Organisation sorgt für die Totenwäsche, Totengebete, ja sogar der Grabstein wird von ihr gespendet. Im Judentum stirbt keiner unbetrauert. Nach einem Jahr wurde, der Tradition entsprechend, der Grabstein auf Evas Grab aufgerichtet. Sie selbst hatte die Inschrift verfasst. Auf ihrem Grabstein stehen auch die Namen ihrer Eltern und Geschwister, die im Holocaust umgekommen sind. »Gut so, Chava«, sagte ich – sie liebte es, wenn man ihren Namen jiddisch aussprach, »jetzt muss ich nicht allen Zweiflern nach der Vorstellung erklären, dass alles stimmt, ich schick' sie zu dir, da können sie's lesen...«

»Se wern nix glejbn, se glejbn nur, wos se hobn gesejn«, höre ich Eva sagen.

»Chava, ich fahre nach Polen, in die Tschechoslowakei, nach Rumänien: überall, wo du gewandert bist, spiele ich dein Leben – sie werden mir glauben.«

Ich zündete eine Kerze an, doch der starke Wind wehte das Kerzlein mitsamt dem Becher davon.

Seit der Einladung des österreichischen Kultur-Institutes in Polen, »Die Lebensgeschichte der Eva Deutsch« im altehrwürdigen Jiddischen Staatstheater in Warschau zu zeigen, hatten sich andere Theater ebenfalls um die Aufführung bemüht. Bratislava, Kosice, Presov, Brünn, Olmütz, Poznan, Warschau, Lodz, Bukarest standen auf der Tourneeliste, und die Vorbereitungen mussten mit Akribie durchgeführt werden. Jedes Requisit – und es waren 79 Stück – musste genauestens in das

Carnet eingetragen werden. Die alten Marionetten bekamen jede einen »Reisemantel« und lagen in gepolsterten Spezialkoffern. Wenn man in Ostländern gastiert, ist nichts selbstverständlich. Bügeleisen, Haarfön, Kocher für Teewasser – jegliches Handwerkszeug musste man mitnehmen und war glücklich, wenn man es auch wieder zurücknehmen konnte.

Außerdem musste in der Zeit meiner Abwesenheit in der FREIEN BÜHNE WIEDEN der Vorhang aufgehen. *Erika Pluhar* füllte in diesen Wochen das Theater. Ich konnte beruhigt auf Tour gehen. Wie ein Zerberus wachte Carlos über mein Theater und achtete auf Mensch und Tier.

Ich reiste mit meinem Bühnenmeister *Peter Stefko.* Ein Vollprofi, ein Gentleman, der außerdem etwas Polnisch, Russisch und Englisch sprach, was sich später als unschätzbarer Wert erweisen sollte. Auf dem Nachhauseweg von Evas Grab ging es mir immer wieder durch den Sinn: »Se glejbn nur, was se hobn gesejn...«

1. Gedanke: Mach einen Tourneebericht! Okay, aber wie soll man es zeigen?

2. Gedanke: Mach Fotos! (Schon verworfen. Nichts langweilt mehr als Tourneefotos...)

3. Gedanke: Mach eine Dokumentation – eine Fernsehdokumentation! Gütiger Gott! Das war's! Ein TV-Team sollte uns begleiten und an Ort und Stelle filmen, Interviews machen, Spuren nachgehen. Nach fünfzig Jahren? Warum nicht? Es muss noch Zeitzeugen geben, es müssen die Gebäude, die Plätze noch zu finden sein.

»Auf den Spuren der Eva Deutsch.« (Sollte es doch möglich sein, dass Tote mit uns sind?)

Am nächsten Morgen stand ich vor dem Büro des Informationsintendanten des ORF, *Johannes Kunz.*

»Haben Sie einen Termin?« fragte die Sekretärin.

»Leider nein, es ist dringend«, sagte ich nervös.

»Bedaure, unmöglich.«

Die nette Person wollte mich loswerden.

Da kam der bekannte TV-Journalist *Dr. Roland Adrowitzer* aus dem Büro. »Roland, bitte, auf ein Wort!« Ich erzählte ihm meinen Plan, und der gewiefte Weltenbummler, der die heißesten Dokumentationen lieferte, spürte wie ein Fährtenhund, dass meine (eigentlich war es Evas) Idee etwas Besonderes war. Er verschwand. Innerhalb von fünf Minuten öffnete sich die Tür, und Intendant *Kunz* kam strahlend auf mich zu.

Kunz war lange Jahre der Pressesprecher von *Bruno Kreisky* gewesen. Er hatte vielbeachtete politische Bücher veröffentlicht. Seine TV-Gespräche mit Politikern hatten hohes Niveau – und trotzdem hohe Einschaltquoten.

Kunz hörte mir interessiert zu. »Herr Intendant, geben Sie mir die Möglichkeit, mit einer guten Crew diese Dokumentation zu machen... sie brennt mir unter den Nägeln.«

»Ich kann Sie verstehen«, sagte er ernst, »meinen Vater haben die Nazis zusammengeschlagen... schreiben Sie ein kurzes Exposé, wie Sie sich alles vorstellen, damit wir eine Produktionskalkulation erstellen können. Ich rufe Sie an!«

Die hässlichen Endlosgänge der Fernsehanstalt hatten plötzlich ihren Sing-Sing-Charakter verloren. Mein Herz war leicht und mein Kopf voller Ideen. »Auf den Spuren der Eva Deutsch« – damals ging eine Siebzehnjährige zu Fuß von Galizien nach Wien, Erlebte dabei Unglaubliches. Das war das Stück, dessen Inhalt von manchen bezweifelt wurde. Mit der Dokumentation wollte ich den Wahrheitsbeweis erbringen.

Personenreicher Auftrieb bei der Redaktionssitzung.

Zunächst versuchte man, den Intendanten rein administrativ auszutricksen. »Großartige Sache, die Idee der gnä' Frau, aber leider, in der Zeit, wo die gnä' Frau auf Tournee ist, haben wir kein Kamerateam frei. Eine freie Crew anmieten? Wo kommen wir da hin? Viel zu teuer.« Der Intendant konnte dem nichts entgegensetzen, Budget bleibt Budget.

»Was kostet die Crew täglich?« fragte ich kess.

»So an die 20.000 Schilling«, antwortete *Werner Fitzthum.*

»Würden Sie grünes Licht geben, wenn ich ein Aufnahmeteam bringe, das die Hälfte kostet?«

Ich erklärte, dass ich kurz zuvor die erste TV-Sendung des ZDF in der ehemaligen DDR gedreht hätte. Der Chefkameramann der ostdeutschen Fernsehanstalt wurde danach, wie alle anderen Mitarbeiter, durch LAUTER LIEBE LEUTE vom ZDF ersetzt. *Günter Lorenz* hatte mir nach der Sendung für die gute Zusammenarbeit gedankt und gesagt, dass er gerne wieder mit mir arbeiten würde. Spontan erinnerte ich mich auch daran, dass er mir mit seinem Team für »einen Vorzugspreis« zur Verfügung stehen würde.

»Also, ruft's den Mann an, ich will, dass die Sache gemacht wird«, entschied *Kunz,* und damit war die Sitzung geschlossen.

Bei der F9, so die Redaktionsbezeichnung, gab es schmale Lippen und eine kühle Verabschiedung.

Männer sind gegenüber Frauen schlechte Verlierer.

Du tust gut daran, deine seelischen Kraftkammern aufzuladen, sagte ich mir, denn der Wind aus der F9 wird schärfer werden. Also machte ich mich auf in mein Fitnessstudio, um bei einer guten Tai-Chi-Stunde Heilsames in mich einfließen und beim anschließenden Saunagang meine angesammelten Aggressionen ausfließen zu lassen.

Karo Wolm, ein freier Mitarbeiter des ORF, wurde mir als Regisseur zugeteilt. Das war ein guter Mann. Ich hatte von ihm eine schöne Dokumentation über den Philosophen *Ludwig Wittgenstein* gesehen. Nicht nur die genaue Recherche, auch ein gewisses künstlerisches Feeling hob die Sendung wohltuend von anderen biographischen Berichten ab. Wohl deshalb lief sie zu später Stunde.

Die Equipe war bereit. Es war November und eiskalt, als wir zu unserer Tournee aufbrachen. Wie immer fuhr ich mit meinen Leuten im Auto mit – Slowakei, Tschechien, Polen, Rumänien. Meine Sorge, dass das Publikum die deutschsprachige Aufführung nicht verstehen würde, war unbegründet.

Es kamen Germanistikstudenten mit ihren Professoren, andere, deren Eltern noch das Deutsch der k. u. k. Zeit gesprochen hatten, und die Zeitzeugen. Alle hatten eine besondere

Beziehung zur deutschen Sprache und drückten sich gewählt aus. Deren Begeisterung und der Dank, weil eine Schauspielerin aus Wien zu ihnen kam, war überwältigend.

Karo Wolm fand nach der Vorstellung ein reiches Feld für seine Interviews mit Zeitzeugen vor. Und immer wieder dieselben Aussagen: »Ja, genauso war es, ich habe Ähnliches erlebt.« Und dann sagte ein Germanistikprofessor in Kosice: »Ich kann mit meinen Studenten soviel reden, wie ich will über diese Zeit, nichts kann so überzeugen, wie wenn man es auf der Bühne sieht.« (Se glejbn nur, wos se hobn gesejn...)

Stundenlange Nebelfahrten vorbei an endlosen Kraut- und Kartoffelfeldern. Tagelang aßen wir Kraut und Kartoffeln. Ich tröstete meine Boys: »Wartet bis Krakau, da sind wir in einem Touristenhotel mit herrlichem Frühstücksbuffet.« Es gab keine Raststätten und keinen Kiosk, nur, wie der Berliner sagt: »Nischt wie Jejend.«

Ich saß eingemummt neben dem Fahrer und sah die Schneeverwehungen und den Eisregen. Ich sah das siebzehnjährige Mädchen, wie es mit zerlöchertem Schuhwerk durch die Büsche und Wälder schlich. Immer im Abstand zur Straße, wo das deutsche Militär vordrang. Ich sah die riesigen Baumwurzeln, unter denen sie sich vor der SS versteckt hatte, hungrig, zitternd vor Kälte, und das Keks, an dem ich kaute, blieb mir im Hals stecken. Jeden Abend, während meiner Vorstellung, durchlebte ich ihre verdammte Einsamkeit, wenn ich mit Evas Worten ausrief: »Und nicht a einzige lebendige menschliche Seele, die wo man sich anvertrauen kann!«

Wir richteten uns nach zwei Wegweisern: einer Autokarte und dem Buch »Die Galizianerin«. Dank *Brigitte Schwaigers* wörtlicher Übertragung fanden wir alle Orte, wie Eva sie beschrieben hatte. Bei einer Sache gab es Probleme. Es war jene Stelle im Buch und im Stück, wo Eva beschreibt, dass in Krakau ein Deutscher polnische Frauen ermordete und deren Fleisch an Restaurants verkaufte. Diese Passage wurde immer wieder als unglaubhaft kritisiert.

Karo Wolm, der in jeder Vorstellung saß, sagte: »Du sagst doch da an einer Stelle, ‚alle Zeitungen waren voll von Menschfleisch', es muss also in Zeitungen gestanden haben. Sei morgen früh drehfertig – ich muss das finden!«

Am nächsten Morgen erwartete mich Karo mit einer hübschen, jungen Dolmetscherin und der behördlichen Erlaubnis, im Krakauer Zeitungsarchiv zu filmen.

Ich gab dem Archivbeamten fünf Dollar, der von nun an unser »Sklave« war. Er schleppte sämtliche Krakauer Zeitungen zwischen 1941 und 1944 an, türmte sie vor unserer Dolmetscherin auf, und sie versank in einem Berg von Staub und vergilbten Papieren.

Ich stand still zwischen den langen, hohen Bücherregalen und wusste, sie würde die Berichte finden, denn Eva hatte nichts erfunden. Und so war es.

»Hier – da steht es!« Sie übersetzte, und wir hielten die Luft an. Nicht nur der Name des Verbrechers, auch Straße und Hausnummer waren in den alten Zeitungen angegeben. Nun begann ein konzentriertes Arbeiten. Der »Sklave« stand fassungslos dabei. Soviel Aufregung wegen ein paar kleiner, längst vergilbter Artikel...

»Weiter, weiter«, drängte Karo, »solange wir noch genug Licht für Außenaufnahmen haben.« Die Dolmetscherin erklärte uns, dass die Florianski jetzt Fußgängerzone sei und wir keine Erlaubnis bekommen würden, mit dem Technikerwagen hineinzufahren.

»Ich nehme die Handkamera«, entschied *Günter Lorenz.*

Jeder griff zu und schleppte ein technisches Gerät, und dann standen wir vor dem Haus, in dem das Unfassbare passiert war. Doch wir durften nur von außen filmen. Der Keller, in welchem der deutsche Unteroffizier *Josef Thams* 32 junge Polinnen ermordet hatte, ihre Körperteile zerschnitt und faschierte, wurde uns nicht geöffnet. Das Fleisch hatte *Thams* an Restaurants verkauft, das Fett zu Hautcreme eingeschmolzen.

Diesmal half auch mein alles öffnender »Dollarschlüssel« nichts. Es wurde dunkel. Niemand hatte etwas essen können.

Krakau im November.

»Kommt, ich lade euch ein! Wir müssen uns verwöhnen!«

»Ja, mit Kraut und Kartoffeln«, rief das Team. »Vielleicht gibt es noch einen alten Hering dazu!« sagte Günter, in Erinnerung an den lukullischen Gipfel in Polonia.

Die Dolmetscherin führte uns in ein Lokal, das niemand von außen als Restaurant erkannt hätte.

»Hier haben vor der Revolution die Bonzen getafelt«, erklärte sie, als ich mit fragendem Blick auf das elegante Ambiente deutete: »Muss sich gut gelebt haben im Kommunismus?«

»Die schon«, antwortete sie. »Solche Plätze finden Sie überall in den Ostländern.« – »Und wie finde ich sie ohne Sie?« Die Dolmetscherin lachte: »Ach, das sagt Ihnen jeder auf der Straße. Man weiß, wo sie sind, auch wenn man nie drinnen war!«

Es schmeckte köstlich! Borschtsch, Kaviar, polnische Ente, Krimsekt, Wodka, jeder konnte bestellen, was er wollte. Als der Ober fragte, ob wir als Beilage Kraut und Kartoffeln wünschen, brach alles in Gelächter aus. »Ich hab' mich so daran gewöhnt...«, sang Günter. Was für ein phantastisches Team, dachte ich.

Für sieben Personen zahlte ich über eine Million Zloty (ungefähr 50 Euro) und schickte meine Boys zu Bett, denn der nächste Drehtag war in Kazimierz, der ehemaligen Judenstadt.

Wir stehen auf dem Hauptplatz von Kazimierz. Schützen uns und die Kamera mit Schirmen und wetterfesten Planen vor dem Schneeregen, Menschenleer sind die Straßen an diesem Freitagmorgen. Ich dränge: » Wir müssen drehen! Beim ersten Stern, der sich zeigt, beginnt Sabbat, und dann können wir hier nicht mehr arbeiten.«

Karo, immer um beste Bildqualität bemüht, ist verzweifelt: »Wir haben hier keine Chance, das wird optisch eine Waschküche.« Wir streifen durch das ehemalige Judenviertel, seit Jahrhunderten Ort mystischer Strömungen, die ungebrochen dem permanenten polnischen Antisemitismus entgegenfluteten.

Ausgerechnet hier, inmitten der frommen Wirkungsstätten, errichteten die Nazis das SS-Hauptquartier. Hier, wo im sechzehnten Jahrhundert der erleuchtete Rabbiner *Moses Isserles* wirkte und sein Hauptwerk »Die Tafel« verfasste, machte die SS Tabula rasa.

Durch diese Hölle floh *Eva Deutsch* mit einem gefälschten Taufschein. Ich musste Kazimierz in der Dokumentation zeigen. Meine Nachforschungen hatten ergeben, dass es wieder jüdisches Leben in Kazimierz gab – sollten Zeitzeugen zurückgekommen sein?

Es wird gebaut in Kazimierz. Jetzt, nach fünfzig Jahren, renoviert man die alten Synagogen und Plätze des Zentrums, in Erwartung der Touristenströme. In den Seitenstraßen Häuser, die verkommen und zerfallen. Mir graut bei der Vorstellung, dass diese Stätte aus Blut und Tränen bald von Reisebussen verstopft sein wird. Wir klettern über Schutthaufen, zwängen uns durch Gitter, kommen durch verfallene Hausdurchgänge zu noch verfalleneren Hinterhöfen und stehen plötzlich auf dem uralten Beth Olam, dem »Haus des Friedens«. Es liegt eine fast unheimliche Stille über diesem Friedhof. Wortlos verständigen wir uns, und das Team geht die Kameraausstattung holen.

Ich bleibe allein und gehe langsam über umgestürzte Grabsteine und durch tief eingesunkene Gräber. Der Wind hat sich gelegt, der Regen aufgehört. Eine dunstige Helligkeit gibt den alten Steinen feste Konturen. Mühsam entziffere ich einige Namen in Hebräisch. Ich habe mich hingehockt, um mit den Fingern den Konturen einer fast unleserlichen Grabinschrift zu folgen.

Beim Aufstehen rutsche ich auf dem morastigen Boden aus und wäre fast nach hinten gefallen, wenn mich nicht etwas aufgehalten hätte. Es ist ein schmiedeeisernes Gitter, das einen Stein, höher als alle anderen, umfasst. Dieses Grab ist in seiner Schlichtheit von majestätischer Würde und von oben bis unten mit Zeichen bedeckt. Keine »Kwittel«, die Wunschzettelchen frommer Leute, stecken in seinen Ritzen. Der hier begraben wurde, hält die Menschen sogar davon ab, ihre kleinen Alltagssorgen, mit Bitte um Fürsprache an höherem Ort, an ihn heranzutragen.

Sosehr ich mich auch bemühe, alles bleibt mir unverständlich. Ich Dummkopf! Ich Faulpelz, schimpfe ich mit mir selber, warum warst du nicht fleißiger! Und die kluge Frau *Prof. Luise Papo* hat sich so mit dir abgemüht, aber – hebräische Buchstaben kennen und sie auch verstehen ist zweierlei.

Das Team kommt mit den technischen Geräten. »Bitte, Karo, dreh mir eine schöne Einstellung von diesem Grab...«

»Das Gitter stört sehr«, meint Karo. Ich weiß, er wird das Gitter optisch wegzaubern. Alle geben ihr Bestes. Obwohl die Boys Christen sind, haben sie im Lauf der Vorstellungen und Dreharbeiten eine Beziehung zum Judentum entwickelt. Den jungen Männern, »Spätgeborenen«, war die Dokumentation nun ein Anliegen, nicht mehr nur ein Job.

Ich schlendere zurück, erfüllt von dem »ozeanischen Gefühl«, wie *Arthur Koestler* diesen schwer zu beschreibenden Gemütszustand nannte.

Das Tor der Synagoge ist geöffnet. Im Vorraum sitzt ein alter Mann, eingewickelt in etwas, das einmal ein Mantel war. Ich stelle mich vor, in Deutsch, er antwortet in Jiddisch. Wir verstehen einander. Eine Hand streckt sich mir aus dem ausgefransten Mantelärmel entgegen. Ich ergreife die Greisenhand und stecke gleichzeitig den »Dollarschlüssel« hinein.

Fassungslos schaut der Alte in seine Hand: »Se soln sajn gebenscht [Sie sollen gesegnet sein], davon leb ich a gite Woch.«

Er führt mich durch das seit 1535 bestehende Bethaus, und ich wundere mich über die schönen Kultgegenstände und den guten Zustand.

»Se schnudern...« (sie spenden), erklärt der Alte.

Aus der ganzen Welt kommen die Spenden der polnischen Juden, die immer mehr als alle anderen ihre Geschlossenheit praktizierten. Ein zweiter kommt hinzu. Er trägt ebenfalls einen zerlöcherten Wintermantel. Dieses Kleidungsstück muss uralt sein, taxiere ich, denn er reicht bis zum Boden und hat einen von Motten zerfressenen Zobelkragen. Die beiden reden polnisch, worauf sich der zweite dann in perfektem Deutsch vorstellt: »Gnädige Frau, mein Name ist *Reichmann,* kann ich Ihnen behilflich sein?«

Er küsst mir formvollendet die Hand.

Dr. Reichmann war einst Universitätsprofessor mit Themenschwerpunkt *Schiller, Goethe, Voltaire.* Beide Männer sind Zeitzeugen. Beide sind wieder nach Kazimierz zurückgekehrt. Er beginnt zu erzählen, Karo und Günter filmen bereits. Und *Reichmann,* der durch die Nazihölle wanderte, sagt: »Ich bin kein Wanderer, ich habe hier meine Wurzeln, egal, was man mit uns gemacht hat...«

In der Synagoge brennen nun die Kerzen. Man erwartet, dass sich zum Sabbat-Gottesdienst zehn Männer einfinden werden. Nur wenn ein »Minjen« (zehn Männer) da ist, darf ein Gottesdienst abgehalten werden und die Thora aus dem »Aron ha Kodesch«, dem Heiligen Schrein, genommen werden.

Ein dritter und ein vierter und eine einzelne Frau (die nicht zählt) trudeln ein. Juden und Christen warten vereint auf den Minjen. Umsonst. Nachdem schon mehrere Sterne am Himmel zu sehen sind, wissen wir, es kann kein Gottesdienst stattfinden. Die vier Juden legen ihre »Talles« (Gebettücher) um die Schultern, und jeder setzt sich auf einen Platz, weit weg von dem anderen. Sie versinken, leise Gebete murmelnd und sich wiegend, in den Sabbat. Die Frau späht neugierig hinter dem Gitter der Frauenabteilung hervor. Wir packen geräuschlos unsere technischen Geräte ein und verschwinden auf Zehenspitzen.

Als ich mich umdrehe, sehe ich, wie jeder von den Boys »schnudert«. Sie haben die kleine, uralte Holzkiste mit dem Schlitz entdeckt und stecken Devisen hinein.

Ich lächle: »Ein Glück, dass Christen am Sabbat Geld bei sich haben dürfen...«

Während sich andere Kulturinstitute um mich bemühten, hatte ich mich um Vorstellungen in Krakau bemüht. Diese Stadt war eine der wichtigsten Stationen im Leben der *Eva Deutsch* und nahm im Bühnenstück einen spannungsgeladenen Platz ein. Hier wurde Eva von einem NSDAP-Mann und seiner Frau gerettet und floh vor der SS in die Sümpfe. Ich bemühte mich vergeblich. Kulturattaché *Dr. Emil Brix* »bedauerte«. Wenn Diplomaten »bedauern«, kommt man sich vor wie ein Hausierer, der Schnürsenkel anbietet...

Als *Emil Brix* hörte, dass das österreichische Fernsehen eingetroffen sei, war er sofort für ein Interview bereit. Die glatten diplomatischen Worthülsen purzelten geschmeidig aus seinem Mund.

Da saß der geschniegelte, gutaussehende junge Diplomat in seinem wunderhübschen Biedermeierhaus und bedauerte und erzählte von seiner guten Zusammenarbeit mit den Juden in Krakau. Ich dachte an Kazimierz und an einen harten Filmschnitt, von *Prof. Reichmann* in seinem zerlöcherten Mantel auf den geschniegelten Diplomaten. Wir verließen das Kulturinstitut frustriert. 20 Grad unter Null, und man hatte uns nicht einmal einen Tee angeboten.

20. BRIEF

Wissen Se, Madame – es bleibt immer
eine übrig, zu berichten, was man gemacht hat...

Eva Deutsch zu Topsy Küppers

Eva Deutsch sagte: »Ich denk, ich krieg' an Klopp am Kopp!« Und das dachte auch ich, als mir *Werner Fitzthum* von der F9 erklärte, man werde das mitgebrachte Filmmaterial sichten, die Dokumentation fertigstellen, und – falls man meiner bedürfe – anrufen. Hier sei eine schriftliche Bestätigung. Ich las: »...als Konsulentin zur Verfügung stehen...« Das war infam.

»Nein, ich lasse mir das nicht aus der Hand nehmen«, erklärte ich bestimmt. »Außerdem ist *Karo Wolm* noch nicht fertig, wir haben noch Nachaufnahmen, das Grab von *Eva Deutsch,* und...« Der Redakteur schnitt mir mit einer Handbewegung das Wort ab: »Machen wir schon, Kleinigkeiten...«

Zu Hause lag ein Brief von Karo auf meinem Schreibtisch, in dem er unter anderem schrieb, er habe aufgehört, an meiner Dokumentation mitzuarbeiten, weil er das kreative Moment unserer Zusammenarbeit gefährdet sehe, wenn er eine ständige Auseinandersetzung mit der Redaktion führen müsse.

Der Brief schließt mit guten Wünschen für meine Arbeit, an die er nach wie vor glaubt.

Wut und Trauer stiegen in mir auf. Carlos tröstete mich: »Geh zu *Kunz*«, riet er mir, »auch er glaubt an deine Arbeit.«

Der Intendant setzte wieder einmal eines seiner stärksten Talente ein: Menschen im Dienst einer Sache zusammenzubringen. Ich durfte meine Dokumentation allein fertigstellen.

Ohne mich zu beklagen, nahm ich alles in Kauf. Das Studio, das mir zugeteilt wurde, befand sich in einem Haus, das gerade umgebaut wurde. Von früh bis spät ließen Presslufthämmer die Monitoren erzittern. Batterien von Bierflaschen verwendeten wir zur Bestechung der Bauarbeiter, damit sie Geräuschpausen einlegten. Ich muckte nicht auf gegen Zeitdruck und Arbeitskontrolle. Täglieh kamen LAUTER LIEBE LEUTE der F9, um das Vorangehen zu inspizieren. Sie saßen tatenlos herum, störten die Inspiration und verrollten sich wieder.

Man hatte mir eine freie Mitarbeiterin für Schnitt und Mischung zugeteilt. *Ingrid Kollmer* war eine Meisterin ihres Fachs. Sie hatte das Handwerk von ihrer Mutter gelernt, mit der ich schon Jahre zuvor im berühmten Etablissement Ronacher zusammengearbeitet hatte. Ingrid war außerdem phantasievoll und musikalisch. Sie war immer freiwillig eine Stunde vor Arbeitsbeginn im Studio. Sie reinigte die Apparaturen vom Maurerstaub, der sich als grauer Schleier auf die Bildschirme gelegt hatte, und sie »stimmte sich ein«. Wenn ich dazu kam, kannte Ingrid das vorgesehene Arbeitspensum bereits im Detail. Es wurde eine wunderbare Zusammenarbeit, bei der ich viel lernen durfte.

Ihr Arbeitsstil erinnerte mich an meinen Freund *Erwin Leiser.* Vor vielen Jahren hatte er in Zürich eine Dokumentation über den Ufa-Regisseur *Veit Harlan* gemacht. Ich saß neben *Leiser* am Schneidetisch, und er erklärte mir: »Du musst bei Dokumentationen immer auf das Detail achten.« Dann vergrößerte er eine unüberschaubare Ansammlung von Filmstatisten, bis man die Gesichter erkennen konnte.

Ich sah die Filmstatisten, die der Regisseur der Hitlerschen Durchhaltefilme benutzt hatte, es waren – KZ-Häftlinge. Aus den mittelalterlichen Kostümen starrten zahnlose, ausgemergelte Gesichter.

Genauso arbeitete Ingrid. Die unscharfe Schrift auf dem Grabstein des Rabbi *Isserles* machte sie lesbar. »Es ist komisch«, sagte sie, »wir wissen nicht, was das heißt, aber der Stein strahlt etwas aus...«

»Wir werden es bald wissen«, antwortete ich.

Ein Rabbiner namens *Gino Eliezer Gross* erklärte sich bereit, ins Studio zu kommen, um die Grabinschrift zu übersetzen. Ich erwartete den frommen Mann in Kaftan, mit Hut und Schläfenlocken, und informierte Ingrid: »Gib ihm nicht die Hand, die orthodoxen Juden sind da heikel.«

Es klopfte an der Studiotür. Draußen stand ein Baseballstar. Schultern wie ein Kleiderschrank, vergissmeinnichtblaue Augen strahlten uns an, und beim Lachen dachte man unwillkürlich an eine Zahnpastareklame:

»Ich hab' mir ein Studio anders vorgestellt«, sagte der junge Mann beim Eintreten, indem er den Staub der Baustelle von seinen Jeans klopfte, »ich bin Rabbi *Gross.*«

Ingrid streckte ihm fasziniert die Hand hin, die er freundlich ergriff. Jetzt erst entdeckte ich auf seinem Hinterkopf die Kippa (ständige Kopfbdeckung gläubiger Juden). Der Mann strahlte von innen nach außen.

Ingrid legte die Kassette mit dem Bild vom Grabstein Rabbi *Isserles* ein, und der junge Rabbi wurde ein anderer Mensch. Stumm ließ er einige Male das Bild ablaufen, und wir existierten nicht mehr für ihn. Sein Gesichtsausdruck spiegelte eine innerliche Freude wider, während er mit einer leisen, fast zärtlichen Stimme den hebräischen Text zu sprechen begann.

Plötzlich war es still im Studio. Auch der Lärm der Bauarbeiter hatte aufgehört, oder machten diese gerade eine Pause?

Fast entschuldigend erklärte uns Rabbi *Gross,* dass *Moses Isserles* für ihn unendlich viel bedeute und er seinen Grabstein jetzt zum ersten Mal gesehen habe. Und dann übersetzte er uns den Inhalt sinngemäß: »Hier ruht *Moses Isserles,* eine Leuchte der Weisheit, der Tausende aufgerichtet hat...«

Wir verstehen nichts, und der Rabbi erklärt: Bei einem liegenden Menschen ist alles gleich. Geist und Körper befinden sich auf einer Ebene. Wer aber Menschen »aufrichtet«, so dass ihr Geist nach oben strebt, von oben empfängt, der hat Großes bewirkt. Genau das hat der Philosoph *Isserles* bei Tausenden seiner Schüler bewirkt. Er hat Tausende »aufgerichtet«.

»Würden Sie mir die Übersetzung auch persönlich in die Kamera sprechen?« bitte ich den Rabbi. Er überlegt kurz:

»Vielleicht – können wir morgen telefonieren?« Er muss wohl die Erlaubnis vom Rabbinat einholen, denke ich, denn eines ist mir klar: Trotz seines weltlichen Auftretens ist der Rabbi kein »Reformrabbiner«.

Am nächsten Tag habe ich seine Zusage und bitte Rabbi *Gross* in die FREIE BÜHNE WIEDEN zur TV-Aufzeichnung. Diesmal erscheint er im schwarzen Anzug mit Krawatte und Hut und sieht sehr respektabel aus. Wir postieren ihn vor einer ruhigen, hellen Wand, und ebenso ruhig und selbstverständlich erklärt Rabbi *Gross,* was die Inschrift auf dem Grabstein des großen Rabbi *Isserles* aussagt, in die Kamera.

Am nächsten Morgen empfängt mich Ingrid aufgeregt an der Studiotür: »Das musst du sehen! Schau dir das an!« Wie immer hatte sie das Bildmaterial schon vor der Arbeitszeit gesichtet. Auf dem Monitor erschien das Gesicht des jungen Rabbiners in Großaufnahme. Er hatte um seinen Kopf ein helles Licht, heller als die Wand, vor der er gefilmt worden war. Das Kamerateam, Ingrid und ich wussten, dass kein Scheinwerfer mit einem derartigen Effekt verwendet worden war. Es war seine Aura, die die Kamera aufgenommen hatte und im Bild wiedergab.

Die »Abnahme« nahte. Grauenvolle Geschichten liefen durch den ORF über »Abnahmen«. Schreiduelle, Ohnmachtsanfälle von Cutterinnen, tagelanges Umschneiden, Rausschneiden, und das Allerschlimmste ist: keine »Abnahme« – keine Sendung.

Zur Abnahme erscheint der Hauptabteilungsleiter mit großem Bahnhof. Die »Abnahme« von »Auf den Spuren der *Eva Deutsch«* fand in einem Vorführraum von der Größe einer Besenkammer statt. Ingrid war blass und rauchte zuviel.

Der Hauptabteilungsleiter *Dr. Helmut Brandstätter* kam mit *Werner Fitzthum. Brandstätter,* mit freundlichen Bambiaugen, setzte sich, *Fitzthum* blieb an der Tür stehen. Kein großer Bahnhof also; es hätte auch sonst niemand mehr Platz gehabt.

Der Film lief ab. Niemand sprach. *Fitzthum* ging nach einer Viertelstunde. Jetzt waren's nur noch drei...

Die Dokumentation endete am Grab von *Eva Deutsch,* wo ich sage: »Im Judentum gibt es einen Satz, der mehr bedeutet als alles Lob der Welt. Wenn man von jemandem sagen kann: ‚Er is a Mensch.'« Ich sah *Brandstätter* an. Zwei Herzschläge lang trafen sich unsere Blicke. Dann sah er auf die Uhr und sagte: »Sie sind zwei Minuten über der Zeit – schneiden Sie das noch raus...« Er verabschiedete sich und ging.

Ich war wütend. Dafür hatte ich wochenlang geschuftet, gekämpft, gelitten? Und dann kein Wort – wie verächtlich.

Ingrid war glücklich: »Glaub mir, das hat es noch nie gegeben! Ich schneid' noch zwei Minuten heraus, und so wird alles gesendet!«

Und so war es.

Zwar versteckte man das *Eva-Deutsch*-Programm zu später Stunde, wenn auf anderen Kanälen die Büstenhalter fallen, aber es hatte trotzdem 900.000 Zuseher.

Das schönste für mich war jedoch, dass sich unter den vielen Anrufen und Briefen nicht ein einziger negativer, ärgerlicher oder antisemitischer befand. Das hat es noch nie gegeben, sagte mir die Abteilung Hörer- und Seherdienst.

Von der F9 habe ich seither nichts mehr gehört.

21. BRIEF

> Das kleine Pfefferkorn sieh für gering nicht an,
> Versuch es nur, und sieh, wie scharf es beißen kann.
>
> *Weisheit der Brahmanen*

Es ist eine altbekannte Tatsache, dass sich nichts so schnell herumspricht wie ein Misserfolg. Schneller als von der Milchfrau ums Eck erreichte mich die Nachricht aus Jerusalem:

»Das Burgtheatergastspiel beim Jerusalem-Festival – entsäääztlich!« – »Aber in der Wiener Presse stand Positives«, wandte ich vorsichtig ein. »Mach Schabbes damit«, kicherte meine Informantin, eine bekannte israelische Journalistin, ins Telefon, »reihenweise sind die Leute in der Pause weggerannt.«

Monatelang waren die Vorstellungen für das Festival gelaufen. Der Kunstminister hatte alle anderen Theater, darunter natürlich auch die FREIE BÜHNE WIEDEN, ausgegrenzt. Nur das Burgtheater sollte seine Arbeit in Jerusalem präsentieren.

Die Regierung reiste mit großem Bahnhof an. Auf Steuerzahlers Kosten – natürlich, und natürlich waren alle Übergangenen stinksauer.

LAUTER LIEBE LEUTE in Israel fieberten ihrer seit Jahrzehnten schmerzhaft entbehrten »Burg« entgegen. LAUTER LIEBE LEUTE nahmen Anreisestrapazen aus Kibbuzim oder Moschavs* auf sich, um das geliebte Burgtheater-Deutsch wiederzuhören. LAUTER LIEBE LEUTE kratzten ihre Pensionsschekel zusammen, um sich einen guten Platz zu leisten, denn mit ihren Augen stand es nicht mehr zum Besten, und das Gehör ließ nach. Als sie vor *Hitler* geflohen waren, hatten einige eigenartiges Gepäck dabei: ihre Lieblingsbücher. »Weißt du«, sagte mir mein geliebter Freund *Joschi Kohn,* »wir sind hier im Kibbuz Gan Shmuel nicht die Frommsten. Wir lesen am Schabbes *Raimund* oder *Nestroy* mit verteilten Rollen.« Und dann zeigte er mir die zerschlissenen Reclam-Hefte. In den Bibliotheken anderer

**) Individuelle dörfliche Siedlungen*

Kibbuzim entdeckte ich alle bedeutenden Autoren der Zeit »vor '38«. Die jungen Sabres* können diese Bücher nicht lesen, aber sie pflegen sie sorgfältigst, wissend, was sie ihren Altvorderen bedeuteten.

Bücher, gleich welcher Art, werden im Judentum nie weggeworfen. Seit Generationen vergräbt man sie an einem sicheren Ort, und dadurch blieben uns, trotz Bücherverbrennungen in allen Jahrhunderten, seltene Schriften erhalten.

In Israel hat auch der entlegenste Kibbuz einen Leseraum mit Büchern in den verschiedensten Sprachen.

Es bleibt mir unvergesslich, wie ich während eines Israel-Gastspieles meinen Freund *Jitzhak Patish* wiedertraf. *Patish* war etliche Jahre lang ein erfolgreicher und beliebter Botschafter in Wien gewesen. Als er nach Israel zurückkehrte, schloss er dort an, wo er vor seiner Berufung als Diplomat aufgehört hatte: Er arbeitete wieder in seinem Kibbuz als Geschichtsprofessor.

Als ich im Kibbuz nach *Prof. Patish* fragte, antwortete mir ein junges Mädchen: »Jitzhak ist in der Bücherei.« Mir fiel ein, was Jitzhak mir gesagt hatte: »Wir brauchen keine Titel und Orden, bei uns gibt sowieso jeder sein Bestes...«

Als ich die Tür zur Bücherei öffnete, sah ich den Botschafter a. D., bewaffnet mit einem Wischtuch und einem Putzeimer. Gewissenhaft polierte er die Lesetische.

»Schalom, Jitzhak«, sagte ich leise. Er sah auf und stürmte auf mich zu, um mich in die Arme zu schließen.

»Was machst du da, hast du keine Putzfrau?« fragte ich vorsichtig. »Heute bin ich Putzfrau«, lachte er. »Jeder kommt einmal dran und muss die Bücherei saubermachen!«

»Das finde ich ganz groß von dir«, lachte ich mit ihm. Er wurde ernst. »Es ist nicht groß von mir, es ist eine Selbstverständlichkeit.« – »Nicht für alle«, erwiderte ich und dachte an die Diplomaten, die sich ihr Aktentäschchen nachtragen lassen.

Und dann zeigte er mir seine Schätze. Abgegriffene Erstausgaben, manche mit Goldschnitt, manche mit Kordel umwickelt,

*) *Kaktusfeige, stachlig und süß; Bezeichnung für im Lande geborene Israelis.*

andere mit alten, handgestickten Lesezeichen. Bücher, die den Fliehenden Halt und Trost gaben und sie immer wieder an ihre Muttersprache erinnerten.

Ihre Muttersprache, das ist es, was die Emigranten in das deutschsprachige Theater treibt.

Und nun war also »Die Burg« angekündigt, mit einem Stück von *Thomas Bernhard:* »Ritter, Dene, Voss«.

Ja, man hatte von dem Autor gehört, über ihn gelesen. Nein, in der Habimah, dem israelischen Staatstheater in Tel Aviv, wurde er noch nicht aufgeführt. Mit den Übersetzungen ins Hebräische dauert es halt immer eine Zeit. Aber für das Jerusalemer Theater-Festival habe man schon »die Billetten«.

So und ähnlich klangen die Meldungen der »Jeckes«, wie man die deutschstämmigen Juden in Israel nennt. »Jeckes« hat nichts mit dem rheinischen »Jeck« zu tun. Der Ausdruck stammt aus der Zeit, als deutsche Juden bereits Jacketts trugen, während die Ostjuden noch im Kaftan einherspazierten. Die »Jeckes«, die vor 1938 bestimmten, was ein Theatererfolg wurde, sind mit deutschen Klassikern aufgewachsen, und manche emigrierten statt mit praktischen Dingen mit der »Fackel« von *Karl Kraus.*

Zwischen ihren Dichtern und einem *Thomas Bernhard* liegen Emigrationswelten. Sie haben die Sprachmelodie eines *Raoul Aslan,* einer *Maria Eis* oder der *Thimig*-Dynastie im Ohr und trafen nun auf die flapsige Aussprache der *Peymann*-Crew.

Sie stellten ihre Hörgeräte lauter ein und verstanden doch nichts. Das war doch nicht IHRE Burg. Das war ein Schauspiel moderner Art, wie es in der Habimah und im Cameri-Theater auf dem Spielplan ist. Dahin geht man mit seinen Kindern und Enkelkindern und ist zufrieden, weil man jedes Wort in Hebräisch versteht, das man doch so mühsam vor fünfzig Jahren erlernte.

Aber zu einem Burggastspiel geht man ohne die Kinder, die ohnehin nichts verstehen würden und schon gar nicht begreifen, was den Abba und die Ima (Vater und Mutter) »vor '38« daran so begeistert hat.

Um eine Hoffnung ärmer und eine Enttäuschung reicher machten sich die LIEBEN LEUTE auf den Heimweg. Zurück ins Parents-Home, zurück nach Tel Aviv (Fahrzeit 55 Minuten mit dem Bus), zurück in die Theaterträume ihrer Jugendzeit. Die österreichischen Politiker und ihre Bühnenlieblinge saßen unterdessen im Hotel »King David« und kamen sich ungeheuer gut vor.

Es waren diese Typen, die immer alles wissen und nichts spüren. Ich spürte: Ich muss was tun...

Ich hatte also eine Idee. Und wie alle meine Ideen war auch diese wieder einmal unbezahlbar. Unbezahlbar in dem Sinn, dass die Kosten, die Zeit und die Arbeit, die mein Projekt verlangte, von niemandem bezahlt werden würden. Wenn ich mich in eine künstlerische Idee verliebe, dann ergreift diese von meinen Gedanken Besitz, so dass ich an nichts anderes mehr denken kann.

Ich dachte: Wie schön wäre es, wenn ich ein kleines, aber feines Festival in Israel präsentieren würde? Eine Woche lang österreichisches Theater, wie es das Publikum, das ich doch so gut kannte und liebte, beglücken könnte.

Jeden Abend sollte ein anderer Publikumsliebling sein bestes Programm zeigen. Am letzten Abend würden sich die Künstler in einer gemeinsamen Vorstellung verabschieden.

Was für eine hervorragende Idee!

»Eine hervorragende Idee«, meinte auch Carlos.

Und schon war ich mittendrin in einem Arbeitsprozess, über den LAUTER LIEBE LEUTE den Kopf schüttelten, »weil's doch eh nix bringt...«

Offen gestanden war da noch ein Anliegen, das meine Festival-Idee unbeirrt vorantrieb. Ich wollte dem bornierten österreichischen Kulturbetrieb beweisen, dass man auch mit einem Minimum an Kosten ein Maximum an Theaterbegeisterung zustande bringen kann. Der Einstieg in das Projekt war das Schwierigste.

»Sprich mit *Fritz Muliar*«, riet Carlos.

Wir hatten den Burgschauspieler in seinem fulminanten Bühnensolo »Sibirien« von *Felix Mitterer* erlebt und waren hingerissen von der unmittelbaren Kraft seiner Darstellung.

»Fritz ist uns ein wunderbarer Freund, aber er ist der teuerste Schauspieler, das weißt du doch«, sagte ich zu Carlos. »Sprich mit ihm«, drängte Carlos, »mehr als nein sagen kann er nicht.« Der Kammerschauspieler sagte ja. Als ich ihm meine Idee erklärte, sagte ich: »Fritz, du weißt, das Geld ist mehr als knapp...« Da antwortete er, und ich zitiere den Satz des großen Schauspielers immer wieder, er sagte: »Geld ist Geld, aber Israel ist eine Herzensangelegenheit...«

Nachdem *Muliar,* »die Säule« des Teams, in dieser Weise reagiert hatte, waren die Gespräche mit meinen in Aussicht genommenen Kollegen von derselben Haltung getragen.

Erika Pluhar und *Antonio d'Almeida* sagten zu. Erika war den deutschsprachigen Israelis durch Film und Fernsehen ein Begriff. »Du bringst die *Pluhar* mit? Großartig!« telefonierten die israelischen Buschtrommeln.

Meine Idee nahm die Form an, die ich mir wünschte.

Wenn es mir jetzt noch gelänge, *Wolfgang Hübsch* zu überzeugen, wären wir perfekt...

Der Schauspieler und Regisseur gilt als unerschütterlicher Einzelgänger. Er war ein beliebter Star des Burgtheaters. Dort bezog er hohe Gagen, und hätte in späteren Jahren eine ebenso hohe Pension bezogen, wenn... ja, wenn dieser *Wolfgang Hübsch* nicht ein so Unerschütterlicher wäre. Als ihn die Art erschütterte, wie Burgtheaterdirektor *Claus Peymann* mit den Burgmimen umging, ging er nicht an die Öffentlichkeit – wie viele andere –, er ging nicht zu einem Anwalt – wie manch einer –, er ging persönlich. Er ging still, unspektakulär, unbemerkt vom Feuilleton. Er verzichtete auf Gagen und Pension, er ging den Weg eines vogelfreien Künstlers.

Im Alleingang präsentierte er sein Soloprogramm »Heute weder Hamlet« von *Rainer Lewandowski,* und diese wunderbare Darstellung eines Bühnenrequisiteurs fehlte mir in meinem fächerartigen Angebot.

Wolfgang spielte und inszenierte am Wiener Volkstheater. Nach seinem Abgang von der Burg riss man sich um ihn. Aber er sagte ebenfalls zu.

Ich hatte die erste Hürde genommen. Drei Burgstars, die jeden Abend einen anderen österreichischen Autor präsentierten, wollten in Israel auftreten. Eine »Hommage à Israel«.

Um auch das jüngere Publikum zu erreichen, das nicht mehr Deutsch verstand, band ich mich selber mit meiner Produktion »The Galician Woman, The Life of Eva Deutsch« in das Festival ein.

Zahlreiche ausländische Theaterbesucher hatten mir nach der Vorstellung von »Die Lebensgeschichte der Eva Deutsch« geraten, das Programm in Englisch zu bringen. Das war ein kluger Rat, denn ein englischsprachiges Theaterstück konnte ich im Ausland problemlos buchen.

Das Problem lag woanders. Die Übersetzergesellschaft nannte mir zwar eine Anzahl vorzüglicher Übersetzer aus dem Englischen ins Deutsche, aber aus dem Deutsch-Jüdischen ins Englische? Leider, man bedauerte, dazu hatte man keine Beziehung.

Wie immer »klärte ich mich aus«, mit meiner Freundin *Margot Mendelsohn-Winge.*

Sie war die Wegbegleiterin von *Bert Brecht* und *Helene Weigel,* sie hatte im kalifornischen Exil freundschaftliche Kontakte von *Lion Feuchtwanger* bis *Ernst Deutsch.* Ihr verstorbener Mann war Literaturkritiker gewesen und Margot seine langjährige Mitarbeiterin.

Ihr Urteil ist für mich maßgebend und richtungweisend, aber es versetzte mich in Verzweiflung, denn sie sagte: »Du brauchst jemanden, der nicht nur ein erstklassiger Übersetzer ist, er muss Jude sein und das jüdisch-amerikanische Englisch beherrschen. Er muss musikalisch sein und eine Ahnung von der talmudischen Denkweise der *Eva Deutsch* haben, und natürlich muss er den ‚Tam' haben für ihren Wortwitz und Humor.«

»It's enough to drive me meschugge!« stöhnte ich.

»Genau so«, lachte Margot, »genau so muss er übersetzen.«

Vertraute Freundin, Kritikerin und Beraterin: Margot Mendelsohn-Winge.

Am nächsten Tag trafen wir *David Marinelli.* Der amerikanische Intellektuelle sah sich einige Male meine Vorstellungen an, dann sagte er, in perfektem Deutsch, das er genauso beherrschte wie Italienisch, Französisch, Polnisch und Jiddisch:

»Ich mache Ihnen kostenlos ein paar Probeseiten, Sie können dann entscheiden, ob Sie mir den Auftrag für die Stückübersetzung geben oder nicht.«

David war scheu, introvertiert und uneitel. Es wurde eine beglückende Zusammenarbeit. Er brachte Szene für Szene der Übersetzung, Margot korrigierte, und ich lernte – lernte – lernte. Dann ging ich auf meine Bühne und spielte die ganze Rolle immer wieder für Margot und David. Wir spürten, dass die Übersetzung nicht nur perfekt war, sie erschien uns besser als das Original, aber niemand sprach seine Gedanken aus.

Die Feuertaufe hatte es in sich. Kein Geringerer als *Henry Grunwald,* amerikanischer Botschafter in Wien, sollte mit »The Galician women, The Life of Eva Deutsch«, verabschiedet werden. Die Galavorstellung war die Abschiedsreverenz vor dem beliebten Diplomaten, der in Wien geboren wurde und dessen Vater der berühmte Operettenlibrettist *Alfred Grünwald* war.

Als mich der Botschafter nach der Vorstellung umarmte, wusste ich, dass uns unser Gefühl nicht getäuscht hatte.

Unsere Arbeit war das geworden, was ausländische Zeitungen später als Headline schrieben: »A message from heart to heart!«

Zum ersten Mal würde ein deutsch-jüdisches Stück in englischer Sprache von Wien aus um die Welt gehen.

Margot und David hatten mir zu Sternstunden einer Schauspielerin verholfen. Danke!

In Israel würde ich die englische Fassung spielen.

Am letzten Abend würden wir uns alle gemeinsam von unserem Publikum verabschieden.

Unter dem beziehungsvollen Titel »Morgen ist alles anders« brachten wir abwechselnd die Texte und Lieder des berühmten »Prager Kreises«.

LAUTER LIEBE LEUTE riefen mich an, machten mir Vorwürfe, warum »die« und nicht sie dabeisein konnten. Ich würde schon sehen... es sei ja bekannt, wie schwierig »die« seien... Aber die LIEBEN LEUTE irrten sich, »die« waren nicht nur ernsthaft arbeitende Künstler, sie wussten auch alle um die unvorhergesehenen Probleme, die eine Tournee stören können. Sie wussten, dass ich mein Bestes gab und tat. Wir waren eine »Weltpartie«!

Das Problem waren nicht meine Stars, das Problem war das Bett. Genauer gesagt: *Muliars* Bett. Sein Bett, das in »Sibirien« das Bühnenbild war. Ein normales Spitalsbett, voll funktionsfähig. Dieses Bett stand im Burgtheater.

Um ganz sicher zu sein, dass mein »Fünf Tage Wiener Theater-Festival« so war, wie es sein sollte, arrangierte ich eine Art Generalprobe. Unter der Patronanz des österreichischen Botschafters in Preßburg, *Dr. Maximilian Pammer,* starteten wir das Festival in Bratislava.

Fritz Muliar war sein ordnungsgemäßer Urlaub vom Burgtheater genehmigt worden. Carlos rief in der Verwaltung an und bat, dass man uns das Bett für diese eine Vorstellung leihen möge. Es wäre für die FREIE BÜHNE WIEDEN unmöglich gewesen, ein teures Spitalsbett für eine Aufführung zu kaufen.

Die pampige Antwort war »Nein«. Was er sich vorstelle? Und was wäre, wenn man im Burgtheater das Bett braucht?

Carlos' höflicher Einwand, dass *Muliar* an jenem Abend nicht im Burgtheater auftreten könne, da er ja in Bratislava spiele, brachte ihm ein weiteres Nein ein.

Carlos Springer rief *Georg Springer* (weder verwandt noch verschwägert) an und schilderte dem allmächtigen Generalsekretär der Bundestheater unsere Nöte.

Die Absage erschien sogar dem Theaterboss absurd. Nach dem Springer-zu-Springer-Gespräch traf ein Fax in der FREIEN BÜHNE WIEDEN ein. Es enthielt die Adresse einer Firma für Spitalsbetten. Dort stünde ein Bett zum Abholen bereit. Ein verstellbares Spitalsbett mit allen technischen Raffinessen kostet Geld. Wir sind gewohnt, mit Geld vorsichtig umzugehen.

Das Bett wurde nur einen Abend benötigt, und für diesen Abend musste es vorstellungsgerecht bearbeitet werden. Damit man *Muliar,* im Bett liegend, von allen Plätzen gleich gut sehen konnte, mussten die vorderen Beine des Bettes ein Stück abgesägt werden. Wieder ein *Springer*-zu-*Springer*-Gespräch, in dem Carlos erklärte, dass wir das neue Spitalsbett aus diesen Gründen nicht annehmen könnten, da wir es nicht in demselben Zustand zurückgeben könnten...

»Spielt keine Rolle«, meinte der Bundestheatergeneralsekretär und legte auf.

Wir hatten das Bett, aber *Muliar* das »Gfrett«.

Direktor *Peymann* passte es nicht, dass einer der bedeutendsten österreichischen Schauspieler offen gegen ihn protestierte. Er hatte ihm das Bett unter dem Hintern und die Bühne unter den Füßen wegziehen wollen. Beides misslang.

Ich hatte also die Zusagen meiner wunderbaren Kollegen, ich hatte das Bett... »und sonst gar nichts«, wie *Marlene Dietrich* einst sang. Zunächst vertraute ich mich *Peter Marboe* an. Er ist eine Wiener Kuriosität, denn er ist der einzige hohe Beamte, der jedem verbietet, ihn mit »Herr Ministerialrat« oder »Herr Doktor« anzusprechen. Viele Künstler würden den international geschätzten Diplomaten aus dem Außenministerium gerne als Kunstminister sehen. Er versteht mit der Kunst und den Künstlern umzugehen. Er verfällt nie in die Phrasen der diplomatischen Umgangssprache. Und ich glaube, dass es ihm egal ist, zu welcher Religion und Partei man sich bekennt.

Das »Fünf Tage Wiener Theater-Festival« gefiel ihm, und in einem kurzen persönlichen Gespräch versprach er, dass das Außenministerium die Reisespesen des Ensembles übernehmen würde.

Die erste Hürde war genommen, die zweite stand bevor.

Kunstminister *Scholten* war für ein persönliches Gespräch nicht erreichbar. »Reichen Sie um die Subvention ein«, ließ uns sein Büro wissen. Ich kannte die Abendgagen meiner Kollegen und wusste, dass es illusorisch gewesen wäre, *Scholten* um einen Zuschuss in dieser Höhe zu bitten. Immerhin genehmigte er eine Mindestgage.

In Bratislava war das »Fünf Tage Wiener Theater-Festival« ein großartiger Erfolg. *Peter Marboe* reiste aus Wien an und verabschiedete uns nach der letzten Vorstellung mit einer unvorbereiteten Rede, die alle begeisterte.

Er fand lobende Worte für uns und für die Arbeit von Kulturattaché *Mag. Stella Avalone.* Er dankte dem Botschafter, er vergaß niemanden, er war »everybody's Darling«.

Wir waren alle sehr erleichtert über den eindeutigen Erfolg, denn nun wussten wir, dass das Publikum und die Medien auf unserer Seite waren.

Kulturattaché *Avalone* hatte uns in dem schönen Theater von *Jan Lasica* untergebracht. Er ist der Ehemann der ehemaligen tschechischen Botschafterin in Wien, *Magda Vášáryová. Lasica* hatte bereits das Publikum in der FREIEN BÜHNE WIEDEN zu Stürmen der Begeisterung hingerissen. Nun erwiderte ich sein Gastspiel, und unsere Bühnenpartnerschaft wurde ein fester Bestandteil unserer Theater.

Die schöne Exbotschafterin, Vertraute von *Vaclav Havel,* besuchte alle Vorstellungen und zeigte sich ebenfalls begeistert. Ich konnte guten Mutes nach Israel fliegen, um die vorbereitenden Arbeiten zu erledigen, denn die »Generalprobe« des Festivals in Bratislava hatte die Reaktionen gebracht, die ich erhofft hatte.

Das Wichtigste war wiederum – das Bett! Aber – beides versucht, kein Vergleich. Kaum war ich bei der Rezeption des

Dr. Eva Bugayer:
»Es gibt nichts Gutes außer man tut es!«

Hotels in Tel Aviv eingelangt, überreichte man mir bereits ein Fax: Die Direktorin des Tel-Hashomer-Krankenhauses bittet um Ihren Anruf.

Meine Freundin *Dr. Eva Bugayer,* eine angesehene Ärztin in Wien, kannte meine »Bettgeschichte«. Sie hatte kurzerhand ihre Kollegen in Tel Aviv angerufen. »Ich brauche ein Bett! Bevakashah [bitte]! Jederzeit abzuholen!« – »Was es kostet? Natürlich nichts; vielleicht, wenn es möglich wäre, zwei Karten für das Festival?«

Das ist Israel!

Meine größenwahnsinnige Idee, eine der gewitzten Agenturen mit der Durchführung des Festivals zu beauftragen, scheiterte am Preis. Die Prozente wären höher gewesen als mein gesamtes Budget.

Bei Sonnenuntergang, diesem unvergleichlichen abendlichen Lichtwechsel am Strand von Tel Aviv, ging ich meinen Lieblingsspaziergang von Tel Aviv nach Jaffa. Der Weg dauert ungefähr zwei Stunden.

Im »Alladin«, dem kleinen arabischen Restaurant mit Blick über das Mittelmeer, gibt es einen echten »Türkischen«, heiß und süß. Heimlich streifte ich unter dem Tisch die Sandalen ab und kühlte meine heißen Füße auf dem uralten Mosaikboden.

Beim Rückweg zeigten sich bereits die ersten Sterne. Liebespaare lagen schmusend im Sand, und der orthodoxe Jude im schwarzen Kaftan schaute angestrengt in eine andere Richtung.

Man hört alle Sprachen, man sieht alle Moden und glaubt, alle zu kennen.

Das ist Israel.

Ich hatte meinen Spaziergang dazu benützt, um nachzudenken und mir einen »Fahrplan« zurechtzulegen. Am nächsten Morgen würde ich mit der Arbeit beginnen. »Wäre doch gelacht«, sagte ich mir, »wenn du es nicht auch ohne Manager schaffen würdest. Alles, was du sparst, kannst du dann auf die Kollegen-Gagen umlegen. Na dann, Mazel tow!«

Israelische Theaterdirektoren unterscheiden sich von unseren durch ihre Ansprechbarkeit. Man ruft an – sie oder er antwortet. Man macht einen Termin aus – sie oder er ist da. Auf diese Weise schaffte ich sieben Theater an einem Tag. Aber ich war noch nicht am Ziel. Das erste war zu teuer, das zweite zu groß, das dritte zu klein, das vierte hatte keinen Vorhang, das fünfte kein Klavier, das sechste war nicht fünf Tage hintereinander frei und das siebte zu entlegen. Am Abend telefonierte ich mit dem Khan-Theater in Jerusalem. Dort hatte ich schon vor Jahren gearbeitet. Am nächsten Morgen fuhr ich hin.

Zu jeder vollen Stunde geht ein Bus von der Buszentrale in Tel Aviv nach Jerusalem. Die Fahrt dauert 55 Minuten und kostet etwa 10 Euro. Ich liebe diese Fahrt. Zwischen kilometerlangen Orangenhainen und karstigen Hügeln, auf denen Beduinen ihre Schafe weiden, fährt man auf einer Autobahn mit zweisprachiger Beschilderung in Englisch und Hebräisch.

Hier und da haben die Israelis einen zerschossenen Panzer im Gelände stehengelassen. Die rostigen Kriegsfahrzeuge stammen aus dem Sechstagekrieg. Sie sind als Warnung gedacht und haben dennoch bis heute keine Wirkung gezeigt.

Auch außerhalb der Haltestellen hält der Bus, wenn Soldatinnen und Soldaten winken, um zusteigen zu können. Die jungen Menschen fahren umsonst. Sie albern und scherzen miteinander und haben doch nichts Oberflächliches an sich.

Die Soldaten tragen ihre Waffen so lässig wie unsere Jugend ihre Designer-Rucksäcke und haben sie sofort fest im Griff, falls ihnen irgend etwas verdächtig erscheint.

Das ist Israel.

»Yavon ist um zehn Uhr für Sie da«, hatte mir die freundliche Sekretärin des Theaterdirektors versprochen. Aber Yavon war nicht da. Sie entschuldigte sich höflich: »Er musste auf den Golan.«

»Spielt man dort Theater?« fragte ich konsterniert.

»Aber nein«, lachte sie, »er wurde gerufen.«

Jeder einsatzfähige Israeli kann über einen Code »gerufen« werden. Hört er diesen – telefonisch, im Funk oder im Fernsehen, hat er sich unverzüglich zu melden. Man ruft ihn zum militärischen Einsatz. Yavon wurde nachts »gerufen« und befand sich bereits auf den Golanhöhen. Guter Theaterleiter, der er war, hatte er trotzdem unsere Besprechung nicht vergessen.

Seine Sekretärin stellte die telefonische Verbindung her.

»Schalom, Topsy!« hörte ich eine sympathische Männerstimme sagen. »Wenn wir unterbrochen werden, ist es nicht meine Schuld«, lachte er und ging sofort in medias res.

Es war das erste Mal, dass ich mit einem Intendanten verhandelte, der im Schützengraben saß.

Leider waren meine Termine mit denen des Khan-Theaters nicht zu koordinieren. Es wäre zu schön gewesen, das »Fünf Tage Wiener Theater-Festival« in dem uralten ehemaligen Kamelstall zu präsentieren, der zu einer der stimmungsvollsten Spielstätten Jerusalems umgebaut worden war.

Wir bedauerten, wir wünschten einander »Mazel tow« und hofften auf »Nächstes Jahr in Jerusalem«!

Ich ging gedankenverloren in Richtung Altstadt. Kein Besuch in Jerusalem, ohne dass ich meine Hände auf die kraftspendenden Steine der Klagemauer lege. Würde ich es schaffen? Würde ich ein Theater bekommen, das räumlich, terminlich und finanziell entsprach? Für ein paar Schekel kaufte ich an einem Stand ein Glas »miz«. Ich hatte vergessen, dass man täglich bis zu drei Liter trinken sollte. Der frische Grapefruitsaft belebte mich sofort.

Wenn man vor der Klagemauer steht, an der rechten Seite, wo die Frauen beten, befindet sich ganz rechts in der Ecke ein kleiner Eingang. Er führt in einen Raum, der nur drei mal drei Meter groß ist. Drei Wände bestehen aus einfachen Holzregalen, die mit frommen Büchern gefüllt sind, als vierte Wand dient ein Stück der Klagemauer. In dem Raum stehen ein paar ärmliche Hocker. Kein Tourist stört hier die innere Einkehr.

Die Mauer, die Bücher, das Halbdunkel, die Kühle ließen mich sofort meine diesseits gerichteten Gedanken vergessen. Nur drei Personen waren anwesend. Ich stellte meine Tasche ab und setzte mich.

Ein blutjunges Mädchen lehnte sich mit seinem ganzen Körper gegen die Mauer und betete tränenüberströmt. Immer wieder schluchzte sie laut auf. Es schien mir, als drängte sich ihr Körper an die Mauer wie an einen Abschied nehmenden Liebsten. Vor mir saß eine junge orthodoxe Frau. Sie trug ein bodenlanges Kattunkleid mit langen Ärmeln, und ihr Kopftuch gab den rasierten Haaransatz frei. Sie saß still da und sah nur auf ihren kleinen Sohn, der in einem Buch las. Das Kerlchen war höchstens fünf Jahre alt. Auch sein Köpfchen war rasiert. Nur an den Schläfen trug es zwei feingedrechselte Löckchen, die bei jeder Bewegung seines Kopfes mithüpften. Ich hatte noch nie ein kleines Kind in solch tiefer Versunkenheit gesehen. Der Kleine wiegte sich im Rhythmus seiner Worte vor und zurück, und sein helles Stimmchen wurde manchmal lauter, manchmal leiser. Wenn er sein Fingerchen befeuchtete, um umzublättern, sah er seine Mutter, die ihm lächelnd zunickte, mit großen Mandelaugen an. Sie sah in ihrem Sohn bereits den großen Rabbi. Es waren arme Leute. Die Mutter sprach zu ihrem Sohn in Jiddisch. Ich verstand, dass sie aufbrechen wollte.

»Ejn Sajt noch?« bettelte er, und sie gab nach. Als er dann ein Lesezeichen eingelegt hatte, schlug er folgsam das Buch zu, und die Mutter stellte es zurück ins Regal.

Das ist Israel,

Ich war allein und nahm das Buch aus dem Regal. Ein hebräisches Buch, wie alle anderen. Ich stelle das Buch zurück und sehe plötzlich daneben »The Maggid Speaks«. Zwischen allen hebräischen Büchern ein englisches? Ich beginne es zu lesen und kann nicht mehr aufhören. Es ist die Biographie eines Rabbiners mit parapsychologischen Kräften. Ein Blick auf die Uhr. Allerhöchste Zeit für den Bus. Das Buch? Ich muss das Buch auslesen... »Do not remove from kotel area«, sagt ein Stempel. Ich kann nicht anders. Ich stehle das Buch. Um mein schlechtes Gewissen zu beruhigen, lege ich ein paar Dollarnoten in das Buch des kleinen Rabbiners, dort, wo er sein Lesezeichen platziert hatte.

Eilig verlasse ich die Altstadt und winke nach einem Taxi, das mich zur zentralen Busstation bringt. Es ist Hauptverkehrszeit. Bei Rotlicht sehe ich in der Autokolonne ein Taxi, schlängle mich zwischen den haltenden Autos durch und lasse mich gleich neben dem Fahrer auf den Sitz fallen.

»Ich muss den Bus nach Tel Aviv erreichen«, schnaufe ich, und der Fahrer lacht: »Bevakashah, Geveret!«

»Komisch«, denke ich mir, »das ist aber ein lustiger Typ.«

Da bemerke ich, dass der Wagen keinen Kilometerzähler hat.

Ich sitze in keinem Taxi, ich sitze in einem Privatwagen. In meinem verträumten Hirn hatte ich das vordere Taxi mit dem nachfolgenden Auto verwechselt und war in das falsche eingestiegen. Der Fahrer hatte mich wohl beobachtet und spielte nun den Taxifahrer.

Ich entschuldigte mich wortreich. Der Fahrer, ein gutaussehender Mann, sah mich nur schmunzelnd an. Er war schätzungsweise Ende Dreißig, sportlich-schlank, mit einer sehr sympathischen Ausstrahlung.

»So ein Zufall«, sagte er, »ich fahre auch nach Tel Aviv, ich nehme Sie mit. Übrigens, ich heiße Mark!«

»Vielen Dank, ich fahre mit dem Bus, bitte lassen Sie mich bei nächster Gelegenheit aussteigen.«

»Dann bringe ich Sie zur Station«, entschied er und begann mich auszufragen. Aber ich blieb zugeknöpft und wusste nicht, warum. Mark erzählte, dass er aus New York zu Besuch in Israel sei. Mit seiner kleinen Tochter, die aber in Tel Aviv bei Verwandten geblieben sei. Ich antwortete, dass ich beruflich hier zu tun habe.

»What's your name?« – »Ich heiße Topsy.« Er lachte.

»Die schlimme Topsy aus Onkel Toms Hütte?«

»Genau die«, antwortete ich. »Wenn Onkel Tom sie ausschimpft, weil sie grüne Blätter isst, antwortet sie: ‚Ich esse keine Blätter, ich esse die Käfer auf den Blättern.'«

»Und was essen Sie heute abend?« lachte Mark.

»Sicherlich einen toten Fisch«, lachte ich zurück.

Wir waren bei der Busstation angekommen. Ich bedankte mich und reihte mich in die lange Schlange der Wartenden ein.

Obwohl ich beruflich total erfolglos war, fühlte ich mich rundherum wohl. Hier kann dir alles passieren, denke ich, nur eines kann dir hier nie passieren – Langeweile...

Das ist Israel.

Wie immer schalte ich im Hotelzimmer sofort die Aircondition ab, öffne die Fenster und ziehe die schweren, dunklen Vorhänge zu. »Nur ein halbes Stündchen«, denke ich und schlafe in Abrahams Land wie in Abrahams Schoß. Als ich aufwache, ist es bereits stockfinster, und ein Rumoren erinnert mich daran, dass ich seit dem Frühstück nichts gegessen habe.

Wenn auch das israelische Frühstück eine Augen- und Magenwonne ist, so sollte man doch nach 14 Stunden etwas essen, entscheide ich. Ich dusche und greife nach einem »Gute-Laune-Kleid«. Es ist der türkisgrüne, hautenge Seidenjersey-Schlauch, dessen Schlitz bis zum Oberschenkel reicht. Dazu die Goldsandalen, deren Bänder bis zu den Waden gewickelt werden. »Ick find' Ihnen schick!« pflegte meine Berliner Garderobiere zu sagen, und das fand ich auch. Ich tupfe mehr als üblich von meinem Lieblingsparfüm (Chanel 5) auf alle möglichen und unmöglichen Stellen und spaziere leichten Schrittes von hinnen nach dannen.

Auf der Hayarkon Street pulsiert der Verkehr. Die eleganten Hotels spucken ihre weniger eleganten Touristen aus. Ein junger israelischer Playboy stoppt sein Cabriolet: »Schalom!« Er fährt weiter, denkt wohl: hinten Lyzeum, vorne Museum! Ich betrachte die kostbaren Auslagen des »Holiday Inn«.

Wunderbare israelische Handwerkskunst. Gold- und silbergetriebene Sabbatleuchter und Menoras, kleine Gewürzbüchsen, Davidsterne und Mesusas in allen Variationen. Die Preise sind in Dollar angeschrieben. »A net teuer«, denke ich, wie *Kaiser Franz Joseph* sagte, als ihm seine Geliebte, *Katharina Schratt,* die Juwelierrechnung übergab.

»Hallo, Topsy!« höre ich rufen.

Vor dem Eingang des Luxushotels steht Mark und hält ein etwa siebenjähriges Mädchen an der Hand. Wir begrüßen uns wie alte Bekannte. »Das ist Deborah«, stellt er seine Tochter vor.

»Hallo, Debbie!« – »Hallo, Topsy!«

»Ich wollte Debbie gerade zu Bett bringen«, erklärt Mark. »Sagten Sie nicht, dass es hier irgendwo tote Fische zu essen gibt?« – »Ja, im Pundag, falls Sie kein Snob sind. Dort kocht die Mame, und der Tate serviert«, antworte ich.

»Wonderful«, freut sich Mark und zieht mich in die Lounge des »Holiday Inn«. »Was ist mit Debbie? Kommt sie nicht mit?« will ich wissen.

»Ich habe schon bei Tante Elsa Nachtmahl gegessen«, erklärt Debbie, »jetzt will ich das neue Video ansehen.«

Ich versinke in einem cremefarbenen Fauteuil, während Vater und Tochter den Lift nehmen. Während ich eine »Bloody Mary« trinke, stelle ich wieder einmal fest, dass es keine Zufälle im Leben gibt. Ich lasse den Tag Revue passieren. Der Tag war eine Gefühlssauna. Vom Intendanten im Schützengraben bis zum Diebstahl von »The Maggid Speaks« pendelten meine Emotionen hin und her. Ich hatte noch zwei Tage Zeit, um ein Theater für mein Festival zu finden. Statt Tag und Nacht aktiv zu sein, hatte ich die »messages«, die mir der Hotelportier in die Hand gab, beiseite gelegt und geschlafen. »Morgen ist alles anders«, so war der Titel unserer Abschiedsvorstellung, okay, morgen würde ich »Nägel mit Köpp« machen, aber heute würde ich genießen...

»You are looking great«, sagte jemand hinter mir und hob mich sanft an den Schultern hoch. Mark trug jetzt einen leichten Anzug aus Naturleinen und sah erstaunlich unamerikanisch aus. Beim Hinausgehen warf ich einen Blick in den Spiegel und stellte fest, dass man uns keineswegs für Mutter und Sohn einschätzen würde.

Das »Pundag« war wenige Gehminuten vom Hotel entfernt. Das kleine Fischrestaurant hatte nur wenige Tische. Der Besitzer kannte mich und führte uns zu einem Tisch für zwei Personen. Wir bestellten St.-Petrus-Fisch, den es im See Genezareth gibt, gebraten, mit Bergen verschiedenster Gemüse. Dazu tranken wir das leichte israelische Goldstar-Bier. Die Juden, und die Israelis im besonderen, sind keine alkoholischen Schluckspechte.

»L'Chaim« (zum Leben) sagt man statt »Cheers« oder »Prost«, und schon waren wir in einer Diskussion über jüdische Genies wie *Joseph Roth,* die sich zu Tode gesoffen haben.

Jeder vermied es, den anderen nach dem Woher und dem Wohin zu fragen. Keiner wollte diesen Abend von der Realität beschattet sehen. Wir sprachen über alles, nur nicht über uns. Niemand spekulierte, was die nächsten Stunden bringen könnten. Wir gaben uns völlig der Harmonie des Augenblicks hin.

»Nehmen wir noch einen ‚nightcap' am Strand«, schlug Mark vor, und wir landeten in der Beach-Bar, wo eine südamerikanische Band »Hava Nagila« auf Sambarhythmus quälte. Wir saßen dicht bei der Tanzfläche, die nur einige Meter vom Meer entfernt in den Sand gesetzt war. Minutenlang schwiegen wir miteinander. Wir sahen auf das Meer, wo still die unvermeidlichen Polizeiboote trieben. Sie wachten, damit wir ungestört tanzen konnten. Mark stand auf, und wir gingen Hand in Hand auf die Tanzfläche. In Zeitlupe, als wolle er die erste körperliche Berührung durch keine Direktheit stören, legte er seinen Arm um meine Taille.

Ich reagierte genauso behutsam und strich mit meinen Fingerspitzen über seinen Nacken, bevor meine Hand auf seiner Schulter lag. Dann, mit einem Impuls, drückten wir unsere Körper aneinander, so eng, dass nicht einmal ein Salatblatt dazwischen Platz gehabt hätte.

Die Band spielt Rumba, Samba, Cha-Cha-Cha. Wir tanzten unseren eigenen Rhythmus. »Out of the world« nennt man wohl jenen Zustand, der uns betrunken macht, ohne dass wir betrunken sind.

Das ist Israel.

Am nächsten Tag lief alles wie am Schnürchen. Der Kulturattaché hatte ein Mittagessen mit dem Kulturrat von Tel Aviv, *Jossy Kiosso,* arrangiert. Er ist gebürtiger Rumäne, und als er erfuhr, dass ich Ehrenmitglied des Jiddischen Staatstheaters in Bukarest bin, waren alle Türen offen. Die Theatermiete für das ZOA-House wurde ermäßigt, ebenso die Plakatierung, und in der Stadtzeitung wurde entsprechend auf das »Fünf Tage Wiener Theater-Festival« hingewiesen: »For reservation call...«

Jossy gab mir seine private Telefonnummer, damit ich ihn jederzeit erreichen konnte. Alles andere war Routinearbeit. Die Druckerei für die Plakate, das Büro für den Kartenvorverkauf, der Transporter für Bühnenbild, Kostüme und Requisiten, ein ständiges Taxi für mein Team, die Zimmer im »Hotel Carlton«, alles bestellt, angezahlt, bestätigt.

Der Torchiner-Saal im ZOA-House, in der Daniel Frisch Street zentral gelegen, mit Bushaltestelle vor dem Theater, war genau das richtige. 260 Plätze, ansteigend, gute Akustik, die Kollegen würden zufrieden sein.

Am nächsten Morgen war ich um sechs Uhr früh am Flughafen Lod und ließ die langen Kontrollen geduldig über mich ergehen. LAUTER LIEBE LEUTE taten nur ihre Pflicht. Zuviel war passiert und konnte wieder passieren. Wann würde das Wort »Feind« für die Menschen ein unbekannter Begriff sein?

Die Vorstellungen, das Publikum, die Kritiken, die Stimmung, alles war wunderbar.

Um die Kassiererin einzusparen, hatte ich mich als Kartenverkäuferin angeboten. Zum Glück waren es nur noch wenige Karten, die an der Abendkasse abgeholt wurden, denn ich bin für diesen Job denkbar ungeeignet. Bei meinem Soloabend und bei der Abschiedsvorstellung vertrat mich *Franziska Kalmar,* die Ehefrau von *Fritz Muliar.*

The Austrian Embassy Tel Aviv

presents

Fünf Tage Wiener Theater Festival in Israel

27. - 31. August 1994, 20.00 Uhr

Theater ZOA ,

Beit Zionei America, Daniel Frisch Street 1, Tel-Aviv, Tel.: 03-6959341

»Die Weltpartie« von links nach rechts: unten - Fritz Muliar, Antonio V. d'Almeida; oben - Wolfgang Hübsch, Topsy Küppers, Erika Pluhar.

»Franzi« war noch Jahre zuvor eine unserer beliebtesten Fernsehansagerinnen gewesen.

»Ein Genie in der Familie genügt«, meinte die humorvolle, kluge Frau und lebte nur noch für ihr Genie.

»Morgen ist alles anders«, unsere Abschiedsvorstellung, stellte mich kurz vor meinem Auftritt vor ein Problem. Wir hatten mehr Karten verkauft, als Sitze vorhanden waren.

»Die LIEBEN LEUTE sollen sich Stühle aus dem Pausenraum nehmen und in den Gang setzen«, meinte ich. »Da sitzen schon welche«, jammerte Franzi.

Ich erklärte den Kollegen unsere Situation. »Ich hab' nicht das Herz, die Leute nach Hause zu schicken, hättet ihr was dagegen, wenn ich sie auf die Bühne setze?« Niemand hatte etwas dagegen, nur die Theaterpolizei. Aber die jahrzehntelange Erfahrung mit der Wiener Theaterpolizei macht listig. Ich erklärte die Abschiedsvorstellung zur öffentlichen Generalprobe.

Für Proben gelten andere Gesetze, auch in Israel. Beim Schlussapplaus riefen LAUTER LIEBE LEUTE »Wiederkommen!«, und wir riefen zurück »Le'hitraot!« (Auf Wiedersehen). Da blieb kein Auge trocken.

Der österreichische Botschafter *Dr. Herbert Kröll* besuchte keine Vorstellung des »Fünf Tage Wiener Theater-Festivals«.

Nach der letzten Vorstellung saß die Weltpartie, müde und glücklich, in einem kleinen Restaurant beisammen. Noch einmal ließen wir die vergangenen Tage Revue passieren.

»Jeder hatte das gesehen, was er sehen wollte...«

Jeder hatte seinen persönlichen großen Erfolg gehabt, und – was besonders schön war – jeder hatte sich über den Erfolg des anderen gefreut wie über seinen eigenen.

Wir lobten einander und im besonderen *Antonio d'Almeida.* Als er seine Paraphrase über den Donauwalzer zelebrierte, war das Publikum in Jubel ausgebrochen. Antonio hatte sämtliche bekannten Wienerwalzer und schlussendlich auch die »Hatikvah«, Israels Nationalhymne, in immer anderen Tonarten, in sein Klaviersolo eingewoben. Eine pianistische Meisterleistung, die das israelische Publikum besonders zu schätzen wusste.

Dieses heiße Festival hatte uns im wahrsten Sinne des Wortes zusammengeschweißt.

Ich blieb mit Peter, dem Bühnenmeister, zurück. Die gefeierte Künstlerin des Festivals verwandelte sich wieder in eine feilschende Managerin. Ich bemühte mich um den billigsten Preis für den Rückflug der Bühnenstücke. Am günstigsten für den Rücktransport des Bettes zum Tel-Hashom-Spital war ein Taxi. Der mutige Fahrer legte die Matratze auf das Dach seines Mercedes, darauf das Spitalsbett, welches er mit Gurten festzurrte. Er befahl Peter und mir, vom Rücksitz aus mit beiden Armen, durch die offenen Fenster, das Bett zu halten. Halb aus dem Fenster hängend, so schlichen wir mit 30 km/h durchTel Aviv zum Tel Hashomer Krankenhaus. Dabei stellten wir fest, dass der Autofahrergruß keineswegs eine deutsche Erfindung ist.

Schlussabrechnung zusammen mit dem Kulturattaché, alles war korrekt gelaufen, und ich sah ihm seine Befriedigung an, mich endlich los zu sein.

Auch ich war befriedigt. Es war ein hartes Stück Arbeit gewesen, bei dem ich viel gelernt hatte. Und ich hatte den Beweis erbracht, dass man »mit einem Minimum an Kosten ein Maximum an Theaterbegeisterung« zustande bringen konnte.

Jedoch der Feind schläft nicht...

Das »Fünf Tage Wiener Theater-Festival«, das überall hochgelobt wurde, fand auch seinen Kritiker. Nachdem mir sogar Wiens Kritikerpapst *Dr. Volkmar Parschalk* die Ehre eines langen Funkinterviews gegeben hatte, holte mich Carlos schmunzelnd beim Funkhaus ab.

»Was hast du denn wieder angestellt?« fragte er scheinheilig.

»Ja, was denn?« fragte ich zurück und fühlte mich grundlos schuldbewusst.

»Tja, tja, tja«, machte Carlos, »ich habe eine Frau, die Minister hinters Licht führt...«

Ich verstand immer noch nicht. Dann gab er mir einen Brief, und da stand es schwarz auf weiß: »...in welchem Falle ich mich von Ihnen – um es höflich auszudrücken – hinters Licht geführt fühlen würde.«

Ich hatte den Kunstminister hinters Licht geführt? Auf eineinhalb Seiten fühlte sich Minister *Scholten* »befremdet«, fühlte der Minister das Burgtheater »beleidigt« und empfand meine Arbeit als »in der Zielsetzung falsch«.

Mein Antwortbrief war auch nicht der feinste, und dann legte ich beide in die unterste Lade, zur weiteren Nichtbeachtung. Sollen sie ihre Süppchen kochen für wen und mit wem sie wollen, dachte ich mir und schüttelte mich wie Ilan, wenn er sich im Sand gewälzt hatte. Eine dicke Wolke Dreck verdunkelt einen Moment die Sicht, und dann galoppiert er erleichtert davon.

22. BRIEF

Jede große Liebe beginnt mit einer Illusion
und endet mit einer Enttäuschung.

Topsy Küppers

Es war unglaublich. Sieben Jahre lang hatte ich »Heute Abend: Lola Blau!« nicht mehr gespielt, und immer noch verlangte das Publikum danach. Ich prüfte alles genau. Innerlich hatte ich die Rolle gespeichert wie auf einer Diskette. Äußerlich hatte ich mich wenig verändert. Alle Kostüme der »Lola« passten wie am Uraufführungstag, am 17. September 1971. Die Dekorationen waren gut eingemottet und standen auf Abruf bereit. Ebenso mein lieber *Heinz Hruza,* der »Mann der ersten Stunde« am Klavier.

Die Proben konnte man nicht als Proben bezeichnen. Sie waren ein wunderbares Erinnern an Hunderte von Aufführungen, unter manchmal katastrophalen Bedingungen. War es Haifa oder Jerusalem gewesen, wo man mich aus dem Abendkleid herausgeschnitten hatte? Nein, es war in Natanyia, das Theater ohne Air-condition. Das Abendkleid hatte an meinem schweißnassen Körper geklebt, als wäre es mit Uhu befestigt. Zwei Minuten für einen schnellen Umzug erlauben keine Rücksichten. Her mit der Schere!

Haifa – das war das Theater, wo der Eichmann-Prozess stattgefunden hatte, und in der ersten Reihe saß damals der Oberstaatsanwalt *Gideon Hausner.*

Wir erinnerten uns auch lachend an die deutsche Kritikerin, die über Lola »Braun« einen Verriss schrieb. Es blieb der einzige nach tausend Aufführungen.

Tausendmal war auch mein Yorkshireterrier »Kuckuck« gemeinsam mit mir aufgetreten und hatte seinen wohlverdienten Abgangsapplaus und eine Belohnung kassiert. Er lebte nicht mehr, und feuchten Auges nahm ich sein Dia aus der Bühnenprojektion. Er war der zuverlässigste Partner. Sein Auftritt fand auf einem hellblauen Kuschelteppich statt. Bei jeder Vorstellung legte er sich präzise an genau derselben Stelle nieder und horchte mir zu.

Bei einer Fernsehaufnahme, für ein anderes Programm, benützten wir den Kuschelteppich als Dekoration. Während die Kamera lief, trat er – tap-tap-tap – plötzlich auf und setzte sich auf seinen Platz. Er musste wohl in der Garderobe »seinen« Teppich gerochen haben und war der Spur ins Studio gefolgt, um seinen Auftritt nicht zu verpassen. Der Regisseur schrie: »Abbrechen! Was macht der Hund da?!« Obwohl sich alles amüsierte, als ich den Sachverhalt erklärte, durfte er diesmal nicht auftreten und war beleidigt.

1984 unterschied sich die Aufführung (ohne »Kuckuck«) in nichts von der Uraufführung 1971. Der Regisseur *Conny Hannes Meyer* hatte jede Szene klar gegliedert, jede Bewegung aus dem Gefühl heraus entwickelt. Jedes Abweichen vom oder Verwischen des Regiekonzepts hätte die »Lola zu einer Kunstfigur gemacht. Der Erfolg der »Lola« aber war in erster Linie, dass sie (wie es im Jiddischen heißt) »a Mensch wie Kristall« war. Bei den Show-Szenen konnte sie »aufdrehen«, steppen und strippen oder sich parodistisch austoben, aber jedes persönliche Wort stand unter dem Motto »Die Wahrheit ist immer der einfachste Weg...« Ein neues Programmheft wurde gedruckt, in dem ich u. a. Folgendes schrieb:

»Heute Abend: Lola Blau!«
von und mit Topsy Küppers
Chansons: Georg Kreisler

...»Lola Blau« wurde am 17. September 1971 im »Kleinen Haus des Theaters in der Josefstadt« uraufgeführt. Außer *Topsy Küppers* und *Conny Hannes Meyer,* den Autoren der Revue, glaubte niemand an den Erfolg einer One-Woman-Show, basierend auf dem Schicksal einer jüdischen Diseuse. Selbst *Georg Kreisler,* der sich jetzt als alleiniger Autor des Stückes bezeichnet, blieb den Proben und der Uraufführung fern. Er überließ dem Autoren-Team 19 Chansons, manche zwischen fünf und

30 Jahre alt, und wurde von dem Erfolg genauso überrascht wie die Direktoren des Theaters in der Josefstadt, die einen konventionellen Chanson-Abend erwartet hatten.

Zu den teils biografischen Unterlagen von *Topsy Küppers* recherchierte *Conny Hannes Meyer* eine Fülle von authentischem Ton- und Bildmaterial. Er ließ einige Schauspieler seines Ensembles, »Die Komödianten«, die österreichischen Szenen auf Band sprechen, besetzte für die schweizerischen Passagen Schweizer und für die amerikanischen Ansagen Amerikaner. Von dem Pianisten *Heinz Hruza* wurden musikalische Brücken vom Lied zum Wort gebaut, und der Bühnenbildner *Rudi Böhm* fotografierte und gestaltete den Rahmen, in dem sich das Schicksal der »Lola« abspielen sollte...

Nach der zweiten Vorstellung stürmte vormittags meine Tochter ins Theater. »Kann ich ein Programmheft haben?«

»Freilich, warum nicht«, sagte Carlos und gab ihr zwei Programmhefte. Schon war sie wieder draußen.

»Sandy war da«, sagte Carlos zu mir, »sie war sehr aufgeregt.«

Kreisler hatte Sandy beauftragt, ihm express ein Programmheft der FREIEN BÜHNE WIEDEN zu schicken.

Kurze Zeit später erreichten mich die amtlichen Briefe, die jedem Menschen vor dem Öffnen bereits einen Schauer über den Rücken jagen. Ich wurde geklagt. Beim Strafgericht und beim Handelsgericht Wien. Doppelt genäht hält besser, dachte sich der Kläger. Es war: *Georg Kreisler.*

Die Ankündigung im Programmheft »von und mit *Topsy Küppers*« war der Anlass für sein Handeln. Die im Showbiz übliche Formulierung »von und mit«, die immer dann in den Medien aufscheint, wenn der Protagonist nicht nur als Ideenspender, sondern auch als kreativer Gestalter fungiert, trat eine Prozesslawine los, die LAUTER LIEBE LEUTE, je nach Veranlagung, zu Kopfschütteln oder hämischem Grinsen animierte.

Nicht nur alle Lieder, nein, das ganze Buch, alles, was zu hören und zu sehen war, sei von ihm! Das blies *Kreisler* allen, die es hören oder nicht hören wollten, in die Ohren. Er gab Interviews, schrieb Statements gegen mich und aktivierte seine

Anwälte. Ich schwieg und schämte mich. Keineswegs aus Schuldbewusstsein, sondern weil auch *Conny Hannes Meyer* von meinem Geschiedenen geklagt wurde.

Gott sei Dank wurde der Regisseur und Bühnenautor von dem ungeheuerlichen Vorwurf der »unrichtigen Beweisaussage« freigesprochen, und die »einstweilige Verfügung« gegen mich wurde rechtskräftig abgewiesen.

Aber mir ging es genau wie demjenigen, der vor dem Löwen flieht, sich zu Hause angekommen erschöpft an die Wand lehnt und von der Schlange gebissen wird.

Kreisler prozessierte weiter. Meine Wahrheit war nicht die seine. Mein jahrelanges Drängen um eine finanzielle Beteiligung an »Lola Blau« war auf taube Ohren gestoßen. Ohne unser Wissen hatte er das gesamte Material dem Weinberger-Verlag übergeben und alles abkassiert.

»Aber er hat mir doch versprochen, statt Unterhalt...«, stotterte ich konsterniert vor Gericht. Die Männerpartie im Verhandlungssaal sah mich ironisch an, eine geballte Ladung männlicher Herablassung traf das blöde Weib, das der Meinung war, vor der Scheidung abgegebene Versprechen hätten Gültigkeit. Aber ich bin der Meinung: »Ein gebrochenes Versprechen ist ein gesprochenes Verbrechen.«

»Mach Schabbes damit«, hätte *Eva Deutsch* wieder gesagt.

In meinen Gedanken führte ich endlose Telefonate mit »Liebeli«: »Hast du noch alle Tassen im Schrank?! Du klagst mich? Die Mutter deiner Kinder? Mich, die ich für dich auf die Barrikaden gegangen bin, siebzehn Jahre lang? Mich, der du versprochen hast, immer für mich da zu sein? Erinnerst du dich, wie ich an dich glaubte? Nein! Poisoning pigeon in park hat doch nichts mit Taubenvergiften im Park zu tun... Es blieben Gedankentelefonate – sinnlose, schmerzhafte Monologe.

Frauen sprachen mich an, und plötzlich befand ich mich in allerbester Gesellschaft. Belogene und Betrogene, Hassende und Liebende, Entrechtete und Geknechtete, ich wurde ganz klein und still vor dem, was andere litten – das Herz kennt keine Emanzipation!

Carlos bekam seine steile Falte zwischen den Augenbrauen und deutete auf die hohe Summe in der Klageschrift. »Du hast einen großen Blödsinn gemacht«, sagte er ruhig, »denen geht es ums Geld. Finanziell und künstlerisch ist die ‚Lola Blau' sein einziger wirklich großer Wurf.«

»Ohne mich gäbe es gar keine Lola«, wandte ich ein.

»Das musst du dem Gericht erklären, nicht mir«, seufzte mein geliebter Carlos. Dann nahm er mich in die Arme und sagte wieder einmal: »Wir stehen auch das durch...«

Wie immer in schwierigen Situationen nahm ich meine Hunde und ging stundenlang auf der Donauinsel spazieren. Der Vorgang ist jedesmal der gleiche. In der ersten halben Stunde konzentriere ich mich nur auf meine Atmung, bis ich das Gefühl habe, innerlich »leer« zu sein. Alle belastenden Gedanken, alle Emotionen werden ausgeatmet. Dann fülle ich mit langen, tiefen Atemzügen und einem positiven Motto meine seelischen Kraftkammern wieder auf.

Die an Wochentagen menschenleere Donauinsel und die gar nicht blaue, aber sehr beruhigende Flut der Donau unterstützen meine Therapie. Wieviel Heilkraft liegt doch in der Natur! Ich kehrte zurück und war bereit, den Kampf aufzunehmen.

Zunächst verschwanden die Aufführungen der »Lola Blau« vom Spielplan der FREIEN BÜHNE WIEDEN. Der Druck der Programmhefte – umsonst, Plakate – umsonst, Gagen der Mitarbeiter – umsonst, und alle vorverkauften Karten zurücklösen – alles umsonst. *Kreisler* schrieb einmal in einem Chanson: » Kleine Ursachen – große Wirkungen...« Ein kleiner Satz, dessen Wahrheitsgehalt ich bitter zu spüren bekam, denn mein kleiner Satz im Programmheft *»Georg Kreisler,* der sich als alleiniger Autor des Stückes bezeichnet«, hatte meine ganze Existenz ins Wanken gebracht.

Aber – es kommt nie ganz so schlimm, wie man fürchtet, und nie ganz so gut, wie man hofft. LAUTER LIEBE LEUTE rieten mir: »Nimm den Walter!«

Ich dachte mir »Mein Gott, Walter!«, denn ich hatte nie etwas von dem erstklassigen Anwalt für Urheberrecht gehört.

Als ich ihm gegenüberstand, war ich überrascht. Das war doch? Ja – das war ein Mitglied von »Les Menestrels«! Diese Musikgruppe spielte auf alten Instrumenten. Sie sangen und bewegten sich wie in höfischer Zeit und vermittelten dem Zuschauer die Minne in der originalen Sprache des Mittelalters. Ich bewunderte »Les Menestrels« und fragte den Anwalt, wie er beides unter einen Hut bringen könne. »Soviel Zeit muss sein«, sagte er lächelnd, und ich merkte, dass ich es hier nicht mit einem kalten Paragraphenreiter, sondern mit einem feinen, musischen Menschen zu tun hatte. *Dr. Michel Walter* hatte mit mir einen schweren Fall übernommen, und zu seiner Ehre muss ich anführen, dass er mir nie falsche Hoffnungen machte.

Mein geschiedener Mann hatte denselben Anwalt, der uns auch geschieden hatte, *Dr. Walter Schuppich.* Immer väterlich freundlich, immer formvollendet korrekt, wie er war, schlug dem kleinen Mann überall eine Welle der Sympathie entgegen. Auch von meiner Seite. Schon bei der Scheidung war ich seinem begütigenden Tonfall erlegen und hatte um nichts gekämpft. Diesmal wollte ich kämpfen. Ich empfand ihn als Gegner, nicht als Feind.

Aber der alte Herr ließ sich meist von seinem Sohn vertreten, und dieser unterschied sich vom Vater wie Essig von Öl.

Die ersten Verhandlungen beim Handelsgericht im Hauptverfahren waren völlig undramatisch. Aussage stand gegen Aussage. Ein ruhiger Richter stellte ruhige Fragen, die man ruhig beantworten konnte. Ein Schlagabtausch, wie bei einem Boxkampf, hatte begonnen. Eine Runde für mich – eine Runde für ihn und so weiter und so fort... Es wurde berufen, es vergingen die Monate, der Ärger verging nicht.

Ich dachte an den wahren Satz: Was kränkt, macht krank und beschloß, mich nicht mehr zu kränken. Kein Mann ist es wert, dass man für ihn seine Gesundheit ruiniert. Wie viele Brust- und Gebärmutterleiden sind durch psychisches Leid entstanden? Nein, nicht mit mir!

Noch intensiver als bisher vertraute ich meinen drei »Lebenssäulen« – Arbeit, Natur, Meditation.

Arbeit gab es in Hülle und Fülle, und Carlos hielt mir den Rücken frei von allen administrativen Belastungen. Er verhandelte über Subventionen und Zuschüsse. Er sah mit Argusaugen jedem Handwerker auf die Finger und kümmerte sich um die Förderer und Mitglieder der FREIEN BÜHNE WIEDEN, die glücklicherweise immer mehr wurden.

Die Natur war unsere Kraftspenderin. Wenn wir stundenlang durch das Marchfeld ritten, zwischen goldgelben Rapsfeldern und duftendem Lavendel, verblasste der verlockendste Reisebericht unserer Freunde, die es auf die Malediven zog. Wenn unsere beiden Jack-Russell-Terrier an den Pferden vorbei- und manchmal unter ihnen durchliefen, wenn wir dann im Vierkanthof des Reitstalls saßen, ein Glas Wein tranken und ein Schmalzbrot mit Zwiebel mampften, dann war das Leben schön. Die Pferde waren gewaschen und durften frei im Hof spazieren. Ilan stieß mit seinem Kopf die Tür zur Küche auf und bettelte um ein Schmankerl. Manchmal versuchte er über die beiden Stufen in die Küche zu gelangen. Die Küchentür war so breit, wie das Pferd dick war. Es verlangt viel Geschick, ein Pferd am Schwanz aus einer Küchentür zu ziehen. Wie schön ist ein Urlaub in Österreich, auch wenn es nur ein Urlaubstag ist.

Während die Klage beim Handelsgericht schleppend behandelt wurde, meldete sich das Strafgericht. Pünktlich erschien ich mit meinem Anwalt im endlosen Gang des Gerichts. Vor mir ging ein Mann in einem sündteuren, bodenlangen Ledermantel. Der Mann war einmal mein Mann gewesen. Nach acht Jahren sah ich ihn zum ersten Mal wieder. Er sah an mir vorbei. Für den Flügelschlag eines Gedankens hatte ich das Bedürfnis, auf ihn zuzugehen und zu sagen: »Komm, lassen wir den Quatsch...«, aber ich hatte nicht den Mut dazu.

Kreisler ließ seine Zeugen aufmarschieren. Alle bezeugten, dass er ihnen erzählt habe, er sei der alleinige Autor der »Lola Blau«.

Prof. Erwin Ringel wurde von seiner Frau im Rollstuhl in den Untersuchungssaal gefahren. Er erzählte dasselbe. Der Freund

und Menschenfreund sagte für *Kreisler* aus und fand bei Gericht Glauben. Authentische Tagebuchaufzeichnungen von *Conny Hannes Meyer* zählten dagegen ebenso wenig wie die Aussagen derjenigen, die dabeigewesen waren. Ein wichtiger Zeuge wurde trotz meines Antrags nicht vernommen.

Der Richter glaubte den »Erzählern«. Ich wurde verurteilt.

Zu dieser Zeit gastierte *Esther Vilar* in meinem Theater. Sie präsentierte ihr neuestes Buch »Der betörende Glanz der Dummheit«. Ich fühlte mich angesprochen, denn es war mir nicht gelungen, die Kreislersche Prozesslawine zu stoppen.

Esther hatte ein illustres Publikum, das sich nach der Vorstellung eine heiße Diskussion lieferte. *Lotte Tobisch,* die Präsidentin des Wiener Opernballs, *Gerhard Bronner* und Kammerschauspieler *Fritz Muliar,* die Starjournalistin *Eva Deissen* und andere Prominente stritten über das ewig spannende Thema »Mann und Frau«.

Ich hörte ihnen wortlos zu und wunderte mich, dass ich trotz meiner prekären Situation so ruhig war. Wenn ich dem Gericht und dem Anwalt nicht »binnen« die hohe Summe überweisen würde, hieß es »ersatzweise 21 Tage Haft«. Ich dachte ernsthaft über diese Möglichkeit nach. Esthers Blick traf den meinen. Wir lächelten einander wehmütig zu. Als wir alleine waren, sagte sie zu mir: »Ich habe etwas Ähnliches hinter mir. Auch mein Mann hat mich verklagt...« Ich war überrascht, und Esther erzählte mir, wie ihr geschiedener Mann sich benommen hatte. Es war eine Duplizität der Fälle.

»Wie bist du damit fertig geworden?« wollte ich wissen. Sie lächelte und sagte: »Ich habe mich eigentlich immer nur geschämt...«

Genauso ging es mir. Mir war alles abhanden gekommen. Die Wut, die Enttäuschung, das Geld – nur die Scham, die Scham war geblieben. Doch die Zeit eilt, teilt, heilt. Der Prozess durch die Instanzen und Berufungen dauert nun bereits zwölf Jahre.

Und wenn sie nicht gestorben sind, berufen sie noch heute.

23. BRIEF

Wer sein Leben leben will,
der versehe sich mit einem Herzen,
welches Leiden gewachsen ist.
Der Mensch muss wissen, dass die Zeiten
bald gut und bald schlecht sind.

Jüdischer Spruch

Die alte Pummerin im Stephansdom, dem Wahrzeichen Wiens, hatte das Jahr 1996 eingeläutet. Das Publikum in der FREIEN BÜHNE WIEDEN hatte »einen guten Rutsch« erlebt und saß trinkend und sich amüsierend in der Bühnenbar.

Nun erst hatte ich die Möglichkeit, Carlos, Bela und meine Boys zu umarmen und ihnen ein »Gutes neues Jahr« zu wünschen. Wir hatten zwei Vorstellungen geschafft. Zwei Vorstellungen von «Weit von wo«, vor übervollem Zuschauerraum.

Das bedeutete, vier Stunden nonstop singen, tanzen, spielen, und das alles mit totalem persönlichem Einsatz. Draußen herrschte sibirische Kälte, drinnen war gut geheizt. Oben auf der Bühne erzeugten die Scheinwerfer Saunatemperaturen. Mein weißer Seidensmoking klebte am Körper. In der Pause trocknete ich ihn mit einem Fön.

Wir waren erschöpft, aber glücklich.

In den letzten Jahren wurde es zunehmend schwieriger, das Publikum zu aktivieren. Große und kleine Theater »wattierten« ihre Vorstellungen mit Frei- und Ermäßigungskarten, und manche Premiere fand vor dünnbesetzten Zuschauerreihen statt. Nur die Theater, die teuersten Kitsch oder gemeine Provokation zeigten, waren gut besucht.

Die literarische Revue »Weit von wo« war weder teuer, noch kitschig, noch gemein. Die Gefühle, Erinnerungen und Gedanken der Kabarettisten im Exil, ihre Texte voller Wehmut oder Satire trafen den Nerv des Publikums.

Wir hatten einen »Lauf«, und zu Silvester gaben wir bereits die 65. Vorstellung.

Als mir der Büchermacher *Leo Mazakarini* die drei Bände »Weit von wo«, »Luftmenschen« und »Nachtlichter« zugesandt hatte, wusste er, warum. Der vielseitige Autor, Schauspieler und Verleger hatte mit seinem untrüglichen Theaterinstinkt erkannt, dass die Texte von *Fritz Grünbaum* bis *Karl Farkas* in Zeiten des Vulgär-Kabaretts ein kluges Publikum erreichen würden. Und er hatte recht.

Hingerissen zwischen Lachen und Weinen bedachten die älteren Besucher Vergessengeglaubtes mit Applaus, und junge Leute staunten über die Tatsache, dass es während des Zweiten Weltkrieges ein »Kabarett im Exil« gegeben hatte, mit Texten und Liedern voll Poesie und sprachlicher Schönheit.

Bela hatte seine slawische Komponistenseele in die Vertonung der Texte gelegt, und *Zoltan Grunze* gab seinen Klarinettensoli einen authentischen »Giora-Feidmann-Touch«. Meine Musiker in unveränderter Besetzung seit vielen Jahren waren meine Freunde.

Wir liebten diese Produktion, und das Publikum liebte uns mit dieser Produktion.

Konnte es einen besseren Jahresbeginn geben?

Wir traten vor das Publikum, jeder ein Sektglas in der Hand, und ich sagte: »Soeben hat die Pummerin das neue Jahr geschlagen. Möge Ihnen das neue Jahr keine anderen Schläge bringen als diese!«

Ich war voller Zuversicht und Tatkraft.

1996! Was kam da nicht alles auf mich zu!

Das Millennium – 1000 Jahre Österreich – kratzte mich wenig, angesichts der Tatsache, dass die FREIE BÜHNE WIEDEN ihr zwanzigjähriges und ich mein fünfundsechzigjähriges Bestehen feiern konnte.

Das sollten die Subventionsgeber doch zur Kenntnis nehmen – hoffte ich. Also drückte ich in den Ministerien und Kulturämtern die Türklinken. Eine ging auf – und ich fiel auf die Schnauze. Die Kulturstadträtin verfügte, dass ich eine halbe Million Jubiläumssubvention erhalten würde.

Ich schwebte einen Meter über der Erde.

Carlos holte mich herunter: »Das ist genau die Summe, die sie uns schon vor zwei Jahren zuteilen wollte – und die uns nie erreichte.«

Aber ich bin schon mit anderen Frauen fertig geworden als mit mir und setzte auf große Namen anstatt auf teure Ausstattung. Carlos sagte kein Wort, als ich ihm sagte, dass er für die nächsten Produktionen keine Bühnenbilder entwerfen müsse. Ein paar Möbel aus dem Fundus würden genügen.

Liane Hielscher spielte, nein lebte, »Die goldene Träne« oder »Bubbe Meisses«. Drei Frauen, drei Schicksale, drei Leben – von einer Schauspielerin dargestellt. Dem Serien-TV-Star sollte ein Orden für künstlerischen Eigensinn verliehen werden. Gegen den allesbeherrschenden Medieneinfluss hält sie sich einen kleinen Platz frei, um Bühnenglück gegen Moselbrück einzutauschen. Das Publikum dankte es ihr mit Ovationen.

Auch Carlos lächelte wieder. Drei Stühle und zwei Türrahmen, ohne Türen, wurden durch die geschickten Beleuchtungseffekte von Peter zu einem perfekten Bühnenbild.

Auf der Vorderbühne begleitete *Christoph Weinhart* die Schauspielerin am Klavier, wunderbar einfühlsam. Liane, die Schauspielerin und Diseuse, die deutsch sang und dabei ganz undeutsch war. Die deutsche Botschafterin in Wien, *Dr. Ursula Sailer-Albring,* hatte die Patronanz übernommen, und zahlreiche Deutsche kamen, um »ihren« Star zu bejubeln. Die österreichischen Politpromis blieben (trotz Einladung) dem jüdischen Stück fern. »Mach Schabbes damit«, hätte *Eva Deutsch* gesagt, und ich sagte dasselbe...

Burgschauspieler *Heinrich Schweiger* und seine blitzgescheite Frau, *Dr. Ursula Stenzel,* waren so ausverkauft, dass ich wieder einmal alle theaterpolizeilichen Vorschriften missachtete und den Zuschauerraum zusätzlich mit Stühlen pflastern ließ. Bei Burgschauspielerin *Lotte Ledl* wurde kurzfristig eine Nachmittagsvorstellung eingeschoben. Ich jubelte und konnte, während meine großartigen Kollegen das Theater füllten, beruhigt mit »Weit von Wo« die Provinz abgrasen.

Konnte es einen besseren Jahresbeginn geben?

Ich lag, wohlig dösend, auf dem Massagebett, während Stanislaw meine verspannten Beinmuskeln entspannte. Das Telefon läutete, und Carlos kam aufgeregt ins Schlafzimmer:

»Die Mutti ist im Spital..., auf der Straße zusammengebrochen..., wir müssen nach Aachen!«

Es gab für uns beide keinen Moment des Überlegens: »Wir haben doch..., wir müssen doch...«

Wie immer bei schlimmen Ereignissen funktionierte bei uns die unabgesprochene Arbeitsteilung. Carlos sagte alle Termine ab: »Höhere Gewalt, Sie verstehen...« und sperrte das Theater zu. Ich warf das Nötigste in einen Koffer, das Körbchen mit Hundefutter und Hundedecke dazu, legte einen Zettel für unsere Perle Herminchen auf den Tisch, und ab ging es mit dem Bleifuß Richtung Deutschland, 980 Kilometer, jeder fuhr zwei bis drei Stunden.

Meine Mutter war 88 und ein Beispiel an Altersvitalität. Im Herbst des Vorjahres hatten wir noch eine Wanderung von Noordwijk nach Katwijk mühelos absolviert. Auch in diesem Jahr wollten wir wieder den gemeinsamen Urlaub in unserem geliebten Holland, an der Nordsee, verbringen. Schon vor Jahren waren meine vorsichtigen Vorfühlversuche, Mutti nach Wien zu übersiedeln, danebengegangen.

In ihrer lakonischen Art antwortete sie: »Kommt nicht in die Tüte, die Wiener sind mir zu frech!«

»Mutti, wir werden nicht jünger...«, antwortete ich zaghaft.

»Ach was, ich fall' mal um. Dann Kiste auf – Deckel zu.«

Und damit hielt sie das Thema für erledigt.

Als ich das Krankenzimmer im Aachener Luisenhospital betrat, erkannte sie mich sofort und streckte ihre verkabelten Hände nach mir aus.

»Kind, du bist da!«

»Ja, Mutti – wir sind da!«

»Auch Carlos!« Sie weinte vor Freude. Mutti und Carlos verband eine herzliche, kumpelhafte Freundschaft. Alle Schwiegermütterwitze der Welt wurden durch diese innige Beziehung ad absurdum geführt.

Der 80. Geburtstag meiner Mutter.

Und nun lag sie da, kleiner geworden, kraftlos geworden.

Tagelang saß ich von morgens bis abends neben ihrem Bett. Tagelang konnte ich die Annehmlichkeiten in einem kleineren, überschaubaren Spital beobachten. Hier ging man noch auf die Patienten ein: auf Krankenkasse, ohne Privatzuschläge. Hier kannte man die Namen der Patienten, und die hübschen, jungen Schwestern waren heiter und hilfsbereit.

Nach einigen Tagen hatte sich zwar der körperliche Zustand meiner Mutter gebessert, aber nicht ihr geistiger.

In einem langen, ausführlichen Gespräch erklärte mir die behandelnde Ärztin, dass meine Mutter nicht mehr in der Lage sein würde, allein in ihrer Wohnung zu leben. Das Wort »Heim« wurde ausgesprochen – das, wogegen meine Mutter sich jahrelang gesträubt hatte. Gab man ihm auch die kosmetischsten Namen wie »Senioren-Residenz« oder »Elternwohnsitz«, die Tatsache blieb – Mutti musste in ein Heim. Ihre Absenzen waren nur zeitweilig, und in einem klaren Moment konfrontierte ich sie mit der Entscheidung.

Sie sagte nur: »Da kann man nix machen, also mal abwarten.«

Wie sollte ich in kurzer Zeit ein Zimmer in einem Seniorenheim bekommen? Und wenn es mir gelänge, wie sollte ich in dieser Zeit die Wohnung auflösen? Wohin mit allen Sachen? Sachen, an denen Mutti hing. Und Mutti? Was ist, wenn sie sich plötzlich sträubt?

Bei unserem täglichen Spazierenschleichen sprach ich immer wieder das Thema »übersiedeln« an. Ich verheimlichte und beschönigte nichts. Mutti zeigte sich einverstanden und erwähnte bei keinem Gespräch ihre Wohnung oder Wien.

Manchmal griff sie an ihre Stirn und sagte: »Ich glaub', ich bin jeck...«

Im Luisenhospital gibt es eine soziale Beratungsstelle, wo ich meine Sorgen deponierte. Am nächsten Tag hatte ich alle Adressen von Seniorenheimen in und um Aachen in Händen.

Jeden Morgen klapperte ich die Adressen ab und sammelte tiefe Eindrücke über die Verschiedenheit der letzten Behausungen unserer Altvorderen. Vom Luxusetablissement, wo einmal Husten richtig Geld kostete, bis zum militärisch-straff geführten Heim, wo die Parole gilt: »Wer nicht aufisst, kriegt keinen Pudding« blieb mir nichts erspart. Ich sah die alten Frauen in ihren Rollstühlen oder an Stöcken dahinschlurfen, manche untätig dasitzend und vor sich hin starrend.

Es waren dieselben Frauen, die zwei Weltkriege durchgestanden hatten, deren Männer und Söhne zum Kanonenfutter geworden waren und die man nach dem Zweiten Weltkrieg Trümmerfrauen nannte, als sie mit bloßen Händen auf den Ruinen Steine klopften.

Es waren dieselben Frauen, die nie aufgegeben und immer wieder aus dem Nichts einen Neubeginn gewagt hatten. Wieviel Zähigkeit musste in diesen Achtzig- bis Neunzigjährigen stecken?, fragte ich mich. Und wieviel Leidensfähigkeit?

Emanzipation oder Selbstverwirklichung waren für diese Frauen Fremdworte. Ihre Diät hatte jahrelang aus Wassersuppe und gefrorenen Kartoffeln bestanden. Ihre Schönheitspflege beschränkte sich auf Wasser und Seife, und obwohl dies alles den Ratschlägen der heutigen »Werde alt – lebe länger«-Werbungen widerspricht, wurden sie sehr alt.

Jede Einzelne hätte viel zu erzählen, aber niemand fragte sie etwas.

Seit alte Menschen nicht mehr in ihrer Familie altern können, wissen die jungen nichts mehr über das Alter.

Auch ich wusste wenig darüber, bis zu dem Moment, wo ich täglich, von früh bis spät, eine achtundachtzigjährige, verwirrte Frau betreute. Ich tröstete mich mit dem Gedanken, dass Mutti keine Schmerzen hatte. Ihr Gesicht war das eines kleinen Kindes geworden, in dessen Mimik man jede Gefühlsregung erkannte. Darauf achtete ich – und nicht auf ihre wort- und sinnverdrehte Sprache.

»Ich möchte für meine Mutter einen anständigen letzten Wohnsitz, schließlich ist das doch das mindeste, was man für eine alte Genossin und Antifaschistin tun kann – und ich will ihn sofort, denn sie kann nicht mehr im Spital bleiben...«

Nachdem ich meinem Ärger bei der Sozialberaterin Luft gemacht hatte, bereute ich meinen arroganten Ton gleich wieder. Ich dachte bei mir: »Was weiß denn die sympathische Mittzwanzigerin von dieser Zeit, und überhaupt... wie hatte Mutti die SPD in den letzten Jahren bezeichnet? »Die machen nur Scheißkram«, hatte sie gesagt. Aber die Sozialberaterin hob den Kopf von ihren Notizen und sah mich mit einem überraschten Blick an. Dann griff sie zum Telefon und führte einige Gespräche. »Wir tun, was wir können«, sagte sie freundlich und gab mir verschiedene Namen und Adressen von Behörden. Unser Händedruck dauerte zwei Sekunden länger als üblich.

Vor der Tür kam mir zu Bewusstsein, dass doch nicht alles »Scheißkram« war. »Wir tun, was wir können«, hatte die junge Genossin gesagt, und das »wir« signalisierte mir: es gibt sie noch, die Solidarität.

Innerhalb von drei Tagen hatte Mutti ein Zimmer in einem hübschen »Seniorenwohnsitz«; alle Formalitäten waren erledigt.

Einige Möbelstücke, Bücher und der Fernseher fanden in Muttis Zimmer Platz. Ich begann ihre Wohnung, in der sie fast fünfunddreißig Jahre lang gelebt hatte, aufzulösen. Eine herzzerreißende Arbeit.

Mit Akribie hatte sie die deutschen Kritiken und Zeitungsausschnitte über mich gesammelt und geordnet. Pralle Ordner führten mich in die Zeit meiner Bühnenanfänge und Schnulzenfilme zurück. Die Titelbilder auf Stern, Revue oder Quick –

»gar nicht so übel ausgesehen – damals«, stellte ich fest und schnitt meinem jetzigen Spiegelbild eine Grimasse.

Eine große Schachtel mit Liebesbriefen.

Während ich ganz meinem Beruf und meinem Liebesleben lebte, hatte meine Mutter auch ihre Lieben gehabt. Komisch, daran hatte ich nie gedacht, und sie hatte mir nie davon erzählt. Ich respektierte ihr Schweigen und warf die Briefe ungelesen weg.

Meine Mutter hatte sich 1932, als ich ein Jahr alt war, scheiden lassen. Sie hat nicht mehr geheiratet. Mir zuliebe, sagte sie und erzählte mir, dass ich einen ihrer »Verehrer«, als er mir freundlich die Hand hinstreckte, in den Finger gebissen habe.

Über meinen Vater sprach sie nie. Er muss ein schrecklicher Hallodri gewesen sein. Ich wuchs in einem Frauenhaushalt auf. Geliebt und behütet von meiner Großmutter und meiner Tante Mia, der Schwester meiner Mutter. Geliebt und behütet ja, aber nicht verwöhnt. Meine Mutter verdiente als Buchhalterin das Lebensnotwendigste. Sie drehte jede Mark um. Als ich dann meinen Kopf durchsetzte und gegen ihren Willen das Schauspiel-Tanz-Gesangs-Studium begann, drehte sie jede Mark zweimal um. Meine tüchtige, fleißige, selbstlose Mutter.

Ich versuchte nun, mit meiner alten Mutter Rätsel zu lösen, aber sie warf den Stift verärgert hin: »Ich weiß nichts mehr, mein Kopf is' blöd!«

Stundenlang saßen wir Hand in Hand vor dem Fernseher. Sie starrte ausdruckslos auf die Mattscheibe, sagte: »Scheißkram«, und ich wechselte den Kanal. Tagelang sahen wir, wie sich die Veras, Ilonas, Arabellas und Monas durch ihre Talk-Shows schnatterten. Die Moderatorinnen brachten mich auf *Fritz Kortner,* den Mutti sehr bewundert hatte.

Und ich erzählte ihr: »Ich bin einmal etwas später zur Probe gekommen. Aus Verlegenheit sagte ich zu meinem Regisseur, entschuldigen Sie vielmals, *Herr Kortner,* aber hat die Probe schon begonnen?« – »Merken Sie das nicht?« sagte er süffisant, »man spricht bereits unnatürlich!«

Mutti wusste nicht mehr, wovon und von wem ich sprach.

Ich musste zurück nach Wien. Ein letztes Gespräch mit der Ärztin. »Unser Chefarzt *Prof. Wilhelm Berges* möchte Sie sprechen«, sagte sie. Der gutaussehende Arzt empfing mich liebenswürdig, ohne jede »Chefarzt-Attitüde«. Ein wohltuend ruhiges, offenes Gespräch informierte mich über den Zustand meiner Mutter. Er sah mir sofort an, dass ich litt. Eine dicke Fieberblase zierte meinen Mundwinkel, und meine Fingernägel waren bis zum Gehtnichtmehr abgeblättert. Sorge und schlaflose Nächte hatten dunkle Ringe unter meine Augen gezeichnet. Nasenbluten wechselte ab mit Zahnfleischbluten.

Meine morgendlichen Yogaübungen waren den Behördengängen zum Opfer gefallen, denn »wer zuerst kommt, mahlt zuerst«. *Prof. Berges* sah mich an und nickte: »Jaja, was kränkt, macht krank...«

»Das hat *Erwin Ringel* auch immer gesagt«, antwortete ich.

Der Arzt lächelte: »Ich weiß, auch ich war ein Freund und bin ein Bewunderer von *Ringel.* Er hat oft von Ihnen gesprochen.«

Der Internist hatte es seinerzeit fertiggebracht, dass der berühmte österreichische Seelenforscher nach Aachen kam.

Prof. Berges veranstaltete den Liederzyklus »Die Winterreise« von *Franz Schubert,* mit namhaften Sängern und: *Erwin Ringel.* Eine vom Luisenhospital produzierte CD der denkwürdigen Aufführung ist eine letzte Erinnerung an ihn.

Manchmal hat man das Glück, mit den richtigen Menschen das richtige Gespräch zur richtigen Zeit führen zu können. *Wilhelm Berges* und seine großartige Frau Sonja gaben mir dieses Glück. Getröstet ging ich zu meiner Mutter und erzählte ihr alles. Erinnerte sie an die vielen Stunden, die auch sie mit *Ringel* und seiner Mutter verbracht hatte.

Sie sah mich an und sagte: »Kind, wovon sprichst du? Ich kenne keinen *Ringel...*«

24. BRIEF

Die Arbeit sey dir dreyerlei
Ernährer, Freude, Arzeney.
Paracelsus

Marcel Prawy, der geniale Opernverführer, sagte mir einmal:

»Weißt du, Topsychen, man muss sich jeden Tag die Latte etwas höher legen...« Damals war er dreiundachtzig und keineswegs frei von Alterswehwehchen.

»Die Latte höher legen« bezieht sich nicht auf zahllose, wahllose Unternehmungen. Es bezieht sich auf das gezielte Zusammenspiel von Seele, Geist und Körper. Die das Alter ständig begleitende unterschwellige Traurigkeit kann man besiegen, indem man Körper, Geist und Seele »kurzschließt«.

Die schwierigste Lebenszeit einer Frau ist zwischen fünfundvierzig und fünfundsechzig. Seele und Körper erleben eine gewaltige Umstellung. Wer diese Zeit mit dem aussichtslosen Kampf gegen das Alter verplempert, wird nervös, hektisch oder depressiv werden. Wer, wie die legendäre Diseuse *Greta Keller,* mit 68 behauptet: »38 bis auf Widerruf!«, belügt sich selbst. Wer glaubt, ein Efeu zu sein, der eine Stütze braucht, wird geschockt. Denn die Stütze geht, und man fällt auf den Arsch.

Ich bin ein Triangel. Körper, Geist, Seele – alles ist voneinander abhängig. Lange Zeit war ich der irrigen Ansicht, es genüge, den Körper regelmäßig zu trainieren, bis ich auf die Idee kam, meinen Atem in Verbindung mit einem positiven Gedanken in die Bewegung einzubinden. Atem – Gedanke – Bewegung. Die dreifache Konzentration ergibt eine vielfache Wirkung.

Nach einiger Zeit lernte ich, meine Gedanken, die ansonsten beim Training wie bunte Segel auf dem Meer hin und her schaukelten, auf einen einzigen Gedanken zu fixieren.

Im Rhythmus des Atems und der Bewegung wird der Gedanke (der positive Vorsatz) wiederholt. Nach einer Stunde ist er wie in einem Computer programmiert und bei Bedarf auf

Abruf bereit. Welch ein wunderbar überlegenes Gefühl, seine Probleme »im Griff zu haben«. Nicht mit verkniffenem Gesichtsausdruck, sondern heiter und selbstverständlich. Die in der Seele gespeicherten, positiven Vorsätze wenden die dunklen Gedanken zum Licht.

Oscar Wilde notierte bereits: »Es kommt darauf an, den Körper mit der Seele und die Seele mit dem Körper zu heilen.«

Die schlimmsten Jahre einer Frau können die Wechseljahre sein. Was wurde nicht alles über das Klimakterium geschrieben, und wieviel wurde experimentiert? Unseren Großmüttern versuchte man mit Aderlassen und Einläufen zu helfen – es nützte nichts. Später gab man der armen Gebärmutter, die sich schon nach Ruhe sehnte und dies auf natürliche Art signalisierte, Elektrostöße oder führte Radiumstäbchen in die Vagina ein. Es half nichts. Heute spritzt und pflastert man Östrogene und Testosterone. Hilft es? Ich weiß es nicht, denn ich gehöre nicht zu den Hormonkonsumentinnen. Ich weiß nur, dass alle die großartigen, ganz neuen wissenschaftlichen Erkenntnisse von ebenso großartigen, ganz neuen wissenschaftlichen Erkenntnissen abgelöst wurden und werden. Ich liebe meinen Körper und lasse ihn deshalb nicht zur Spielwiese chemischer Experimente werden. Meine Großmutter sagte: »Jeder Waller ist ein Taler.« Und so bin ich in den 20 Jahren, die ich meine »Waller« ertrage, reich geworden. Reich an der Erkenntnis, dass man mit den seelischen und körperlichen Beschwerden des Klimakteriums sehr gut ohne Chemie fertig werden kann.

Die Östrogene schützen vor Osteoporose, heißt es plakativ. Kann sein, kann nicht sein; Beweise und Gegenbeweise halten einander die Waage. Die fein abgestimmten, individuell zusammengesetzten Pillen nehmen die Hitzewallungen und die seelischen Verstimmungen. Stimmt, sagen mir Frauen, die den Rezepten folgen und mir wie ruhiggestellte Raubtiere im Zirkus vorkommen. Die Wechseljahre und ihre Beschwerden gehören zu meinem Leben, genauso wie die Jahre, in denen die natürlichen Sexualhormone in mir Samba tanzten. Mein

Körper wollte es so, und ich gab ihm nach. Gesellte sich zu der erotischen Befriedigung auch noch eine seelische – genannt Liebe –, was für ein Himmel!

Der Yogi sagt: Der Körper ist wie ein Gefäß, das man innen und außen sauberhalten soll.

Soll ich dieses nur mir allein gehörende dienstbare Gefäß mit Medikamenten anfüllen, obwohl ich nicht krank bin? Nein! Die Wechseljahre sind keine Krankheit, genausowenig wie die Akne in der Pubertät. Also treffe ich gegen den Rat meiner Arztfreunde den einsamen Entschluss, NICHTS zu tun. Nichts zu tun in deren Sinn – im Sinne meines Körpers tue ich sehr viel.

Da ich ihm nie etwas verweigerte, ihm Ruhe gab, wenn er Ruhe forderte, Bewegung, wenn er sich austoben wollte, und weder Lust noch Liebe entzog, soll er auch mit seinen Wallungen sein Coming-out haben. Ich gebe ihm die Freiheit zu entscheiden, und das tut er, unberechenbar und manchmal an der Grenze zur Peinlichkeit. So ist es äußerst unangenehm, wenn man auf der Bühne steht und das Wasser rinnt in Bächen am Körper herab, um sich in kleinen Pfützen in den Pumps zu sammeln. Ein plötzlich anlaufender Tomatenkopf, mit kleinen Schweißperlen auf der Oberlippe, signalisiert bei der beinharten Subventionsverhandlung dem Minister garantiert das Falsche. Am liebsten würde ich in dieser Situation sagen: »Ich werde nicht rot und schwitze, weil Sie so gekonnt lügen, sondern weil mein Körper gerade seinen Standpunkt wechselt, was Sie, Herr Minister, schon lange tun sollten.«

Die Ärzte machen es sich leicht. Jeder behandelt die Menopause, aber keiner weiß, was sie wirklich ist. Sie erklären uns wortreich, was in unserem Körper vorgeht, aber warum es auf diese quälende Weise geschieht, kann niemand begründen. Kein Klimakterium gleicht dem anderen, und es gibt Frauen, die den Übergang in den dritten Lebensabschnitt ohne körperliche und seelische Probleme schaffen. Aber sehr viele Frauen verfallen in Schlaf- oder Appetitlosigkeit, andere haben Heißhunger und legen sich innerhalb kürzester Zeit den Hintern eines Pinzgauers zu.

Alle Männer, die ihren Frauen in der Menopause seelisches Leid zufügen, seien verflucht! Alle Männer, die in dieser Zeit für ihre Frauen besonderes Verständnis, Geduld und Zärtlichkeit aufbringen, seien gesegnet! Alle Ärzte, die ihre lukrative Praxis durch alte Frauen erhalten, seien gemieden!

»Angst fressen Seele auf!« – darum dürfen Wechseljahre keine Angstjahre sein.

Beinahe wären meine Wechseljahre zu Angstjahren geworden, hätte mein Unterbewusstsein nicht pausenlos signalisiert: »Nicht mit dir! Nicht mit dir!«

Scheidung, meine Tochter ein Sorgenkind, strafrechtliche Klagen des Ex-Ehemannes, Betrug im Theater und »zum Drüberstreuen« ein Einbruch in meiner Wohnung.

»Du hast ja noch deinen Schmuck.« Damit hatte ich mich in prekären Situationen getröstet. Jetzt war auch dieses Beruhigungspolster gestohlen und wurde nie mehr gefunden.

Ich hätte mit *Rossinis* Figaro ausrufen mögen: »Alles auf einmal! Alles auf einmal! Ich kann nicht mehr! Ich kann nicht mehr!« Aber ich konnte. Ohne Medikamente, ohne Alkohol – nur mit der Kraft der Seele. Jeden Morgen, gleich nach dem Aufwachen, absolvierte ich meine zwanzig Minuten Yoga.

Nach den konzentrierten Atemübungen verweilte ich ein paar Minuten in innerer Einkehr. Ich bereitete mich so auf den Tag vor und bat um positive Kraft. Manchmal saß ich auf meinem Yoga-Polster und weinte und weinte. Es tat gut, in Selbstmitleid zu zerfließen. Aber mein Unterbewusstsein, immer klüger als mein Bewusstsein, meldete sich: »Nicht mit dir...«

Dieses »Nicht mit dir!« ist ein Mantra für mich geworden, das mir in vielen unangenehmen Situationen den richtigen Weg weist, und es irrt sich nie. Aus diesem Fegefeuer bin ich herausgestiegen mit drei für mich unendlich wichtigen Erkenntnissen: Angst – Hass – Neid sind für mich abstrakte Begriffe geworden. Das ist das Einzige, worauf ich stolz bin. Ich fürchte niemanden, ich hasse niemanden, und ich bin niemandem etwas neidig.

In den »Sprüchen der Vater« steht:

Wenn Gott eine Tür zuschlägt, öffnet er ein Fenster! Ich nütze dieses Fenster, indem ich es weit offenhalte für alle neuen Lebenseindrücke. Offensein bedeutet für mich aber auch nein zu sagen, mich nicht vereinnahmen zu lassen. Die Lebenszeit wird immer kostbarer.

LAUTER LIEBE LEUTE aus meiner Nähe sterben. Ich gebe der Trauer um sie in mir Zeit. Ich lasse wichtige Termine platzen, um mit ihr oder ihm den letzten Weg zu gehen. Ein Mensch, der unbetrauert stirbt, hat nicht gelebt.

Meine wunderbare Freundin *Margot Mendelsohn-Winge* sagte mir einmal: »Man kann nicht früh genug damit anfangen, alt werden zu üben.«

Ich übe und lehne mich gelassen zurück, um das verlogene Gesellschaftsgetue zu betrachten. LAUTER LIEBE LEUTE schmeicheln mir: »Sie sehen wunderbar aus...«

Gut erzogen antworte ich: »Danke, Sie auch!«

Ich weiß, wie ich aussehe. Mein Gesicht ist von einem feinen Netz von Falten überzogen. »Madame Plissee« – die Vielfältige – wäre jetzt die richtige Rolle. Mein Fuß zeigt erste Anzeichen eines Halux, und auf meinem Handrücken tummeln sich einige Altersflecken. Ich nehme alle Alterssignale bewusst, aber nicht verzweifelt auf.

Ich übe alt werden!

Alte Frauen haben mitunter etwas von Engeln an sich.

Manchmal darf man über Engel lächeln – aber nur das.

Gegenüberliegende Seite
Oben, v.l.n.r.: Bundespräsident Dr. Thomas Klestil; Prof. Dr. Marcel Prawy; Swanee Hunt, Botschafterin der USA.
Mitte oben, v.l.n.r.: Dr. Bruno Kreisky; Israels Botschafter Dr. Ben-Yaakov und Dorothea Neff; Ivan Desny.
Mitte unten, v.l.n r.: Zeithistorikerin Prof. Dr. Erika Weinzierl; Dr. Joanna Nittenberg, Herausgeberin der Illustrierten Neuen Welt; Gideon Kremer.
Unten, v.l.n.r.: Die Dichterin Trude Marzik; Schauspieler Leon Askin; Poln. Außenminister Prof. Dr. Wladyslaw Bartoszewski.

LAUTER LIEBE LEUTE im Publikum der FREIEN BÜHNE WIEDEN

Hiermit schließe ich diesen Brief an Sie, geschätztes Publikum, mit dem Hinweis, dass meine Berichte keineswegs beanspruchen, eine Gesamtchronik des Bestehens der FREIEN BÜHNE WIEDEN wiederzugeben.

Ich erzählte Ihnen von einigen wenigen, aber besonderen Menschen und Situationen. Und ich gestand Ihnen einige ganz persönliche Zustände und Anliegen, die Ihnen vielleicht helfen, sich körperlich und seelisch zu wappnen.

Einen Beruf ausüben zu können, den man liebt, ist eine gute Sache. Zu wissen, dass man mit diesem Beruf auch Geld verdient, ist noch besser. Wenn man aber erfährt, dass der Beruf zur »Arzeney« wird, wann immer uns das Schicksal seelische Ohrfeigen erteilt, weiß man, was Gnade ist.

Ich danke Ihnen, dass Sie sich die Zeit genommen haben, meine Briefe zu lesen, denn Zeit ist das Schönste, was man einem Menschen schenken kann.

Nachträgliche Gedankensplitter

Es fließen ineinander Traum und Wachen,
Wahrheit und Lüge. Sicherheit ist nirgends.
Wir wissen nichts von andern, nichts von uns:
Wir spielen immer, wer es weiß, ist klug!

Arthur Schnitzler

2012 starb Georg Kreisler. Nach einem erfüllten künstlerischen Leben, in dem er das Böse in seinem Charakter zu großartigen Chansons verarbeitete, und das Gute unter seinem zynischen Intellekt verbarg. Ich glaube, alle Genies sind Janusköpfe, wie Nestroy, Qualtinger oder Joseph Roth. Der Schriftsteller und Kritiker Hans Weigel nannte Kreisler einmal »den Schwierigen (nach Nestroy) Juden«. Man hat ihn auf einem christlichen Friedhof begraben.

Mein Sohn Sascha wechselt die Länder und die Frauen, und meine Tochter Sandra ist meine beste Freundin geworden.

Vor zwei Seiten schrieb ich vor fast zwei Jahrzehnten »man kann nicht früh genug damit anfangen, alt werden zu üben....«

Heute kann ich sagen: Die Übung ist gelungen!

Ich habe gelernt, dass es besser ist ein kleiner Fisch in einem sauberen Teich, als ein großer in einem verschmutzten See zu sein. Der kleine (alte) Fisch sollte allerdings auf die drei großen »E« verzichten können: EHRGEIZ - EITELKEIT - ENGSTIRNIGKEIT.

Egal welcher Unglücksfall oder Misserfolg unseren EHRGEIZ trifft, üben wir Gelassenheit! Eine schwierige Übung, besonders wenn man gewöhnt ist, sich für wichtig zu halten, und erkennen muss, dass man nur sehr wenig bewirkt hat.

Die EITELKEIT abzulegen, verlangt mehr als den Verzicht auf das Augenmake-up eines Pandabären oder den Blick einer Süchtigen, die in Gesellschaft die große Nummer abzieht. Eine alte, uneitle Frau hat Stil. Sie umarmt und lässt sich umarmen, denn das hebt die Stimmung, aber sie weiß genau, mit wem sie sich umärmelt.

Die ENGSTIRNIGKEIT ist das Vorurteil jener Leute, die Andersdenkende, Andersliebende, Anderslebende verurteilen. Trotzdem heißt es in bestimmten Situationen, trotz aller Gelassenheit, Stellung zu beziehen. Widerspruch darf keinen Zorn aufkommen lassen, sondern Wachsamkeit.

Ich erlaube mir allerdings unverschämte Arschlöcher als das zu bezeichnen, was sie sind.

Solange man das Glück genießen darf noch voller Lebenskraft und Lebenslust zu sein, bleibt man offen für alle Begegnungen. Sollten Sie einen Menschen treffen, bei dem Sie Herz, Kopf und Körper ablegen möchten, dann denken Sie an Sokrates, der sagte:

»Was immer man tut – beides wird einen gereuen!«

Übrigens... man kann auch mit den Augen lieben!
In diesem Sinne - lesen Sie wohl!

Topsy Küppers, Januar 2013

NAMENSREGISTER

Adrowitzer, Roland 131
Aigner, Vera 49 ff., 54 ff., 62
Alejchem, Scholem 16
Alexander, Hilde 113
Alexander, Peter 113
Almassy, Susanne 27
Althoff, Elfi 48
Aslan, Raoul 147
Avalone, Stella 154
Azmon, Shmuel 96
Bauernfeld, Eduard von 18
Berber, Adi 96, 125
Berges, Sonja 183
Berges, Wilhelm 183
Berner, Peter 50
Bernhard, Thomas 147
Bizet, Georges 116
Böhm, Rudi 169
Brabanec, Jan 124
Brabanec, Tamara 124
Brandl, Maria 27 ff., 39
Brandstätter, Helmut 143 ff.
Brandt, Willy 13, 82 f.
Brecht, Bert 20, 150
Brix, Emil 139
Brod, Max 127
Bronner, Gerhard 116 f., 174
Bronstein, Leib *s. Trotzki, Leo*
Bugayer, Eva 155
Charell, Marlene 84
Chopin, Frédéric 22 ff.
Colpet, Max 100
Conrads, Heinz 27
Constantin, Ulrich 103
Croy, Prinz 31, 45
D'Almeida, Antonio V. 108, 149, 164 f.
Deissen, Eva 174
Denk, Ulla 77
Dermota, Anton 60
Deutsch, Ernst 150
Deutsch, Eva 76,116 ff., 126 ff., 129ff., 139, 140, 143 ff., 150, 177
Dietrich, Marlene 11, 29, 153
Dohnal, Johanna 15, 38 f.
Dollinger, Christine 126
Dubcek, Alexander 15
Dupin, Aurore 23
Dürrenmatt, Friedrich 61
Einstein, Albert 24
Eis, Egon 46
Eis, Maria 147
Elges, Paula 52
Elßler, Fanny 11
Elßler, Therese 11
Enderle, Luiselotte 102
Fantel, Willy 56, 78 f.
Farkas, Karl 25 f., 176
Ferdinandi, Angela 42, 58 ff.
Feuchtwanger, Lion 150
Firnberg, Hertha 15
Fischer, Bela 103, 105ff., 175
Fitzthum, Werner 131, 140, 143
Franz Joseph 161
Freud, Sigmund 57
Fröhlich-Sandner, Gertrude 11
Gabriel, Fam. 33
Gampl, Inge 73 ff.
Gampl, Othmar 73, 75
Gara, Margit 26
Garbo, Greta 30
Giese, Therese 100
Gilbert, Robert 100
Goebel, Alexander 72
Goethe, Johann Wolfgang 138

Goetz, Curt 73, 75
Gracian, Baltasar 70
Gratz, Helga 50 ff., 58, 60
Gratz, Leopold 50
Gross, Gino Eliezer 141 ff.
Grünbaum, Fritz 176
Grünmandl, Otto 90 ff.
Grünwald, Alfred 151
Grunwald, Henry 151
Grunze, Zoltan 176
Hacker, Walter 83 f.
Hackl, Karlheinz 75
Harlan, Veit 141
Hausner, Gideon 167
Havel, Vaclav 154
Hawlicek, Hilde 69
Heine, Heinrich 5, 27, 38
Heller, André 107
Hesterberg, Trude 100, 102 f.
Hielscher, Liane 177
Hielscher, Margot 100 ff
Hitler, Adolf 141, 145
Hollaender, Friedrich 29, 100
Horak, Heinz 61, 64 f.
Hörbiger, Attila 105, 116
Hörbiger, Christiane 13, 97 ff.
Hörbiger, Paul 105
Horich, Edy 29, 38
Horvath, Heinz 26, 30, 62
Hruza, Heinz 106, 167, 169
Hübsch, Wolfgang 149 f., 164
Isserles, Moses 136, 141 ff.
Jaul, Olga 42
Kadmon, Stella 27
Kafka, Franz 127
Kahane, Karl 80
Kalman, Emmerich 113
Kalman, Vera 113
Kalmar, Franziska 163
Karajan, Herbert von 100
Karlweis, Oskar 11
Kästner, Erich 27, 29, 66, 100 ff.
Keller, Greta 184
Keller, Heinrich 15
Kesten, Hermann 46
Kiaulehn, Walther 102
Kiosso, Jossy 163
Klaar, Helene 14
Klim, Grete 28
Koestler, Arthur 137
Kohn, Jaschi 145
Koll, Alfred 121
Kollmer, Ingrid 141 ff.
Kortner, Fritz 54, 182
Kramar, Hubert »Hubsi« 26, 72
Kraus, Karl 147
Kreisky, Bruno 13 ff., 42, 57, 80 f., 83 f., 131
Kreisler, Georg 5 ff., 9, 16 f., 20, 32, 35 ff., 44, 51 f., 68 f., 100 f., 106, 110, 113, 116, 168 ff., 173 ff., 190
Kreisler, Sandra 32, 35, 113 f., 169, 190
Kreisler, Sascha 32, 35, 190
Krottendorf, Ida 112
Kröll, Herbert 165
Kudrnofsky, Wolfgang 47
Kulenkampff, Hans Joachim 80
Kunz, Johannes 130 ff., 140
Künzler, Christoph 26
Lacina, Ferdinand 15
Lanc, Melitta 51
Langenfass, Rolf 19
Lasica, Jan 154
Leander, Zarah 11
Ledl, Lotte 177
Léhar, Franz 115
Leiser, Erwin 141
Leopold II. 10 f.
Lessing, Gotthold Ephraim 118
Leupold-Löwenthal, Harald 57
Lewandowski, Rainer 149

Liebe, Reinhard 64
Liederer, Petra 103 f.
Lorenz, Günter 132, 134 f.,
Löwinger, Paul 47 f.
Löwinger, Paul junior 48, 61 f.
Löwinger, Sissy 47 f.
Lühr, Peter 100
Mann, Thomas 97
Marboe, Peter 153 f.
Marinelli, David 151
Markus, Georg 25 f.
Markus, Valerie von 73
Marx, Jenny 125
Massary, Fritzi 102
Mayer-Schalburg, Uta 77
Mazakarini, Leo 176
Mehring, Walter 100
Mendelsohn-Winge, Margot 150 f., 188
Meyer, Conny Hannes 168 ff., 174
Meyer, Friedrich 100 f.
Mitterer, Felix 149
Molnár, Franz 105
Mozart, Wolfgang Amadeus 17, 20
Muliar, Fritz 13,148 f., 152 f., 163 f., 174
Müller, Alois 87
Musset, Alfred de 23
Naschold, Elli 26, 62 ff., 66
Natanov, Samy 88 ff.
Naumann, Konrad 126
Neff, Dorothea 19 f., 24, 42
Nestroy, Johann 120, 145, 190
Obonya, Constantin 116
Oelschlegel, Vera 124 ff.
Orth, Elisabeth 116
Ossberger, Harald 22 ff.
Ostermann, Dagmar 77
Ovid 92
Pallenberg, Max 11
Pammer, Maximilian 152
Papo, Luise 137
Paracelsus 184
Parschalk, Volkmar 166
Patish, Jitzhak 146
Pemmer, Hans W. 30
Peterlik, Karl 127 f.
Peters, Barbara 35
Peymann, Claus 11, 103, 147, 149, 153
Pick, Anton 17
Pluhar, Erika 13, 107 ff., 130, 149, 164
Polanski, Paul 9
Polgar, Alfred 46
Prawy, Marcel 184
Preissler, Peter »Mischa« 118, 120
Proksch, Udo 107
Pulver, Lieselotte 113
Qualtinger, Helmut 190
Raab, Julius 13
Radzyner, Tamar 23
Raimund, Ferdinand 145
Rachimov, Stachan 124
Rameik, Jessy 122 f.
Rapp, Peter 48
Rathkolb, Oliver 83
Reich-Ranicki, Marcel 103
Reichmann, Univ.-Prof. 138 f.
Reinhardt, Max 95, 97
Rezzori, Gregor von 100
Richter, Annette 42
Ringel, Erwin 32 f., 42, 49 ff., 62 f., 173 ff. 183
Rodenski (Frau) 96 f.
Rodenski, Shmuel 95 ff.
Rösch, Otto 42
Rosé, Alma Maria 81 f.
Roth, Joseph 162, 190
Russell, Bertrand 78

Sailer-Albring, Ursula 177
Sand, George 22 ff.
Sartre, Jean-Paul 53
Schaffer, Fred 64 f.
Scharner, Adolf 15, 18 f.
Schiller, Friedrich 138
Schliesser, Roman 69
Schmidt, Margit 80, 84
Scholten, Rudolf 11, 154, 166
Schnitzler, Arthur 190
Schratt, Katharina 161
Schroth, Hannelore 100
Schubert, Anna Luise 110
Schubert, Franz 183
Schuppich, Walter 172
Schwaiger, Brigitte 116 ff., 133
Schwarz, Georg 88
Schweiger, Heinrich 177
Segal, Shmuel 96
Singer, Gideon 41
Sinowatz, Fred 80, 84
Slansky, Ing. 128
Slavik, Felix 11
Soyfer, Jura 20
Spatzek, Andrea 120
Springer, Carlos 4, 31 f. 34 ff., 39 ff., 74, 76, 82, 90 ff., 97, 99 ff., 116 f., 123, 126 f., 130, 140, 152 ff. 166, 171, 173, 175, 178
Springer, Georg 153
Stankovski, Alexander 110
Stankovski, Ernst 110 ff.
Stefano, Giuseppe di 105
Stefko, Peter 130
Steinbrecher, Alexander 13
Stenzel, Ursula 177
Steyrer, Kurt 85
Stoß, Franz 116
Strehler, Giorgio 23
Strobl, Peter 30, 70
Stroux, Thomas 103 f.
Sussmann, Prof. 53
Szücs, Gergely 82
Thalhammer, Erwin 10
Thams, Josef 134
Thimig, Helene 27, 147
Thurn und Taxis, Prinzessin 27
Tichat, Leo 19
Tobisch, Lotte 174
Torberg, Friedrich 127
Tötschinger, Gerhard 97 f.
Trotzki, Leo 46
Tucholsky, Kurt 16, 29, 69, 122
Vášáryová, Magda 154
Viertel, Berthold 23
Vilar, Esther 44, 174
Villon, François 92
Vogel, Peter 107
Voltaire 138
Vranitzky, Franz 84, 110
Walther, Heinrich 120
Waldheim, Kurt 85 f.
Walter, Michel 171 f.
Wang, Kurt 34 ff
Wehle, Peter 116
Weigel, Hans 110, 190
Weigel, Helene 150
Weinhart, Christoph 177
Wessely, Paula 99 f., 116
Wied, Gustav 67 f.
Wiener, Hugo 20
Wiesenthal, Simon 17
Wilde, Oscar 185
Windisch, Josef 13 f., 17, 22
Winter, Horst 122, 124
Wittgenstein, Ludwig 132
Wolm, Karo 132 ff., 136 f., 140
Wussow, Klaus Jürgen 112
Zilcher, Eva 22 ff., 42
Zilk, Helmut 34
Zweig, Stefan 16, 98

INHALT

1. 1975/1976 5
2. Politik und Theater 13
3. Eröffnung der FREIEN BÜHNE WIEDEN 18
4. Liebe und Pferde 31
5. Lauter liebe Gauner 38
6. Die Kaffeehaus-Revue 46
7. Das österreichische Gewissen 49
8. Uraufführung 61
9. Titelträger 67
10. Travestie 70
11. Emanzipation 73
12. Frauenlieder 76
13. Wahlkrampf 80
14. Hinter den Kulissen 87
15. Freundschaften 95
16. Mutter und Tochter 113
17. Eva Deutsch 116
18. Tournee im Osten 122
19. Die ORF-Dokumentation 129
20. Der Rabbiner 140
21. Das Israel-Festival 145
22. Der Prozess 167
23. Oben und unten 175
24. Letzter Brief 184

Nachträgliche Gedankensplitter 190

Namensregister 192

weitere Bücher der Autorin: »Wenn dein Leben trist ist – erleuchte es mit Humor« und »Alle Träume führen nach Wien«, beide Ibera-Verlag, Wien; »Wolf Messing (Hellseher und Magier)«, Verlag Langen Müller, München. CDs u.a.: »Die Zunge der Kultur reicht weit (Lieder und Texte von Erich Kästner)«, »Lola Blau«, »Frivolitäten«, »Das Ungeheuer Zärtlichkeit«. Für Music-Download: i-Tunes. Information und Kontakt: www.kueppers.at.